로스트인
상봉동 **3**

로스트 인 상봉동 3

ⓒ 유호, 2016

초판 1쇄 인쇄일 2017년 2월 10일
초판 1쇄 발행일 2017년 2월 15일

글 유호
펴낸이 김지영 **펴낸곳** 해든아침
편집 김현주
마케팅 조명구 **제작·관리** 김동영

출판등록 2001년 7월 3일 제2005—000022호
주소 121—895 서울시 마포구 서교동 400—16 3층
전화 (02)2648—7224 **팩스** (02)2654—7696

ISBN 978—89—5979—478—2 (04810)
        978—89—5979—479—9 (SET)

로스트인 상봉동 3

Lost in Sangbong-dong

유호 장편소설

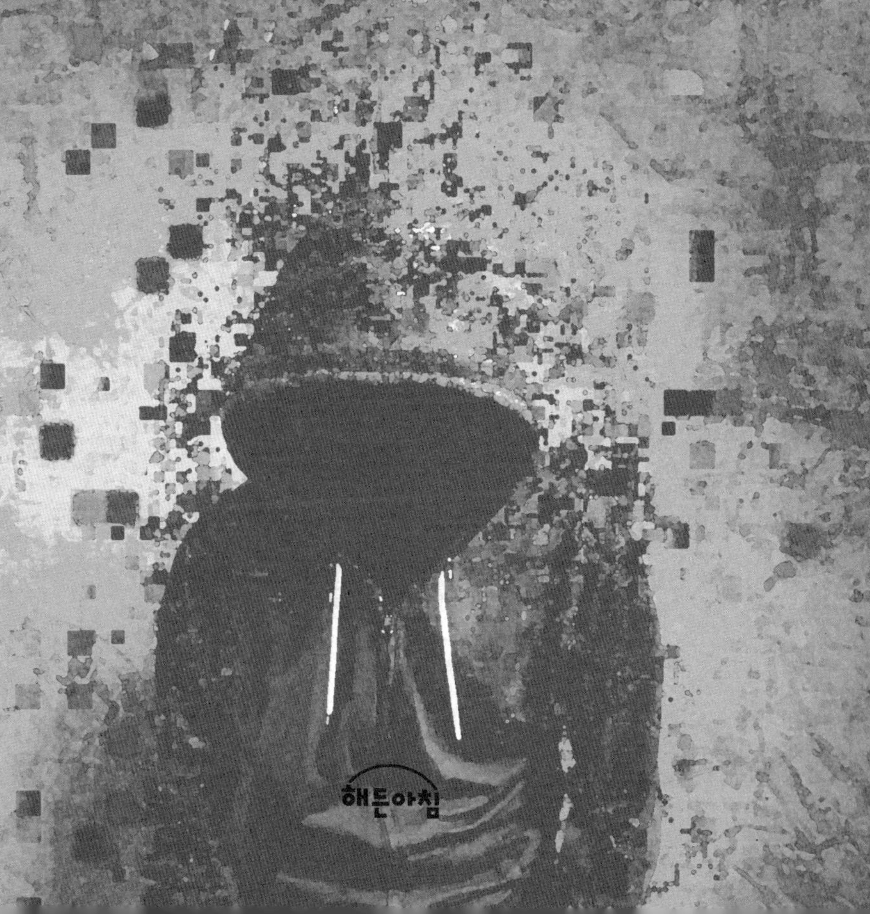

해든아침

목차

경매

"아시다시피 제트 베인Jet Vanes은 제트엔진의 노즐과 안정날개 후방에 장착하는 최첨단 추력제어시스템입니다. 짐발노즐이나 제트탭 등 제어시스템의 종류는 많지만 가장 응답이 빠르고, 시스템 연동 및 탈착이 용이해서 수직발사 방공미사일의 방향제어에 주로 사용됩니다."

한세인 뒤편의 대형 모니터에 제트 베인의 간략한 개요도가 올라왔다.

"일반적으로 서방의 탄도요격체가 EKV(대기권 외부 탄두 파괴) 기반의 직격식인 반면 러시아의 방공미사일은 고폭탄두를 이용한 탄두 일부손상을 추구하기 때문에 정확도 면에서는 이견이 있을 수 있습니다. 하지만 그럼에도 불구하고 S—500은 현존 최고의 방공미사일 시스템입니다. 또 5세대 전투기가 채용한 스러스트 벡터 컨트롤을…."

설명이 길어지자 흑인이 말을 끊었다.

"2절까지 가진 맙시다, 본론."

경매에 참여한 사람은 전부 네 명인데 미국 발음의 흑인과 스페인계 남미인, 이란쯤으로 보이는 중동인, 나머지 하나는 인도 사람 같았다. 각자 자신을 소개하지 않아서 이름도 알 수 없지만 복장과 발음으로 대충 감은 잡을 수 있었다. 한세인이 조금은 과장스런 미소를 보이며 다시 말했다.

"좋습니다, 그럼 본론으로 들어가죠. 공지된 바와 같이 오늘의 경매 물건은 러시아의 최신 방공미사일에 채용된 제트 베인의 디자인과 재질스펙 그리고 추력제어 컨트롤 칩입니다. 이천만 US달러부터 시작하겠습니다."

말이 끝나자마자 인도인이 손을 들었다.

"이천백만."

잇달아 미국인이 이천오백을 불렀고 곧바로 남미인이 삼천으로 올리면서 경매는 순식간에 달아올랐다. 그리고 몇 분 지나지 않아 결론이 나왔다. 사천만 달러 언저리를 오가던 입찰액이 단숨에 올라갔기 때문이었다. 입찰자는 인도인으로 보이는 사내였다.

"육천만 달러."

"육천만 나왔습니다, 더 없으십니까?"

다들 놀라는 얼굴을 보일뿐 새로 입을 여는 사람은 없었다. 한세인이 흡족한 표정으로 육천만 달러를 세 번 외치고 낙찰을 선언했다.

"3번 신사 분께 낙찰됐습니다, 낙찰자께서는 탁자 앞에 있는 유선케이블을 연결하십시오. 이 방은 반도청 시설이라 개인이 소지하고 계신 무선기기는 사용하실 수 없습니다."

인도인은 두말없이 수행비서에게 고개를 끄덕여보였다. 수행비서가 태블릿에 유선케이블을 연결하고 송금을 진행하는 사이, 인도인이 물었다.

"물건은?"

한세인은 발밑에서 은색 하드케이스를 꺼내 테이블에 올려놓으며 말을 받았다.

"이전 거래와 동일한 조건입니다, 원하시면 돌아가시는 비행기 안까지 안전하게 운반해드립니다."

하드케이스를 건네받은 인도인이 내용물을 확인하며 말했다.

"역시 한 대표는 일처리 깔끔해서 좋아."

"별말씀을, 항상 최선을 다할 뿐입니다."

"오늘도 준비한 게 있을 텐데, 뭐요?"

"술, 여자, 바다, 뭐가 더 필요하세요?"

"하하, 그런가? 내 헬기 뜨려면 한 30분 걸린다니까 그동안 마사지 좀 받읍시다, 당신 아이들 최고라면서?"

"얼마든지요, 후후."

농담을 주고받는 사이 송금준비가 끝났는지 수행비서가 태블릿을 인도인에게 내밀었다. 태블릿을 받아든 인도인은 입을 가리고 태블릿에다 나직하게 중얼거리더니 지문을 찍고 문자 패스워드까지 타이핑한 뒤,

잠시 기다렸다. 그리고 과장스런 몸짓을 하면서 일어섰다.

"확인하시오."

"당연히 맞겠죠, 이제 경매를 종료하겠습니다. 다른 분들도 마사지를 원하시면 우리 직원에게 말씀해주세요, 준비하겠습니다."

"자… 올라갑시다."

인도인이 밝은 얼굴로 방을 나간 뒤, 다른 참석자들도 하나둘 자리를 털고 한세인을 따라나섰다. 마지막으로 남은 건 차명석과 이재준뿐이었다. 이재준이 탁자 끝에 걸터앉으며 장난처럼 말했다.

"보고 배운 게 좀 있나?"

"뭘 배우라는 거지? 도둑놈들의 거래행태?"

"도둑놈? 이런… 넌 그게 문제야, 미친개처럼 아무나 물어뜯고 있잖아."

"아무나는 아니지."

"그 작은 나라에서 지지고 볶는 거 지겹지 않나? 이 넓은 세상을 놔두고 왜 그 난쟁이 똥자루만한 땅덩이에 목을 매는 거야? 어차피 돈과 시스템이 만든 큼직한 감옥인데 말이야. 넌 지금 노예 주제에 그 감옥을 지키겠다고 헛짓거리 하는 중이야."

"하고 싶은 이야기가 뭐지?"

"시스템이 자네 머릿속에 심어놓은 고정관념에 얽매이지 말라는 거다, 진정한 자유는 시스템을 벗어나야 비로소 만날 수 있어."

느닷없이 뭔 놈의 자유 타령인가 싶어 황당한 눈빛을 보내자 이재준이 다시 말했다.

"보다시피 우린 자본이 만들어놓은 시스템 밖에 존재한다, 그리고 드넓은 세상에서 마음껏 자유를 만끽하지."

"사기와 도둑질로 돈을 버는 걸 자유라고 주장하는 건가? 아무리 거창한 단어들로 포장해도 남의 물건 훔쳐서 팔아먹는 건 그냥 도둑질이야."

"왜 남의 물건이라고 생각하지? 네가 빼앗겼던, 네가 박탈당한 기회의 산물이라는 생각은 안 해봤나?"

"궤변 작렬이네, 후후."

"재능 낭비하는 짓 그만하고 넓은 세상에서 자유롭게 살아."

"당신은 사람을 죽였어. 그리고 엄청난 숫자의 불특정 다수를 더 죽이려 했고. 그건 자유와는 완전히 다른 거야, 보통은 그런 걸 테러라고 하지. 그리고 당신이 죽인 사람 중 하나가 내 친구야."

"임채수?"

"채수는 왜 죽였지?"

"그걸 나한테 왜 물어? 임채수 사고 나던 시간에 나는 김동휘 차장 만나고 있었어."

문득 이재준의 얼굴이 뻔뻔한 너구리 같다는 생각이 들었다. 이재준에게서 진실을 끌어내는 건 불가능한 일 같았다. 한참을 물끄러미 쳐다보다가 말을 받았다.

"당신이 수만 킬로미터 떨어진 곳에 있었다고 해도 사람을 죽일 방법은 많아, 당신 따라다니던 용병들 시키면 그만이니까. 실제로 레드라인 용병들이 했다는 증거도 가지고 있어."

"나 이거야 원… 오냐오냐 하니까 상투 꼭대기에 올라앉으려고 하는구만, 까불지 마라. 솔직히 말해서 임채수가 귀찮다는 생각은 했다. 하지만 큰일 앞두고 회사요원 죽여서 괜한 이슈를 만들만큼 어리석지는 않아."

"테러를 기도한 놈 입에서 진실을 기대하진 않지만 이건 좀 심하네. 이인배는 당신이 모든 걸 주도했다던데 그 인간도 모른다고 할 건가?"

"널 감시하던 아이들이 약간의 과잉대응을 한 건 인정하지, 물론 내가 지시하지도 않았어. 그 과정에서 몇 사람 죽은 건 안타깝지만 그건 문자 그대로 콜레트럴 데미지Collateral Damage야, 약간의 부수적인 피해는 어쩔 수 없어."

"넌 몇 명이 아니라 몇 천, 몇 만을 죽이려 했어, 그게 부수적인 피해라고? 뭐 이런 개 같은 소리가 있어?"

짜증스런 목소리를 냈지만 이재준은 킥킥거리며 한참을 웃었다. 그리고 정색을 하더니 다시 궤변을 늘어놓았다.

"그거 알아? 인류의 발전은 인간의 비정상적인 폭력성과 식욕 그리고 성욕이 만들어냈어. 특히 획기적인 발전의 단초는 항상 세상이 혼란스러울 때 만들어졌지. 과학기술 같은 경우를 봐. 전부 전쟁과 파괴를 통해서 비약적으로 성장했잖아?"

"미쳤다는 거 인증하는 거냐?"

"단적인 예를 들어볼까? 어… 그래, 전자레인지가 좋겠네. 2차 세계대

전 때 미국이 건설한 태평양 지역 섬들의 레이더 기지에서 근무하는 군인들 대다수의 내부 장기가 완전히 곤죽이 되어 죽어버린 거야, 레이더가 방사하는 강력한 전자파 때문이었지. 한마디로 무지로 인한 대형사고였어. 당연히 미국 정부는 쉬쉬했는데 그러면서도 거기서 획기적인 상품을 착안해냈지. 그게 마이크로웨이브, 즉 전자레인지야, 어때? 재미있지 않아? 후후."

"전염병으로 의학을 발전시키려 했다는 헛소리는 하지 마, 듣기 괴로우니까."

"쯧쯧, 안 되는 설득에 지나친 정력을 쏟는 건 바보짓이라던데… 딱 너한테 적합한 말이겠네."

"날 보자고 한 이유가 설득이냐?"

"설득? 후후… 쫄따구 때나 지금이나 시건방진 건 여전하네. 생각해봐, 니가 어찌어찌 한 대표를 납치해서 한국으로 데려갔다고 치자. 되지도 않겠지만 만에 하나 성공했다고 치고 하는 이야기야, 니가 무사할 거라고 생각해?"

차명석은 어렵게 표정관리를 하면서 말을 돌렸다.

"내가 여기 온 건 어떻게 알았지?"

막연했던 걱정이 그대로 현실이 되어버린 셈, 놈은 그가 마카오에 온 이유까지 꿰고 있었다. 이러면 최악의 상황을 염두에 두어야 했다. 이재준의 입가에 비릿한 미소가 맴돌았다.

"먼저 대답해봐, 니가 한 대표를 서울에 데려가면 다음은 수순은 어떻게 될까? 최대수가 뭘 어떻게 할 것 같으냐 말이야?"

"내 알 바 아냐."

이재준은 마치 죽은 사람을 보는 것처럼 애잔한 표정으로 혀를 찼다.

"쯧쯧, 생각이라는 걸 좀 해. 그 좋은 머리 뒀다 어디다 쓸 거야? 현재 가장 유력한 대선주자는 둘이다, 그 두 놈 다 한 대표의 인맥과 정보력이 절실하게 필요하지. 어느 쪽이든 한 대표의 지원을 얻는 쪽이 당선에 한 걸음 더 가까워지는 거야. 그중에서도 최대수가 훨씬 더 절실해. 그 인간 뒷구멍으로 죄지은 게 제법 많거든, 후후. 아마 한 대표를 손에 넣으면 대선이 끝날 때까지 철저히 숨겨두려 할 거야."

"그래서?"

"그런데 너무 많이 아는 놈이 있어, 그놈은 어떻게 처리할까?"

"겁을 주려는 거라면 실패야."

"멍청한 녀석, 극도의 보안을 유지해야 하는 작전에 굳이 널 끼워넣은 이유는 생각해봤나?"

그는 대답을 생략하고 잠시 생각했다. 의문이 없지는 않았다.

'작전에 대해 아는 사람은 이상수와 박현주 두 사람뿐이다.'

잘하면 블랙맘바 정도가 알고 있을 가능성도 있지만 '모른다' 쪽에 걸고 싶었다. 그런데도 정보는 샜다.

'둘 중 한 사람이 의도적으로 흘렸다? 아니면 그 윗선에서?'

솔직히 어느 쪽도 단언할 수 없었다. 그가 대답하지 않자 이재준이 히죽 웃으며 말을 이었다.

"넌 그저 최대수가 우리한테 보내는 메시지야, 여기서 죽어도 좋고 돌아가서 죽어도 상관없겠지. 거기서 더도 덜도 아냐."

"아직도 떠들 궤변이 더 남았나?"

"어이, 그렇게 뻣뻣하게 굴다가는 당장 오늘 사지 멀쩡하게 호텔로 돌아가기도 어려울 거야, 이 바닥은 남의 말도 들을 땐 들어야 오래 살아."

"날 당신 부하라도 만들고 싶은 모양인데 그건 어려울 거야."

"이야기가 그렇게 되나? 그런데 아냐, 난 너 같은 반골 스타일 딱 질색이거든."

"그거 반가운 소리네, 나도 당신하고 같이 일할 생각 전혀 없으니까. 여사장이 키우는 똥개쯤 되는 놈하고 동급으로 취급 받을 수는 없잖아."

"입은 조심하지? 지금 당장 쏴버릴 수도 있어."

"배짱 있으면 해봐."

건조한 대답을 던지면서 자리에서 일어섰다. 작전은 보나마나 물 건너갔고 이제는 무사히 빠져나가는 것마저도 쉽지 않은 형편, 일단 하연수와 합류해야 했다.

"앉아, 당기기 전에."

놈의 손에 들린 소음기 달린 권총이 그를 가리키고 있었다.

'지랄이네.'

내심 욕설을 퍼부으며 다시 자리에 앉았다. 그런데 바로 그 순간, 밖에서 느닷없는 총성이 터졌다.

타타탓!

'응?'

중국제 경기관총 특유의 고음, 더구나 한두 정이 아니었다. 다급하게 일어선 이재준이 그를 밀쳐내고 먼저 뛰어나가면서 무전기에 대고 악을 썼다.

"시저! 무슨 일이냐?!"

—정체불명의 모터보트 여섯 척 접근 중, 경기관총으로 무장했다. 교전하겠다.

"승인한다, 다 죽여도 좋다."

—카피.

그러나 두 사람은 갑판에 발을 디디자마자 납작 엎드려야 했다. 사방에서 날아드는 대구경 총탄과 비산하는 선체 파편들 때문이었다. 가장 먼저 눈에 들어온 건 갑판 측면에 쓰러진 경호원 두 사람이었다. 이미 죽었는지 피가 흥건했고 움직이지도 않았다. 이재준이 고함을 질렀다.

"어디서 나타난 거야? 오후까지도 선박이동 없었는데!"

—북쪽 무인도 어디에 잠복하고 기다린 것으로 판단, 용병 같다.

"제기랄, VIP 1층 선실로 내려보내고 전부 쓸어버려! 빨리!"

—카피.

총탄은 요트 주변을 고속으로 선회하는 몇 대의 모터보트에서 날아들고 있었다. 깃발도 없고 탑승자는 전원 검은색 방탄복만 입은 상태, 경찰이나 군대는 확실히 아니었다. 이재준이 고래고래 악을 쓰는 동안, 보트의 경기관총이 줄기차게 뿜어내는 집중사격에 선체 측면은 거의 넝

마가 되어가고 있었다.

　재빨리 경호원에게 기어가 떨어트린 권총과 여분의 탄창까지 챙겨서 되짚어 돌아왔다. 한 바퀴 몸을 돌려 자리를 잡았으나 그대로 멈출 수밖에 없었다. 이재준의 총구가 그를 가리키고 있었다.

　"총 이쪽으로 던져."

　"뭐?"

　"여기 우리가 있다는 사실은 너만 알아."

　"널 죽이고 싶었으면 아까 했어."

　"던져."

　차명석은 쓰게 웃으며 권총을 던졌다.

　"어떻게 할 건데?"

　"섬에서 애들 나올 때까지 버텨야지, 몇 분이면 돼."

　"3분 못 버텨."

　"내기할까? 이번에 데려온 애들 전부 데브그루 출신이야, 쉽게 당하지 않아."

　2011년 오사마 빈라덴을 사살하면서 유명해진 데브그루DEVGRU는 미국 해군 SEAL팀 중에서 유일하게 특수전사령부에 소속된 최정예 대테러부대였다. 데브그루 출신이라면 실력은 당연히 인정해야겠지만 엄연히 은퇴한 노땅들이고 상황도 그리 녹록하지 않았다.

　"목숨 가지고 내기 같은 거 안 해, 올라간다."

　놈은 귀찮다는 듯 손을 휘저었다. 어차피 갈 데가 없으니 상관없다는 생각일 터였다.

"애인 데리고 내려와, 뭉쳐서 방어하는 게 안전해."

"등에 총 맞기는 싫어, 니가 총 맞기를 예수님, 부처님한테 열심히 빌겠다."

농담처럼 저주의 말을 던지고 재빨리 선실 안쪽 계단을 통해 위층으로 달렸다.

"밥캣, 어디냐?"

―아까 처음 들어온 큰 선실, 헬기장 바로 앞에 있는 거. 유리 다 깨졌는데 그래도 여기가 안전한 거 같아.

"소파든 식탁이든 튼튼한 거 아무거나 쓰러트리고 뒤에 숨어, 움직이지 말고 혹시 놈들이 진입하면 저항하지 말고 투항해, 내가 간다."

―넵.

계단 몇 개 올라가는데 시간이 더럽게 오래 걸리는 느낌, 아직도 사방에서 총탄이 난무하고 있었다. 경매를 전후해서 배에 탄 용병과 경호원의 숫자가 꽤 많았지만 경기관총 여섯 정의 위력은 만만치가 않았다. 그래도 섬에 남은 나머지 용병들도 곧 해안으로 내려올 테니 배의 용병과 경호원들이 10분 정도만 버텨주길 바라는 수밖에 없었다.

계단을 기다시피 올라가 선실에 머리를 내밀자 엎어진 식탁 뒤에 몸을 숨긴 하연수가 울상을 지으며 자신의 발을 가리켰다.

―난 하이힐 신을 팔자가 아닌가 봐.

그는 피식 웃었다. 뛸 준비를 했는지 조금 전까지 멀쩡하던 하이힐의

굽은 없어졌고 드레스도 허벅지부터 찢어버린 상태였다. 자리는 나름 잘 잡아서 그럭저럭 안전했지만 옷이 없는 거나 마찬가지라 신경이 쓰일 수밖에 없었다.

"다친 데 없어?"

—넵.

정장 상의를 벗어 하연수에게 던지고 재빨리 깨진 유리창 측면으로 건너가 밖을 내다보았다.

"현 위치 대기."

—카피.

총성은 여전한데 요트 주변을 선회하던 모터보트가 보이지 않았다. 대신 선미에 총격이 집중되고 있었다.

'젠장.'

판단이 서질 않았다. 모터보트 두 대가 제압사격을 하고 두 대는 선미에 배를 댄 상황, 갑판의 용병들은 머리도 내밀지 못하고 있었다. 싸움은 이제 겨우 시작, 당장은 지켜보는 수밖에 없었다.

적의 숫자는 얼핏 봐도 30명이 넘었다. 모터보트가 여섯 척인데 한 척당 다섯 명 이상 탑승한 형편이고 경기관총 때문에 화력에서도 많이 밀리는 것 같았다. 총성은 발악적으로 이어졌다.

콰쾅!

갑작스럽게 폭음이 터졌다. 적 대여섯 명이 요트에 발을 올리는 순간이었다. 이어 선미의 모터보트 한 대에서 거친 섬광이 솟구쳤다. 느낌상

대전차로켓인데 해안에서 날아온 것 같았다. 다급하게 선회한 모터보트들의 경기관총이 해안으로 돌아가고 오렌지색 섬광 하나가 다시 절벽 위에서 날아왔다. 그러나 이번엔 모터보트 한 대를 뒤집는 것으로 끝이었다.

'이것들 도대체 뭐지?'

요트로 올라온 적의 숫자는 계속 늘어났고 선수 쪽에서도 계속 총성이 들려왔다. 이제는 선실만 아군의 수중에 있다고 봐도 무방했다. 그나마 모터보트들이 섬에서 날아오는 대전차로켓을 경계하기 위해 멀리 선회하고 있어서 경기관총의 위협에서는 벗어난 것 같았다. 순간, 다시 폭음이 귀청을 때렸다.

쾅!

헬기장 아니면 스파 근처에서 누군가 수류탄을 터트린 것 같았다. 반사적으로 납작 엎드렸다가 고개를 들었다.

'뚫렸나?'

연기 사이로 용병 두 놈이 나타났다. 얼굴 전체를 검은 마스크로 가렸고 체구는 비교적 작지만 자동소총을 견착^{肩着}한 낮은 자세와 움직임으로 보아 최소 전직군인쯤 되는 것 같았다. 전원이 방탄복을 착용했고 총기도 총신이 짧은 중국제 불펍식(탄창이 손잡이 뒤에 있는 돌격소총) 신형 소총이었다.

"밥캣, 움직이지 마."

—응.

입구 옆에 달라붙어 무기로 쓸 만 한 물건이 없는지 살폈다. 그러나 마땅한 건 없었다.

'젠장.'

놈들은 갑판 초입에 쓰러진 경호원 두 사람에게 가차 없이 확인사살을 하고 곧장 갑판을 가로질렀다.

가볍게 심호흡을 했다. 온몸의 피가 모조리 미간으로 모이는 느낌, 거리는 불과 10여 미터에 불과했다. 접근하는 놈들의 숫자와 위치를 다시 확인하고 속으로 숫자를 셌다. 발자국 소리는 금방 바로 옆까지 다가왔다. 다섯을 세는 순간, 한 놈이 선실에 발을 들여놓으면서 그가 있는 방향으로 총구를 돌렸다. 소총을 잡아채면서 개머리판을 아래서 위로 강하게 쳐올렸다.

"컥."

개머리판이 놈의 턱에 정통으로 꽂히고 머리가 덜컥 뒤로 넘어갔다. 쓰러지는 놈의 목을 돌려잡아 방패를 만들면서 놈의 탄띠에 고정된 소총으로 뒤따라오는 놈에게 난사해버렸다.

타닷!

한두 발 맞았지만 놈은 갑판 측면으로 몸을 날렸다. 기절한 놈을 끌고 나가면서 저항하는 놈에게 몇 발을 더 쐈다.

퍼벅!

놈의 이마 한쪽이 터져나가고 본능적으로 당겨진 놈의 소총이 선체를 대각선으로 휘젓고 지나갔다. 방패로 만든 놈의 몸에서도 진동이 느껴졌다. 마지막으로 놈의 목을 틀어 완전히 꺾어버리고 떨어져나와 한숨을 내쉬었다.

'후….'

혈관에 폭주하는 아드레날린을 가라앉히면서 죽은 놈의 총기와 탄창을 챙겼다. 권총까지 챙긴 다음, 재빨리 선실로 돌아왔다. 그런데 하연수가 놀란 표정으로 뛰어나왔다.

"피! 다쳤어?"

왼팔이 온통 피범벅이었다.

"내 피 아냐."

"휴… 아니구나."

"일단 움직이자."

일어나려는데 하연수가 그의 손을 잡더니 불쑥 손을 내밀었다. 보나마나 총을 달라는 뜻일 터, 두말없이 권총을 올려놓았다.

"자세 낮추고 바짝 붙어."

"넵, 후방 경계합니다."

이 와중에 녀석은 환하게 미소까지 머금었다. 겁 없는 건 처음부터 알았지만 오늘은 정말 상상초월이었다. 머리를 한 대 쥐어박고 바로 일어섰다.

"가자."

일단 갑판을 가로질러 스파에서 주변을 살폈다.

'골 아프네.'

판단이 서질 않았다. 아래층의 총성은 여전했고 해상의 모터보트도 세 척이 남아 있었다. 솔직히 지금 바다에 뛰어들어도 산다는 보장이 없었다. 그나마 모터보트들이 해안의 저격수에 신경을 쓰느라 요트에 지원사격을 하지 못한다는 점은 처음보다 나아진 것 같았다.

그런데 배로 올라온 적이 갑판에 보이지 않았다. 이미 실내로 들어간 모양이었다.

'벌써?'

상황에 변화가 생긴 셈, 경호원들의 시체들 사이에서 블랙라인 용병 복장의 시체는 단 한 구밖에 보지 못했다는 생각이 떠올랐다. 의도적으로 선내에 끌어들였을 가능성도 없지 않았다.

'도와줘야 하나?'

순간, 선체 측면에서 검은색 모터보트 두 대가 튀어나오고 잇달아 제트스키 몇 대가 따라나와 해안으로 달리기 시작했다. VIP용 탈출보트 같은데 얼핏 보기엔 한세인도 탄 것 같았다. 곧바로 적의 모터보트가 따라붙었지만 요트에서 나간 보트들을 따라잡기는 어려워 보였다.

1분도 채 지나지 않아 모터보트들은 백사장에 올라섰고 재빨리 뛰어내린 용병들이 모터보트를 의지해서 해상으로 응사하기 시작했다. 한세인은 비교적 안전한 곳까지 물러난 셈, 섬에 고립될 가능성이 높지만 그래도 요트보다는 안전할 것이었다.

"바다수영 해봤어?"

여기서 더 버틸 수는 없었다. VIP들이 배를 떠났으니 적의 눈은 섬에 집중될 터, 어쩌면 선내 어딘가에 숨어 있다가 어두워진 뒤에 이동하는 편이 안전할 수도 있었다. 그러나 폭파라도 하면 빼도 박도 못할 것 같았다. 하연수가 스파 난간 위로 고개를 올리며 말했다.

"어렸을 때 몇 번, 수영장보다 잘 뜨던데?"

"그럼 됐어, 가자."

섬 방향으로 이목이 집중됐으니 요트 뒤쪽이라면 금방 눈치채지 못할 거라는 판단이었다. 상황을 봐서 선미에 있는 제트스키를 탈취하고 그게 안 된다면 섬까지 수영으로 가야 했다. 거리가 400미터 남짓한 정도니 하연수의 체력이면 가능할 것 같았다.

그가 소총을 어깨 뒤로 메고 구명튜브를 집어들자 하연수도 재빨리 그의 상의를 벗어던지고 난간에 붙어섰다.

"입수하면 요트 뒤쪽으로 갈 거야, 준비됐어?"

"높아서 겁은 나넹, 흐흐. 그럼에도 불구하고 예스!"

"가자. 둘, 셋!"

튜브를 던지고 한꺼번에 셋을 센 다음 나란히 난간을 뛰어넘었다.

7미터 가까운 높이에서 뛰어서인지 물속으로 꽤 깊이 들어간다는 느낌이 들었다. 내려가는 걸 멈추자마자 되짚어 올라와 튜브를 잡았다. 하연수도 한 박자 늦게 바로 옆에서 올라와서 거칠게 숨을 쉬었다.

"이쪽."

하연수에게 튜브를 내밀며 주변을 살폈다. 다행히 적의 보트는 보이지 않았다.

"괜찮아?"

"넵."

파도가 높아서 조금 부담스러운데 하연수는 비교적 잘 적응하는 것 같았다. 일단 선체 측면에 달라붙은 다음, 선체를 따라 신속하게 선미로 이동했다.

"위성전화 불통입니다, 전파방해 같습니다."

"제기랄, 니들은 도대체 뭐하는 것들이야?"

블랙라인 용병 팀장 안톤의 보고에 이재준은 울화통부터 터트렸다. 되는 일이 하나도 없다는 생각, 그토록 보안에 신경 썼건만 정보는 샜고 중무장한 병력이 가까운 섬에 들어온 걸 몰랐다는 점도 참을 수가 없었다.

한세인이 손을 들어 말을 잘랐다.

"그만해, 준. 그 정도도 준비 안 하고 우릴 공격할 엄두를 냈겠어?"

"제길, 미치겠네."

그가 입을 다물자 한세인이 안톤에게 물었다.

"외부와 완전히 차단됐다고 가정하면 얼마나 버틸 수 있을까?"

"확실치 않습니다, 상대가 어떻게 나오느냐에 따라 달라지겠죠. 물과 식량이라면 사흘 이상 견디겠지만 실탄은 대규모 근접교전 한두 번이면 끝입니다. 다만 지형적인 이점이 존재해서 저쪽이 추가로 병력을 투입하지 않을 경우, 24시간은 별 무리 없이 버틸 수 있을 겁니다."

"몇 시간 못 버틴다는 이야기로군요."

집요하게 터지던 총성은 깨끗이 사라진 상황, 접안하려는 시도도 더 이상은 없었다. 그러나 추가적인 병력투입이나 다른 방법을 준비하고 있을 가능성이 높았다.

"매일 오전에 홍콩해경의 순찰이 있으니 내일 아침까지만 버티면 됩니다, 그건 가능합니다."

"곧 해가 질 거예요, 저라면 바로 다시 공격할 것 같네요, 저 사람들 입장에선 시간이 별로 없으니까요. 중국 해경이 연기를 봤다고 생각할 가능성이 높아요."

"크든 작든 배가 접안할 수 있는 해안은 이 섬에 여기 한 곳뿐입니다, 추가로 병력이 투입되지 않는다면 실탄 소모를 최소화하면서 방어할 수 있습니다."

"일단 부탁할게요, 가보세요."

"카피."

안톤이 나가자 한세인이 혼잣말처럼 중얼거렸다.

"저 사람들 목적이 물건일까?"

"모르죠, 지금 확실한 건 남중국해에서 단시간 내에 이만한 병력을 동원할 수 있는 조직은 몇 안 된다는 점입니다. GRU(러시아 정보총국) 아니면 MSS(중국국가안전부)인데… 정황상 MSS가 더 가까울 겁니다."

"MSS라면 내일 오전이 돼도 중국 해경 안 온다는 이야기에요."

"그렇겠죠, 가능한 빨리 빠져나가야 합니다. 해가 지면 움직일 수 있도록 준비하겠습니다."

"그렇게 하세요, VIP들에게도 설명하고 안심시키세요."

"그러죠."

대략의 방침을 결정하고 일어서는 순간, 무전기에서 다급한 목소리가 흘러나왔다.

―새로운 모터보트 진입, 두 척이다. 육안으로 확인되는 보트는 전부 네 척, 탑승인원은 보트 당 세 명으로 보인다. 거리 2킬로미터.

즉시 안톤의 명령이 이어졌다.

―총원 전투배치! 탄약을 아낀다. 조준 단발사격 전환, 저격수들은 모터보트 키를 잡은 놈을 노려라.

―카피.

―닥터 노, VIP들 데리고 숲으로 이동해라. 나무들이 키가 작아서 숨을 곳이 마땅치 않겠지만 캠프보다는 안전하다. 위치는 임의로 정해라.

―닥터 노, 카피. 이동한다.

두 사람은 서둘러 옆 텐트로 건너갔다. 손님들을 불러낼 생각이었다. 그러나 상황은 뜻대로 진행되지 않았다. 느닷없이 쏟아진 무지막지한 총탄세례 때문이었다. 대구경 총탄이 퍼 올린 흙무더기들이 눈높이 이상에서 난무했고 텐트들은 순식간에 걸레가 되어버렸다. 반 박자 늦게 경호원이 두 사람을 덮쳤다.

"드론! 무장드론이다!"

경호원에 깔린 채, 고개만 돌려 하늘을 올려다보았다. 검붉게 타오르는 하늘을 오렌지색 예광탄 수십 줄기가 가로지르고 있었다. 좌우에서 십자포화처럼 쏟아내고 있는데 드론은 제대로 보이지도 않았다. 누군가가 악을 썼다.

"저격수 어딨나! 저격수!"

"모터보트 해안으로 진입! 교전시작!"

상황은 삽시간에 최악으로 치달았다. 느낌상 드론에서 날아오는 총탄은 12.7밀리미터 나토탄인데 위력이 상상초월이었다. 모터보트의 경기관총과는 완전히 차원이 달라서 머리를 들기도 쉽지가 않았다.

"저쪽으로!"

경호원이 두 사람을 잡아끌었지만 한세인은 VIP들이 있던 텐트를 가리켰다.

"가방 찾아와, 물건은 마힌드라에 넘겨야 돼."

신용을 유지하려면 물건을 입찰한 당사자에게 넘겨야 한다는 생각일터, 경매에 직접 참여한 자들은 죽었지만 돈을 받았으니 거래는 여전히 유효했다.

이재준은 급히 반쯤 주저앉은 천막을 들추고 들어갔다. 여기저기서 신음소리가 들렸다. 그러나 심하게 갈려나오는 소리여서 알아듣기는 어려웠다. 휴대전화의 랜턴으로 어렵게 인도인을 찾아내고 경호원 두 사람을 뒤집자 하드케이스가 보였다. 피로 범벅이 됐지만 다행히 하드케이스는 멀쩡했다.

웬만한 폭발이나 화재는 견딜 수 있도록 제작된 가방이라 중기관총 총탄에 직격됐는데도 흠집만 남은 정도였다. 하드케이스에 묻은 피를 죽은 자의 옷에다 대충 닦아내고 되짚어 나왔다.

"찾았다, 나간다."

그 잠깐 사이에 밖의 상황은 더 곤두박질치고 있었다. 사방에서 비명이 난무했고 목에 힘을 주던 용병들도 주변에 없었다. 총탄이 한바탕 휩쓸고 지나가자 누군가가 떨어트린 무전기에서 비명이 흘러나왔다.

―캠프 북쪽에 적! 기습이다! 교전 들어간다!

적의 일부가 섬 북쪽의 절벽으로 올라와 배후를 공격하는 모양새, 상황은 확실히 좋지 않았다.

―드론 한 대 격추! 드론 격추! 한 대는 돌아간다!

5분 가까이 무지막지하게 총탄을 쏟아냈으니 탑재한 총탄을 모두 소진했을 가능성이 높았다. 카트리지를 교환하고 돌아올 때까지는 여유가 생긴 셈이었다. 차가운 안톤의 목소리가 이어졌다.

―전 대원 해안 절벽으로 집결! 닥터 노, VIP 데려와!

병력을 해안으로 집결시켜서 방어하는 편이 낫다고 생각하는 모양이었다. 그런데 한세인이 갑자기 무전기를 잡았다.

"안톤, 케이원이다."

―여기.

"무의미한 인명피해는 피하자, 저들에게 원하는 걸 내주겠다. 제안할 방법 찾아라."

―카피, 일단 합류하라.

"간다."

무전기를 닥터 노에게 돌려준 한세인은 주변에 떨어진 권총을 집어들더니 성큼성큼 앞장서서 걸었다. 총탄이 빗발치는 데도 한 치의 흔들림이 없는 모습, 여장부라는 사실은 익히 알고 있었지만 직접 보는 건 느낌이 완전히 달랐다. 내심 혀를 내두르며 뒤따라 뛰었다.

해안의 상황도 그리 좋지 않았다. 부상자만 많고 정상적인 임무수행이 가능한 병력은 대여섯 명도 안 되는 것 같았다. 드론의 기습공격이 치명적이었다. 그나마 해안에 상륙한 놈들은 크게 위협이 되지 않았다. 유일한 통로인 계단만 방어하면 그만이기 때문이었다. 급한 대로 배치를 끝낸 안톤이 두 사람 앞으로 돌아와 말했다.

"배후로 침투한 놈들 숫자가 불분명한데 최소 칠팔 명은 될 것 같습니다."

"저쪽하고 이야기할 방법은 없나요?"

"한두 명 제압하고 이어피스 빼앗으면 됩니다, 그러면 지휘하는 놈들하고 이야기할 수 있을 겁니다."

"지금 가능합니까?"

"물론입니다."

"그럼 하세요."

"알겠습니다."

안톤은 곧장 자동소총만 챙겨들고 다른 용병 하나에게 수신호를 하면서 바위틈을 빠져나갔다.

"닥터 노, 지휘해라. 방어에 치중하고 내가 돌아올 때까지 움직이지 마라. 스트라이커, 같이 간다."

―카피.

두 사람이 사라진 뒤에도 총격과 폭발음은 차츰 가까워졌고 급기야 수류탄까지 날아들었다.

"수류탄! 숙여!"

쾅!

웅크린 머리 위로 돌가루가 쏟아졌다. 다행히 10여 미터 떨어진 바위 사이의 구덩이 속에서 폭발한 것 같은데 그래도 등을 때리는 충격은 만만치 않았다. 속이 완전히 뒤집히는 느낌, 등판에 큼직한 멍이 생길 거라는 생각을 하면서 바위틈으로 머리를 내밀었다가 급히 돌아왔다. 다시 총격이 쏟아졌기 때문이었다.

'젠장.'

아군의 응사가 이어지고 밖으로 수류탄 몇 개가 날아갔다. 잇달아 폭음이 터지고 다시 자동소총의 지독한 총성이 작렬했다. 그리고 잠시 기분 나쁜 침묵이 흐른 뒤, 안톤이 바위틈으로 뛰어들어 한세인에게 이어피스 하나를 건넸다.

"일단 캠프 쪽으로 밀어냈습니다, 이거."

달랑 두 사람이 그 많은 인원을 밀어낸 셈, 확실히 프로는 프로였다. 무전기를 받아든 한세인은 별 고민도 하지 않고 상대를 호출했다.

"지휘관과 이야기하고 싶다, 나 세리 한이다."

—용건은?

"넌 알 필요 없어, 보스 바꿔."

한세인은 말을 잘라버리고 조용히 기다렸다. 몇 초 시간이 흐르자 탁한 목소리가 흘러나왔다.

—말하라.

"누구냐?"

—이름이 중요한가? 칼자루 너한테 없어, 그냥 살려달라고 비는 게 최선 같은데?

비교적 유창한 영어인데 국적을 추정할 수 있을 만큼의 억양은 감지하기 어려웠다. 한세인도 그렇게 생각했는지 미간을 좁히며 다시 물었다.

"불필요한 희생은 피하자, 원하는 게 뭐냐?"

—선원들까지 다 죽였는데 널 살려둘 것 같나?

"후회할 텐데? 끝까지 가면 당신들 피해도 만만치 않을 거야."

상대는 껄껄 비웃음을 날렸다.

—드론이 곧 돌아갈 거다, 남은 용병 몇 놈으로 얼마나 버틸 수 있을까? 10분쯤? 더는 무리일 거다.

"물건 해안에 떨어트리겠다, 가져가라. 평생 떵떵거리며 살 수 있을 거다."

―그거 어차피 내 물건이야, 다 죽이면 그만 아닌가? 지금 손 들고 나올 생각 아니면 그만 떠들어, 아웃.

무전은 그냥 끊어져버렸다. 순간, 배후를 지키던 용병 하나가 고함을 질렀다.

"캠프 통로에 적 출현! 10명 이상!"

또다시 발악적인 총성이 작렬했다. 이번엔 더 많고 더 가까웠다. 안톤이 머리를 내밀고 조준사격을 몇 번 한 다음, 한세인에게 말했다.

"케이원, 내려가야 할 것 같습니다."

"해변으로?"

"저놈들 해변 쪽에서는 흉내만 내는 겁니다, 병력 대부분을 배후로 돌렸으니 해변의 모터보트들은 저격수로 견제하면서 돌파하면 요트까지 갈 수 있습니다. 요트만 움직이면 탈출할 수 있을 겁니다. 점점 바람이 강해지고 있어서 모터보트들은 큰 바다로 나오지 못합니다."

한세인은 하늘을 올려다보았다. 귓전을 스치는 바람은 확실히 강해졌고 하늘을 뒤덮은 붉은 기운도 거의 사라져서 곧 어둠이 깔릴 것 같았다.

"부상자는 어쩌고?"

"일부라도 빠져나가야 부상자들에게도 희망이 생깁니다. 위험하긴 어차피 마찬가지고 시간을 벌어줄 인원도 필요합니다."

한세인은 주변에서 응사에 열중하는 부상자들을 죽 돌아보고는 고개를 끄덕였다.

"가족에게 상응하는 보상을 하겠다, 가자."

"아이아이, 맴."

대원들에게 몇 가지 지시를 내린 안톤은 즉각 두 사람을 계단으로 이끌었다. 앞에 용병 두 명이 먼저 내려가고 뒤따라 계단을 뛰었다.

안톤의 예상대로 해안을 소개하는 건 어렵지 않았다. 저격수들의 집중사격 때문인지 저항도 부실해서 모터보트와 바위 뒤에 은신한 적 여섯 명을 처리하는데 불과 2분도 채 걸리지 않은 것 같았다. 하지만 순조로운 진행은 거기까지였다.

절벽 위에서 잇달아 폭음이 터지고 비명이 난무했다. 그리고 모터보트 상태를 점검하던 용병이 이를 갈아붙이며 욕설을 토해냈다.

―젠장, 보트 배선 전부 잘렸다.

당황했는지 안톤도 제트스키 시동을 걸려다 포기하고 오만상을 찌푸리고 있었다. 그리고 피보라를 날리며 쓰러졌다.

"엎드려!"

이재준은 반사적으로 바닥에 머리를 막았다. 예광탄 수십 줄기가 모래밭을 파헤치며 좌에서 우로 휩쓸고 있었다.

'네미럴!'

한바탕 총격이 지나간 다음, 보트 아래로 머리를 내밀었다. 총탄이 날아온 곳은 만灣 안으로 진입하고 있는 검은색 모터보트 두 대였다. 다시 총탄이 쏟아졌다. 머리를 박고 쏟아지는 모래들을 피한 뒤, 총구를 내밀었다. 그런데 총격이 갑자기 끊어졌다.

'뭐지?'

느닷없이 방향을 튼 모터보트 한 대가 해상의 암초를 들이받고 공중에 뜨더니 수면에 코를 박고 뒤집혔다. 다른 한 대는 한참 더 해변으로 달려들다가 방향을 틀었다. 그리고 이어피스에서 의외의 목소리가 들려왔다.

―헌터다, 3시 방향! 백사장 끝으로 뛰어!

모두의 시선이 한세인에게 돌아갔고 그녀는 고민하지 않고 일어섰다.

"뛰어."

하연수는 툴툴거리면서 모터보트가 접근하는 백사장 끝의 바위 위에서 계단 아래를 조준했다. 점점 더 어두워져서 보이는 게 거의 없지만 어디서든 총이 발사된다면 총구화염은 분간할 수 있을 것 같았다. 한세인 일행은 부지런히 백사장을 따라 뛰고 있었다.

'이재준 저 자식은 죽지도 않아요.'

목숨 걸고 모터보트를 탈취해서 이재준을 구하는 꼴이라 기분이 더러웠다. 생각 같아서는 달려오는 이재준을 목표로 사격연습이라도 하고 싶지만 지금은 참아야 했다.

"뭐해! 잡아!"

차명석이 등 뒤에서 소리를 질렀다.

"응? 넵."

차명석이 던지는 밧줄을 잡아 바위에다 대충 걸어놓고 보트로 뛰어내려 다시 계단 아래 백사장으로 총구를 돌렸다. 절벽 위의 총성은 거의 잦아든 상황, 이젠 당장 총구화염이 보여도 이상하지 않은 시점이었다.

'미치겠네.'

한세인 일행이 백사장 끝에 도착해 보트로 뛰어내리는 몇 십 초가 엄청나게 길었다. 숨을 쉬기도 힘들어서 몇 번이나 크게 심호흡을 한 뒤에야 모터보트가 움직이기 시작했다.

"전부 엎드려! 거기 용병, 경기관총 잡아! 요트로 간다."

용병은 두말없이 거치된 경기관총을 잡았다. 곧장 보트를 돌린 차명석은 일직선으로 요트를 향해 가속했다.

선체는 누더기가 됐지만 요트는 그럭저럭 움직였다. 정상적인 가속이 되질 않아서 따라붙는 모터보트들을 떼어내느라 애를 먹었지만 길지는 않았다. 요트를 조종하는 한세인의 솜씨가 예상외로 능숙했기 때문이었다.

악천후임에도 불구하고 한세인은 깔끔하게 배를 만 외부로 빼냈고 모터보트들과의 거리는 금방 멀어졌다. 비교적 선체가 큰 요트조차 피칭(자동차나 배가 앞뒤로 흔들리는 현상)이 만만치 않은 형편인데 손바닥만 한 모터보트로 큰 바다의 너울을 감당하는 건 사실상 불가능했다.

최고속도로 40분 이상 북서진하자 어선의 불빛이 하나둘 보이기 시작했다. 일단 한숨을 돌린 셈, 차명석은 어부들이 피항할 때 쓰는 작은 무인도 두 개를 통과한 뒤에야 선미에서 총구를 거뒀다. 그런데 선수가 왼쪽으로 돌아갔다. 서쪽 방향, 아무래도 자신의 전용기가 있는 주아이항으로 직행하는 것 같았다. 하연수에게 올라가자고 수신호를 하며 말했다.

"연수야, 지금부터는 정말 긴장해야 돼. 배에서 내릴 때까지 항상 서로를 엄호해야 하고 누구에게도 절대 등을 보이면 안 돼, 이재준은 언제든 뒤통수 칠 수 있는 놈이다."

천신만고 끝에 총탄 난무하는 전쟁터는 벗어났지만 지금부터는 지뢰밭이었다. 어쩌면 가장 위험한 순간은 지금일지도 몰랐다.

"넵."

"가자."

배 뒤쪽 해상을 계속 주시하면서 3층으로 올라갔다. 그런데 브리지 바로 아래 계단에 이재준이 앉아서 손가락 하나를 까딱까딱했다.

"이야기 좀 하지?"

"먼저 올라가."

"카피."

하연수와 자연스럽게 눈을 마주치고 브리지로 올려보냈다.

"할 이야기가 남았나?"

"총에 손대지 마라, 잘못하면 머리통에 시원하게 바람구멍이 날 테니까."

옆에서 미세하게 발자국 소리가 들렸다. 슬쩍 고개를 돌리자 가까운 갑판구조물 뒤로 유일하게 살아남은 용병이 보였다.

"넌 돌아가도 죽어, 여기서 죽게 돼도 너무 억울해하지 마라."

용병이 천천히 다가와 그의 관자놀이에 총구를 들이대고 소총을 빼앗아 멀리 던졌다. 싱긋 웃으며 말을 받았다.

"날 쏘면 너도 죽어."

"왜?"

"나도 바보는 아니거든."

이재준이 뒤를 돌아보더니 히죽 웃었다. 하연수가 이재준의 등을 겨누고 있었다.

"저년 총은 쏴봤나? 사람은 죽여봤고? 후후, 거리가 7미터인데 저렇게 손 떨면 총알 하늘로 날아가."

하연수의 총구는 흔들리지 않을 것이었다. 정지한 목표를 7미터 거리에서 놓칠 리도 없었다. 전에 이재준이 한 질문을 그대로 돌려줬다.

"내기할까?"

"목숨 가지고 도박 안 한다면서?"

"도박 아니라 신뢰다, 참고로 난 아무한테나 총 쥐어주지 않아. 그런데 말이야. 아마추어의 총에 맞아죽으면 지옥 가서도 쪽팔릴 거 같은데, 아닌가?"

"그건 그때 가서 생각해봐도 될 것 같은데… 내 목숨 가지고 도박하려니 좀 그러네."

"총 내려놓으라고 해, 천천히."

이재준은 쓰게 입맛을 다셨다.

"쓸… 그것도 별로야, 그냥 쏘라고 하는 게 나을 거 같네."

"그럼 해, 그런데… 이건 동네 아이들 겁줄 때나 하는 짓이야."

말이 끝나기가 무섭게 머리를 가볍게 틀면서 번개같이 용병의 권총을 쳐내고 동시에 놈의 턱을 정통으로 들이받아버렸다.

쩍!

놈의 머리는 바람 빠지는 소리를 내면서 덜컥 뒤로 넘어갔다. 눈에서 불똥이 튀는 통에 일순 앞이 보이질 않았지만 손에 잡힌 권총의 감각은 선명했다. 반대로 꺾으면서 놈의 아랫배쯤에다 연속해서 두 번 방아쇠를 당겼다. 동시에 등 뒤에서도 총성이 터졌다.

카캉!

"움직이지 마!"

하연수의 앙칼진 목소리, 총을 쏜 사람도 그녀였다. 이재준은 허리춤에서 권총을 뽑다 말고 얼어붙은 채, 엉거주춤 손을 들고 있었다.

차명석은 죽은 용병의 손에서 권총을 빼앗아 이마에 한 발 확인사살을 한 다음, 천천히 돌아서서 이재준의 손에 들린 권총도 빼앗았다. 그리고 총구를 눕혀서 놈의 입 안에다 밀어넣었다.

"밑바닥에서는 보통 이렇게 해."

머리에 총구를 대는 건 머리만 살짝 틀어도 피할 수 있지만 입안에 들어간 총구는 피할 방법이 없었다. 이게 최선이었다. 놈이 어정쩡한 발음으로 입을 열었다.

"너무 과격해진 거 아냐? 내가 아는 헌터는 건방지긴 했어도 함부로 총질하진 않았는데 말이야."

"딱 하나만 묻겠다, 테러는 누가 기획한 거냐? 최대수냐? 아니면 한세인인가?"

"내 밑으로 들어와, 이 넓은 세상이 네 것이 될 거다."

또 시작이었다. 웃을 수밖에 없었다.

"후후, 누가 그러더군. 한 번 속으면 속인 놈이 나쁜 놈인데 두 번 속으면 속은 놈이 바보라고."

"그래? 그럼 당겨, 얼마 전에 니가 했던 이야기 그대로 돌려주지. 내 입에서 니가 원하는 대답은 절대 안 나가. 어차피 오래 살지도 못하겠지만 사는 동안은 궁금해 미치게 될 거다, 후후."

"일어나."

먹살을 틀어잡아 일으킨 뒤, 갑판 난간으로 밀어붙였다.

"마지막으로 묻겠다, 기획한 놈이 누구냐?"

"넌 상상도 할 수 없을 거야, 열심히 대가리 굴려봐."

"열심히 생각해보지."

난간 뒤로 상체를 밀어내면서 난간을 잡은 놈의 손등을 총구로 꾹 눌렀다. 그리고 가차 없이 방아쇠를 당겼다.

픽!

"으헉!"

놈의 눈이 순간적으로 휘둥그레졌다. 진짜 쏠 거라고는 생각하지 못한 모양이었다.

"나보다 오래 살 자신 있나?"

"크으… 너 이 새끼 미친 거 아냐? 이렇게 막무가내로 총질하는 건 전혀 도움이 안 돼."

버둥거리는 놈의 멱살을 꽉 틀어쥐고 무릎 안쪽에다 다시 총구를 댔다.

"채수한테 꼭 인사 전해."

픽!

놈의 눈은 더 커졌다. 동맥을 건드렸는지 피가 분수처럼 솟구쳤다. 씩 웃었다.

"크어어… 미쳤어!?"

"당장 죽이진 않을 거야, 채수 생각하면 당장 바다에 던져버리고 싶지만 아주 잠깐만 참겠다. 개 주인 만나서 할 이야기가 좀 있으니까, 가자."

놈의 멱살을 잡은 채 질질 끌고 계단을 올라갔다. 이제 한세인과 담판을 지어야할 시간, 이대로 주아이 항에 들어가게 되면 주도권 문제가 생길 수 있었다.

그런데 한세인은 만신창이가 된 이재준을 보고도 무덤덤하게 웃었다. 옆에 놓인 권총에는 손도 대지 않았다.

"당신이 이겼나 보죠?"

그는 대답하지 않고 소총 개머리판으로 이재준의 얼굴을 한 방 갈겨 한세인의 발밑에 쓰러트렸다. 널브러진 이재준을 힐끗 내려다 본 한세인이 다시 정면으로 시선을 돌리며 말했다.

"총소리가 나길래 둘 중 하나는 죽었을 거라고 생각했는데 아니었네요, 이유가 있나요?"

"궤변을 하도 많이 늘어놔서 머리가 복잡해지더군요."

"친구를 죽인 사람에 대해서는 확신을 가지고 있지 않았던가요?"

"개 주인에게 책임을 묻는 게 순서 같아서요."

"줄이 풀려서 멋대로 날뛰는 사냥개는 생각보다 잡기 힘들답니다."

"줄을 놓쳤다고 책임을 면할 수는 없습니다."

"이야기가 그렇게 되나요? 하하, 이거 내 식구가 관련된 건 주지의 사실이라 아예 오리발은 어려운데… 그래도 생화학테러쯤 되면 내가 했어도 아니라고 우겨야 할 사안이랍니다, 후후."

"아니라고 주장하는 겁니까?"

"사실이 그러니까요, 그냥 이쯤해서 서로 원하는 걸 이야기하죠. 아직도 날 최대수 후보에게 데려가고 싶나요?"

"받은 게 있으니 갚아야죠."

그의 시선이 바닥에 널브러진 이재준에게 돌아가자 한세인도 놈을 쳐다보면서 물었다.

"준을 찾아주겠다고 했나요?"

"이 강아지 말고도 몇 가지 더 있습니다."

"저대로 두면 죽을 텐데 지혈이라도 해주세요, 배가 정상이 아니라 아직 두 시간은 더 가야 주아이 항이랍니다."

이재준은 거친 호흡을 몰아쉬고 있었다. 의식은 남아 있지만 출혈이 심각해서 두 시간을 버티기는 어려울 것 같았다.

"마카오로 가시죠, 1시간이면 도착하고 대형병원도 가까워서 잘하면 살릴 수 있을 겁니다."

"최대수 후보가 보내준 비행기를 타자는 거겠죠?"

"요트의 상황을 설명하지 않고 조용히 빠져나가려면 그게 쉬울 겁니다."

중국 당국의 수사를 피하기 위해서라도 항구 도착과 동시에 조용히 사라지는 게 나을 거라는 생각이었다. 한세인이 씩 웃으며 말했다.

"서로 윈윈이 되는 방법도 있는데, 들어보겠어요?"

"하시죠."

"우선 난 백기 들고 최대수 후보를 만날 생각이 없어요, 그리고 그쪽은 날 한국에 데려가기만 하면 되는 거예요. 그렇죠?"

"맞습니다."

"내 제안은 이래요, 기자들 불러놓고 시끄럽게 입국하는 겁니다. 두 분은 조용히 공항 빠져나와서 내 숙소에서 합류하고, 어때요?"

"일견 나쁘지 않은데… 시점이 언제냐가 문제 같군요."

"이왕 들어갈 거면 상대가 준비되기 전에 먼저 치고 나가는 게 나아요, 배에서 내리면 바로 비행기 이륙시키죠. 일단 지혈해주세요."

한세인은 브리지 한쪽 벽에 걸린 응급치료 키트를 가리켰다.

"산다는 보장 없습니다, 세상에 별로 도움이 되는 놈도 아니고."

"아직 여기저기 쓸데가 좀 있어요, 생각보다 질긴 사람이기도 하고."

쓰게 웃은 그는 잠시 이재준을 노려다보다가 놈의 미간을 조준했다.

"후환을 남기는 스타일이 아니라서."

"혹시라도 살아난다면 필히 당신에게 해코지하지 못하도록 조치하죠, 어차피 당분간은 병원에서 지내야 할 거고… 한국에서 활동하기는 더 어려울 거랍니다."

그는 잠시 더 이재준을 내려다보다가 그대로 방아쇠를 당겨버렸다.

쾅!

총탄은 오른쪽 안와에 정통으로 박혔고 놈의 머리에서 터져나온 시뻘건 뇌수들이 브리지를 뒤덮었다.

차명석은 권총을 바다에 던져버리고 한세인 옆에 나란히 서서 새카만 수면을 주시했다. 한세인이 고개를 가로저었다.

"예상보다 많이 과격한데요? 후후."

"주인이 사과했다고 해도 사람을 문 개는 살려둘 수 없습니다."

"일처리는 마음에 드네요."

"개가 죽어서 일이 복잡해졌다면 그건 사과드리죠."

"아뇨, 조금 거추장스러워지긴 했지만 해결 못할 정도는 아니랍니다. 괜찮아요."

"아쉽군요, 해결이 불가능하길 바랐는데."

"후후, 점점 더 마음에 드는데요?"

"테러 배후에 누가 있는지 알죠?"

한세인은 몇 초 침묵을 지키다가 의미심장한 미소를 지으며 그를 돌아보았다.

"총대 멘 사람까지는 보이겠죠, 하지만 더는 볼 수가 없어요. 최대수 후보는 누가 이런 시도를 했는지 모르니까요."

"모르다뇨?"

"큼직한 이슈가 필요하다는 이야기 정도 했겠죠, 다음 단계로 뭐가 어떻게 진행되는지는 알리도 없고 알아서도 안 되는 거예요. 진도는 별도의 조직이 알아서 뽑는 거랍니다."

"실패했으니 끝이라는 겁니까?"

"아니죠, 필요한 자금을 만들지는 못했지만 배후세력의 입장에서는 성공했다고 봐도 무방해요."

"왜죠?"

"아직 끝난 게 아니랍니다, 아마 타이밍을 보고 있을 거예요. 마지막 필요조건이 채워지길 기다리는 모양인데… 느낌상 내가 들어가면 시작될 것 같네요."

"왜 당신이 들어가야 시작되는 겁니까? 당신이 관여한 방산비리 때문입니까?"

"내가 방산업체 사람들에게 국방부 쪽 선을 대주긴 했어요, 하지만 내가 챙긴 건 적법한 리베이트뿐이니 비리는 아니죠."

"정부가 직접 구매하는 사업에 에이전트가 끼는 건 불법입니다, 당연히 리베이트도 불법이죠."

"흠… 믿기 어려우면 옆에서 직접 보는 거 어때요? 아주 재미있을 거랍니다. 그래서 이야기인데… 두 분이 잠시 날 도와주세요, 요즘 장용민 변호사 입장이 편치 않아서 당분간 일거리도 없을 것 같던데, 아닌가요?"

"그럴 수도 있겠죠."

"딱 5개월만 계약하죠, 한국 들어가면 이것저것 할 일이 태산인데 준이 저 모양이인지라, 후후."

그의 시선이 널브러진 이재준에 돌아가자 한세인이 말을 덧붙였다.

"솔직히 말하면 저 사람이 벌려놓은 일도 많고 사고도 워낙 크게 쳐놔서 수습이 쉽지는 않아요, 그래서 도와줬으면 좋겠다는 거랍니다. 물론 수습을 위해서라면 이쪽도 나쁘지 않아요. 죽은 사람은 말이 없으니까요."

차명석은 길게 생각하지 않았다. 아무래도 불안한 동거가 되겠지만 단기간이라면 구경하는 것도 나쁘지 않았다.

"굳이 나를 원하는 이유를 알아도 될까요?"

"준이 레드라인까지 엉망을 만들어놔서 한국 내에서 활용할 조직이 없어졌잖아요, 그런데 그 무섭다는 생화학 테러를 막은 사람이 눈앞에 있네요. 활용하지 않으면 그게 더 이상하지 않을까요? 나로서는 최선의 선택 아닌가 싶은데… 정 급하면 나도 그쪽하고 같이 테러를 막았다고 우길 수 있을 것 같고 말이죠, 후후."

"경호가 필요한 겁니까?"

"일반경호는 내 회사가 담당할 거예요, 두 분은 따로 부탁드릴 일이 많을 거랍니다."

"그게 뭐죠?"

"원래 선거가 가까워지면 정치하는 사람들은 절박해진답니다, 무슨 짓을 해도 이상하지 않아요. 주고받을 것도 많고 오늘 같은 일도 또 생길 거예요."

잠시 침묵을 지키면서 생각하는 척하다가 고개를 끄덕였다.

"조건을 몇 가지 달아야 할 것 같습니다."

"가능하면 들어드려야죠, 말씀하세요."

"먼저 이번 일의 의뢰인을 함께 만난다."

"의뢰인이라면… 최대수 후보인가요?"

"내게 의뢰한 사람은 이상수 전 의원입니다. 최대수는 뒤에 있겠죠."

"이상수라… 그 사람 겁이 없네요, 그렇게 하죠. 명석 씨 부탁이 아니라도 어차피 그쪽 사람들 만나야 하니까."

"당신은 테러의 배후를 모른다고 했습니다. 난 나대로 배후를 찾아내는 작업을 병행하겠습니다."

"찾아서 어쩌겠다는 거죠? 최대수가 배후라면 어떻게 할 건데요?"

"묻어버릴 방법을 찾아야죠, 그런 사람이 대통령이 되는 건 모두에게 불행이니까요."

"욕심이 과한 거 아닌가요?"

"그럴지도 모르죠."

"우선순위를 내 일에 두세요."

"좋습니다. 마지막으로 하나 더, 당신이 내가 생각하는 정의에 부합하는 사람이 아니면 그 즉시 계약을 해지하고 떠날 겁니다."

"그쪽이 생각하는 정의란 게 뭔가요? 설마 국가와 민족 뭐 이런 거 따지는 건 아니겠죠?"

"누가 그러더군요, 우린 무지개 같은 나라에 산다고."

"무지개?"

"띄어쓰기하세요, 그래서 따질 생각 없습니다."

"무지… 개 같은? 후후, 재미있네요. 하하하."

한세인은 한동안 호탕한 웃음을 터트리더니 갑자기 정색하면서 손을 내밀었다.

"섭섭지 않게 입금할게요."

무덤덤한 얼굴로 손을 마주잡았다. 그리고 시선을 새카만 바다로 돌렸다.

"오늘 요트를 공격한 자들은 누굽니까?"

"딱히 누구라고 단언할 수는 없어요, 이런 일을 하다 보면 여기저기 적이 많아지거든요. 다만 중국에서 무장드론을 운용할 정도의 조직이라는 점을 고려하면 MSS나 GRU가 아닐까 추정하고 있답니다."

"주아이도 안전하다는 보장 없겠군요."

"지금부터 여기저기 연락 좀 해둘 생각이에요. 조심은 해야겠지만 본토이니 걱정까지는 할 필요 없어요."

"배는 어떻게 수습할 생각입니까? 사람이 많이 죽었는데."

"방법은 많아요, 배야 해적에게 공격당했다고 적당히 주장하면 그만이고 이도저도 안 되면 비행기 이륙할 때까지 시간만 벌어도 충분하답니다. 거기까지는 내 일이니 명석 씨는 신경 끄세요. 아, 같이 일해야 하니 이참에 호칭 정리하죠, 그냥 콜사인으로 부를까요?"

"그렇게 하시죠, 이 친구는 밥캣으로 부르면 됩니다."

"내게는 누님, 언니라고 부르는 거 어때요? 존칭은 생략하고. 대표 어쩌구 하면 영 불편하거든요. 그리고 의사소통은 영어로 해도 되겠죠?"

"물론입니다."

"그럼 됐네요, 이제 교대로 씻고 옷 좀 갈아입읍시다. 그 꼴로 공항 갈 수는 없잖아요? 특히 밥캣은 아무래도 옷을 입어야 할 것 같네, 후후. 왼쪽 계단으로 내려가면 바로 내 선실이니까 씻고 내 옷 입어요. 옷값 달라 소리는 안 할게요."

새삼 자신과 하연수의 옷차림을 내려다보고 웃었다. 자신의 상태도 엉망이지만 하연수의 행색은 정말 말이 아니었다. 찢어진 파티드레스를 입고 바다에 들어갔다 나왔으니 굳이 설명할 필요도 없었다. 맨발에 머리는 산발이고 온통 피투성이였다. 배에서 내리려면 한세인의 말대로 옷을 갈아입는 게 아니라 입어야 할 것 같았다.

"먼저 씻어."

그가 아래위로 훑어보며 웃자 하연수가 미간에 내천川자를 깊게 팠다.

"그럴 거야?"

"후후, 얼른 씻어."

"쳇, 두고 봐요."

하연수가 툴툴거리며 계단을 내려간 뒤, 한세인은 어디론가 전화를 걸어 아주 차분한 어조로 상황을 설명했다.

"경매 과정에서 좋지 않은 일이 생겼어요."

조금 전까지 생사의 경계를 넘나들었는데 동네 아이들 주먹다짐 정도를 설명하는 분위기였다. 마지막으로 주아이 항과 이안석도로 사람을 보내라는 이야기를 한 다음, 자신의 일정을 간단히 정리했다.

"아무래도 잠깐 한국에 들어가야 할 것 같아요, 몇 달 자리를 비워야 합니다. 여기 수습하고 물건 마힌드라에 넘기세요."

저쪽의 대답을 듣는지 한세인은 잠시 침묵을 지키다가 전화를 내려놓았다. 차명석은 하연수가 들어간 선실이 보이는 계단에 걸터앉으며 물었다.

"선서식 참석해야 하는 거 아닙니까?"

시민권 선서식이 며칠 안 남았을 거라는 생각, 그런데 한세인은 고개를 가로저었다.

"이상수 씨가 그렇게 이야기하던가요?"

그는 고개만 끄덕였다. 한세인이 혼잣말처럼 중얼거렸다.

"어리석은 사람들… 난 원래 미국사람이에요."

"네?"

"난 미국에서 태어났어요. 미국은 속지주의니까 태어나는 순간부터 미국인이죠. 물론 한국에도 주민등록은 되어 있답니다."

"어머니께서 한국인이길 바라셨나봅니다."

한세인은 손가락 하나를 좌우로 까딱까딱하며 말을 받았다.

"나는 미국인이에요. 한국 사람들은 동포 어쩌고 그런 감상적인 이야기들 하는 걸 좋아하지만 착각이랍니다. 미국에 정착하고 시민권을 취득한 사람들은 더도 덜도 아닌 미국인이에요. 그들이 시민권을 받을 때 한쪽 손들고 엄숙하게 복창하는 선서를 들었다면 아무도 그런 이야기 못할 겁니다. 첫 번째 문장이 이렇게 시작되거든요."

한세인은 가볍게 목을 풀더니 남자처럼 목소리를 저음으로 깔았다.

"음음! '나는 이로서, 지금까지 지켜왔던 기존의 군주, 주권자, 국가, 통치권에 대한 시민권자로서의 충성과 충절을 완전히. 그리고 전적으로 단념한다.' 이게 시작이에요. 이외에도 주절주절 여러 가지 잡소리가 붙지만 선서의 주제는 '난 오늘부터 미국에 충성한다.'랍니다, 어때요? 아직도 동포라는 생각이 드나요?"

"이해가 될 것도 같군요."

"이쯤에서 그리스 말 그만합시다."

"그리스 말?"

"아, 그거 관용어에요. 옛날 로마시대에 만들어진 말인데… 로마가 그리스를 정복하고 장기적으로 지배를 시작했는데 그리스 말이 너무 어려워서 심각한 문제가 됐거든요, 그래서 나온 관용어인데 지금까지도 영어에 남았죠. 요즘 말로 하면 '영어로 이야기해라' 정도? 군이 한국어로 번역하면 '알아들을 수 있게 쉬운 말로 해라' 정도겠네요."

그는 쓰게 웃으며 고개를 가로저었다.

"이 와중에 영어공부 할 생각 없습니다."

"후후, 그러시죠. 솔직히 나도 이런 이야기 골치 아파요. 도착 즉시 전용기 띄울 겁니다, 두 분 짐은 우편으로 날아갈 거고요."

"우리 여권 호텔에 있습니다."

"상관없어요, 없으면 만들면 되니까."

또다시 무덤덤한 대답, 한세인은 그에게 살짝 윙크까지 했다.

쓰게 웃으면서 수평선으로 눈을 가져갔다.

앨리스

"저 아줌마 뭐야?"

인천공항 출입국 심사대를 통과한 하연수가 처음 꺼낸 대사였다. 그도 그럴 것이 요트가 주아이 항구에 도착하는 순간부터 전용기가 이륙할 때까지 걸린 시간은 불과 30분을 넘기지 않았다. 그리고 그 짧은 시간 동안 보여준 한세인의 능력은 가공할만한 것이었다. 전화 한 통으로 항구의 공안들을 수하 다루듯 간단하게 처리한 건 물론이고 공항에 도착해서는 불과 10여 분 만에 여권도 없는 두 사람을 자신의 전용기에 태우고 이륙해버렸다.

"우릴 아예 미국 사람으로 만들었잖아."

하연수는 비행기 안에서 급조한 미국여권을 눈앞으로 올렸다가 가방에다 틱 던졌다. 하연수의 시선은 한 발 먼저 세관을 통과하는 한세인의 뒤통수에 고정되어 있었다.

"놀라기는 아직 이른 거 같다, 선글라스."

"넵."

나란히 선글라스를 챙겨 쓰고 세관을 통과했다. 손에 든 건 작은 기내 가방 하나가 전부라 무사통과였다.

입국장으로 나와서도 다시 한 번 한세인의 힘을 느낄 수 있었다. 하연수가 연신 감탄사를 터트렸다.

"어우, 진짜 대단하네."

한세인이 나가자마자 사진기자 대여섯 명의 플래시가 줄줄이 터졌고 정장 경호원 네 사람이 일사분란하게 한세인을 둘러싸고 공항 밖으로 안내했다. 마치 오래 전에 계획해둔 경호작전을 수행하는 것 같았다.

두 사람은 소란에서 거리를 두고 천천히 공항을 빠져나와 택시를 잡아탔다.

"성북동 부탁합니다."

두 사람은 성북동 주택가 초입에서 내려 선불전화기부터 샀다. 그리고 강민태에게 전화를 걸었다. 우선 돌아가는 상황부터 파악하고 움직일 생각이었다. 녀석은 금방 전화를 받았다.

―여보세요.

"나다."

―엥? 뭐야? 이거 한국번혼데?

"돌아왔다."

—벌써?

"돌아오긴 했는데 일은 좀 길어질 거 같다, 상황변동 있냐?"

—별로, 석진이는 오늘 집에 들어갈 거고 장 변은 불구속으로 일단 나왔어. 기소는 별도 문제고.

"민지 씨랑 넌?"

—당분간은 우리 집에서 버틸 거다, 출근은 나랑 같이 하고. 아직 안전하다고 장담하긴 어렵잖아, 얼마나 걸릴 거 같냐?

"확실치 않아, 대충 서너 달. 자세한 이야기는 나중에 하자."

—알았다, 수고해.

이상수의 말대로 상황은 안정되어가는 모양새, 긴장을 늦출 수는 없지만 그래도 한숨 돌릴 여유는 생긴 셈이었다.

전화를 끊은 뒤, 깨끗하게 정돈된 골목을 세심하게 관찰하면서 올라갔다. 대로부터 숙소까지 진입경로를 완전하게 머릿속에 넣어둘 생각이었다. 7분쯤 고갯길을 올라가자 다른 주택들보다 훨씬 높은 회색 담장이 보였다. 일단 한세인이 숙소로 구했다는 주소 맞았다.

건물은 엄청나게 높은 담장에 가려 밖에서는 보이지 않고 출입구는 CCTV 두 대가 내려다보는 두 개의 철문이었다. 하나는 자동차가 출입할 수 있도록 들리는 구조고 다른 하나는 사람들이 드나드는 현관 형태였다.

겉보기엔 무슨 성城 같았다. 나름 경호에 최적의 장소를 골랐다는 생각을 하면서 출입구 위에 매달린 CCTV 카메라에 손을 흔들어 보였다.

이내 문이 열리고 안에서 경호원 하나가 목례를 했다.

"VIP께서 기다리십니다."

입구의 담장과 일체형으로 지어진 큰 건물이 경호동인 것 같고 본채는 아담한 정원 건너편의 2층짜리 건물이었다. 밖에서 볼 때와는 달리 꽤 커서 경호원들의 숙식도 안에서 해결할 수 있을 것 같았다.

두 사람이 거실로 들어서자 화려한 소파에 앉아 경호원과 이야기를 나누던 한세인이 영어로 인사를 건넸다.

"어서 와요."

경호원은 30대 후반쯤 보이는 날카로운 인상의 사내였다. 그가 들어서자 한세인이 다시 말했다.

"이쪽은 조민혁 팀장, 제이원 소속. 이쪽은 헌터 그리고 밥캣. 지금부터 내 경호에 관련된 사안은 이 두 사람과 상의하세요."

"네."

"본채에 상주하게 될 여성 경호원 두 사람은 밥캣에게 인계하면 좋겠네요."

"알겠습니다."

조민혁은 대답하면서 두 사람과 눈인사를 했다.

"저녁 식사는 밖에서 손님 만나서 하게 될 거예요, 준비해주세요."

가볍게 목례를 한 조민혁이 밖으로 나가자 한세인은 뒤쪽의 커다란 그림 앞으로 건너가며 손가락으로 따라오라고 손짓했다.

한세인이 그림 한쪽에 손을 대자 한쪽 벽이 부드럽게 열리고 조명이 일제히 켜지면서 지하로 내려가는 좁은 계단이 나타났다.

"여기가 진짜 내 집이자 둥지에요."

한세인은 성큼성큼 계단을 내려가더니 끝에 있는 금속제 방호문에 다시 손바닥을 댔다.

—어서 오십시오, 세리.

"안녕, 앨리스."

나직한 여성형 기계음이 흘러나오고 방호문이 천천히 좌우로 열렸다. 내부는 꽤 넓어 보이는 회의실이었다. 중앙에는 회의 탁자와 의자 몇 개가 있고 사방이 투명한 액정으로 둘러쳐져 있었다. 뚫린 곳은 방호문 다음에 이중으로 열리는 유리문이 유일했다. 탁자로 건너가 앉은 한세인이 자리를 권하며 컴퓨터에 명령했다.

"앨리스, 외부통제. 음악."

—외부와 차단합니다, 선호하시는 음악 랜덤으로 선곡합니다.

문이 닫히고 어디서 들어본 듯한 클래식 음악이 흘러나오면서 조명이 은은하게 가라앉았다. 한세인이 다시 말했다.

"우선… 약속부터 지켜야겠죠? 난 여길 진실의 방이라고 불러요, 세상의 모든 정보가 모이는 곳, 그래서 이름도 앨리스랍니다."

"앨리스, 진실, 그럴듯하군요."

"테이블에 손 올려요."

그는 말없이 테이블에 손을 올렸다. 한세인이 다시 말했다.

"앨리스, 지금 테이블에 손을 올린 사람 이름이 헌터야. 헌터에게 출입 권한과 억세스 권한 승인."

─헌터, 장문 및 음성지문, 안구 및 신체 스캔 완료, 억세스 권한
승인.

"자, 그럼 됐고… 이제 오늘 일정 이야기를 할까요? 저녁식사 이상수
씨랑 같이 할 거예요."

심하다 싶을 정도로 빠른 진행, 벌써 약속까지 잡은 모양이었다.

"오늘 당장 만납니까?"

"내 사람의 족쇄는 먼저 풀어주고 일을 시작해야죠. 겸사겸사 저쪽에
인사도 전할 생각이랍니다."

"인사라면…."

"저쪽이 준비되기 전에 바로 시작한다는 귀국 취지에 맞게 움직여야
죠, 내가 입국했다는 건 그 사람들도 벌써 알아요."

"약속장소는 어딥니까?"

"가까워요. 일곱 시, 삼청동 아트갤러리에 있는 카페 미궁."

"확인하고 사람 배치하죠."

"일정은 필요에 따라 수시로 바뀔 수도 있어요. 그때그때 순발력 있게
대응해줬으면 좋겠네요."

"알겠습니다. 차량은 밖에 있는 밴과 제네시스 말고 더 있습니까?"

"내 차는 아직 안 왔어요. 두 분도 차가 필요하겠죠?"

"상황 봐서 필요하면 그때 렌탈하죠. 가능한 같은 차로 움직이는 게
안전합니다."

"그렇게 하세요. 난 이제 전화 몇 통 돌리면서 생각 좀 정리할 테니까 두 분은 팀장하고 경호계획 점검하세요. 그리고… 중요한 일정 소화할 때는 가능하면 단출하게 움직였으면 좋겠어요. 요인과 만나는 장소에는 헌터 혼자 수행하세요."

"그러죠."

되짚어 계단을 올라와 건물 뒤쪽의 데크 위로 나왔다. 조민혁은 잔디밭 건너편에 서 있었다. 데크에서 내려서려 하자 하연수가 옆구리를 쿡 찔렀다.

"왜?"

"저기… 진짜 단둘이 다닐 거야?"

"그러라잖아."

"어우, 저 불여우."

하연수는 건물을 돌아보며 입을 삐쭉 내밀었다. 느낌상 질투 같아서 슬그머니 웃음이 나왔다.

"질투하니?"

"질투 아니거든?"

"아니면 뭔데?"

"저 불여우 계속 꼬리치잖아, 뭐 누님? 우씨… 둘이 다니다가 뻘짓하면 주거."

하연수는 주먹을 불끈 쥐어 그의 눈앞에 들이대며 째려보았다. 자꾸 웃음이 났다.

"일케 섹시한 여친 놔두고 그럴 리가 없잖아, 후후."

"우쒸… 웃지 마요. 글고 대답해요. 이상한 짓 안 한다고."

"그래, 안 할게. 됐니?"

다시 웃으면서 조민혁에게 손짓을 했다. 조민혁은 서둘러 잔디밭을 건너왔다.

"오늘 VIP 외부일정입니다. 일곱 시, 삼청동 아트갤러리 카페 미궁, 두 사람만 먼저 보내서 장소 확인하십시오."

"알겠습니다."

"투입된 인원이 전부 몇 명입니까?"

"근접경호를 위한 여성요원 둘 포함해서 다섯 명입니다. 주간엔 3명, 야간엔 2명이 근무할 예정입니다. 무장은 테이저 건과 LH9 권총 각 세 정, 전부 허가된 무기입니다. 테이저 건과 권총이 한 조로 움직입니다."

"보강하는 게 좋을 것 같군요. 전원 총기로 무장하고 최소 여섯 명 이상이 24시간 상주하는 걸로 했으면 합니다."

"조치하겠습니다."

"보안장비는 어떻습니까?"

"설치된 CCTV는 여섯 대, 무빙센서 네 대입니다. 문제가 생기면 즉각 본사에 비상벨이 울리고 본사 무장타격대가 3분 이내에 도착합니다."

"충분할 것 같군요, 공용 이어피스 두 개와 근무자 명단 주시고… 콜사인은 그때그때 알려주세요."

"그렇게 하겠습니다."

"앞으로 정치인들을 비롯해서 높은 사람을 많이 만날 겁니다. 참고삼아 알아두십시오. 우린 필요한 물건 좀 사러 나갑니다. VIP 차량 도착하면 연락 주세요."

"알겠습니다."

처음 몰아보는 벤츠 S—500은 다소 무거운 느낌이었다. 내장재도 세련됐다기보다는 둔탁한 느낌이라 썩 마음에 들지 않았다. 하지만 소음, 진동 쪽으로는 괜찮았다. 엔진소음은 물론이고 노면의 진동도 별로 느껴지지 않았다. 승차감 좋다는 생각을 하면서 고개 하나를 넘자 갤러리가 보였다.

갤러리 입구까지 진입하자 먼저 갤러리에 배치한 요원이 통신을 시작했다.

—여기 제이 둘, VIP 차량 육안확인.

"상황은?"

—손님은 먼저 도착, 특기사항 없음.

"VIP 진입한다, 이상 없으면 철수해도 좋다."

—카피.

입구 바로 앞에 차를 세워두고 곧장 갤러리로 들어갔다. 손님이 많지 않은 조용한 갤러리여서 경호에 문제가 발생할 이유는 없을 것 같았다.

카페도 조용하긴 마찬가지였다. 손님은 이상수와 박현주뿐이었다.

"안녕하세요, 의원님."

이상수는 얼른 자리에서 일어서며 손을 내밀었다.

"이렇게 만나게 되네, 한 대표. 앉읍시다."

손끝으로 악수를 나누고 자리에 앉은 이상수가 그를 올려다보며 말했다.

"무사히 돌아왔구먼."

"오늘로 의뢰는 종료됐습니다."

"그래, 비록 내가 원한 형태는 아니지만 인정은 해야지. 줘라."

박현주가 가방 하나를 내밀었다. 무게로 봐서는 현금이었다. 가방 손잡이를 잡았는데 박현주가 놓지를 않았다. 그리고 그의 귓가에 대고 나직하게 속삭였다.

"널 너무 얕본 거 같네."

"칭찬으로 듣겠다."

가방을 받아들고 한 발 물러서자 이상수가 고개를 갸웃하며 물었다.

"볼 일이 남았나? 가 봐."

대답은 한세인이 했다.

"제가 고용했답니다, 국내에서 활동하는 동안 경호가 필요해서요."

"오호, 재주가 좋은 친구로세. 허허."

"그런데 왜 절 만나자고 하셨죠? 지금 정치판에 끼어들었다가는 집중적으로 돌 맞을 거 같은데요?"

"끼어들기 싫다면서 한국엔 왜 들어왔나? 저 친구가 먹살 잡고 데려 오지는 않은 걸로 보이는데."

"자꾸 경고를 날리시는데 직접 만나서 진솔하게 이야기 나누는 게 속 편할 거 같아서요, 본론으로 가시죠."

"그럽시다. 요 며칠 들리는 소문에… 한 대표가 김영욱 후보를 지원하 기로 했다던데 사실인가?"

"이런… 의원님, 제가 누굴 지원하고 말고 할 만큼 덩치가 큰가요? 까 놓고 이야기해서 거기까지는 아닌 것 같네요, 그리고 의원님도 잘 아시 다시피 제가 선호하는 정당은 어디까지나 한민당이랍니다."

"그런가?"

"항상 그래왔듯이 저는 공통의 이익을 추구하는 이익공동체 형태의 합리적인 정당을 선호한답니다. 물론 공동의 가치를 추구한다고 주장하 는 자칭 진보정당들도 최근에는 오랜 가식을 버리고 이익공동체의 형 태로 발전하고 있지만 아직까지는 저와 거리가 좀 있네요."

"어허… 자네 지금 우리가 이익공동체라고 주장하는 건가?"

"아니라고 강변하실 수 있나요? 보수는 부패로 망하고 진보는 분열로 망한다는 명언 들어보지 못하셨나요? 제 보기엔 지나온 정권이 충분히 보여줬다고 생각합니다만, 소위 선진국이라고 알려진 나라들에서도 공 통적으로 적용되는 논리 아닌가요?"

"자네도 거기 빌붙어서 사사로운 이익을 추구하고 있다는 사실을 잊 지 말게. 그런 말을 함부로 내뱉는 건 비즈니스에 나쁜 영향을 끼칠

걸세."

"무력으로 사람을 납치하려 했던 분이 하실 말씀은 아닌 것 같은데요?"

"우리 사람들이 다소 거친 방법을 사용했다는 점은 인정하지. 하지만 자네도 빌미를 제공했어. 잊지 말게."

"무슨 빌미를 제공했다고 하시는 건지 알 수가 없네요. 혹시 청계산 그린벨트 해제 건 때문인가요?"

"청계산? 처음 듣는 소린데… 그건 뭔가?"

"모르신다는 말씀은 하지 않으셨으면 좋겠네요. 무시당하는 기분이라서요, 후후."

"진짜 몰라서 하는 소린데? 거기 무슨 문제라도 있나?"

"기분 나빠지려고 하는데요?"

대화 속에 숨은 칼날이 무시무시하게 날아다녔지만 그래도 두 사람은 미소를 잃지 않고 대화를 이어갔다. 몇 번의 날선 공방이 더 지나간 뒤, 한세인이 웃음을 터트리며 일어섰다.

"그렇게 걱정되시면 직접 후보님과 자리를 만드세요. 직접 만나서 허심탄회하게 말씀 나누죠. 시간은 모레면 좋을 것 같네요, 저녁시간 비워뒀습니다. 참고로 그 다음날 김영욱 후보님을 만나기로 했기 때문에 먼저 뵙는 편이 적절해 보입니다."

"지금 일본에 계시는데?"

"말씀 전하시면 후보님께서 판단하시겠죠. 전 그저 적절한 시점을 말씀드린 것뿐입니다. 최 후보님을 나중에 뵙는 것도 나쁘지 않답니다. 제 연락처 아시죠? 좋은 소식 기다리겠습니다, 그럼."

한세인은 대답을 기다리지 않고 돌아섰다.

차명석은 뒤따라 걸으면서 단어 두 개를 떠올렸다. 청계산 그린벨트, 언젠가 크게 이슈가 됐던 사안이라 뉴스 어딘가에서 본 것 같았다. 조금 더 고민하다가 완전히 밖으로 나온 다음, 지나가는 이야기처럼 물었다.

"청계산 이야기는 뭐죠?"

한세인은 슬쩍 그를 올려다보고는 웃었다.

"경호원의 첫 번째 수칙이 뭔지 알아요?"

"귀 막고 입 닫아라?"

"맞아요, 알아도 모르는 거고 몰라도 묻지 않는 거예요."

"앞으론 그렇게 하죠."

"일간 기회가 있을 거랍니다. 그때는 굳이 이야기하지 않아도 알게 될 거예요."

"기다리죠."

"저녁이나 먹으러 가요, 저 말 짧은 영감하고 같이 밥 먹으면 소화 안 될 것 같았는데 잘 됐네요. 요 앞에 잘 아는 스시집 있어요."

예상과 달리 한세인이 가자고 한 일식집은 삼청동 뒷골목의 손바닥만 한 가게였다. 60대 노부부가 직접 회를 뜨는 가게인데 테이블은 세 개에 불과했고 주방과 마주보는 자리의 의자도 다섯 개가 전부였다.

두 사람이 들어서자 두건을 머리에 묶은 주방장 할아버지가 반갑게 인사를 건넸다.

"오랜만에 오셨네, 대표님."

"안녕하세요, 여기 오고 싶어서 죽을 뻔했어요. 후후."

"앉아요, 오늘은 가게 문 닫아야겠네."

"에이, 그러시면 안 되죠. 오늘 참치 괜찮아요?"

"그럼요, 오늘 혼마구로 들어왔는데 그걸로 시작할까요?"

"네, 주세요."

"뱃살부터 부위별로 올리겠습니다."

생전 처음 보는 희한한 모양의 회가 차례차례 올라왔다. 이제까지 먹어본 참치 회는 그냥 결대로 잘라놓은 시뻘건 꼬리부위 살뿐인데 이건 모양과 색깔은 물론이고 맛까지 정말 다양했다. 그렇다고 그가 맛을 분간하는 건 아니었다. 주방장 할아버지가 이런저런 설명을 하면서 내놓았지만 맛의 차이는 느끼기 어려웠다.

간에 기별도 가지 않는 회와 스시 몇 쪽으로는 도무지 양이 차지 않아서 식사를 따로 시킬까 싶었는데 마침 한세인의 전화가 울렸다.

"네, 의원님."

전화기 건너편은 이상수인 것 같았다. 한세인은 잠시 이야기를 듣더니 기분 좋게 웃으며 전화를 끊었다.

"귀국하네요, 모레 저녁때 만나기로 했어요. 저기, 사장님."

"네, 대표님."

"귀한 손님을 만나야 하는데 준비해주실 수 있겠어요? 모레 일곱 시."

"물론이죠, 누구 명인데요. 허허."

차명석은 다시 스시 한 점을 입으로 가져가며 한세인의 옆모습을 물끄러미 쳐다보았다. 최대수석이나 되는 거물이 그녀의 말 한마디에 해외일정을 모두 취소하고 입국하는 꼴, 이 여자가 도대체 무슨 일을 하는 사람인지가 너무나 궁금해졌다. 한세인이 다시 말했다.

"이러면 오늘은 가볍게 술 한 잔 해도 될 것 같네요."

"올릴까요?"

"뭐 있어요?"

"아야 어떻습니까?"

"좋지요."

주방장 할아버지는 속이 훤히 비치는 유리 주전자에 일본에서 직수입한 것으로 보이는 술을 반쯤 채워 두 사람 앞에 올려놓았다. 자작해서 한 잔을 따른 한세인이 그의 잔에도 술을 따랐다.

"운전대 잡아야 합니다."

"받아만 놔요."

잔을 부딪치고 냄새만 맡았다. 도수가 높은 술인 것 같은데 향은 독특했다. 단숨에 잔을 비운 한세인이 말을 이어갔다.

"원래 민주주의의 꽃이라는 선거는 어리석은 대중의 꽁무니를 따라다니는 치졸함을 본질로 해요. 소위 잘나간다는 정치 엘리트들도 선거를 앞두면 어쩔 수 없이 너저분한 시장통 뒷골목까지 내려가는 천박함을 감수해야 한답니다. 그래서 저 사람들에게 내가 필요한 거예요."

"쉽게 이야기하시죠, 배경을 모르는 사람에겐 선문답입니다, 대표님."

"누님."

나직하게 중얼거린 한세인이 은근한 미소를 보이며 눈을 맞췄다. 어색하게 얼굴을 찡그리자 한세인이 다시 말했다.

"그렇게 부르기로 하지 않았나요? 후후. 내일은 은행 두어 군데 돌고 백화점에서 쇼핑 좀 할까 싶어요, 2명 한 조만 준비시켜주세요."

"그러죠, 누님."

"좋네, 후후. 이제 허리띠 풀고 먹자구요, 오늘 일정 끝났으니까."

"그 여자 어땠냐? 나도 실물 함 보게."

강민태는 그의 얼굴을 보자마자 두리번거리며 한세인부터 찾았다. 꽤나 궁금한 모양이었다.

"시끄러 인마, 이거나 가져가."

돈가방을 넘기자 녀석은 무게를 가늠해보더니 처음으로 그와 눈을 마주쳤다.

"꽤 무겁네?"

"큰 거 두 개."

"헐, 요즘 너무 잘 버는 거 아니냐?"

"시끄럽고, 활동비로 일부 빼놓고 은행 개인금고에 넣어두자."

"그래, 제수씨는?"

그는 턱으로 한세인과 하연수가 들어간 신발가게를 가리켰다.

"쇼핑, VIP랑 같이."

"위험할 거 같냐?"

"경호원 잔뜩 달고 다니는 건 그럴만한 이유가 있어서겠지."

"근데 저 여자 하는 일이 도대체 뭐야? 로비스트? 무기상?"

"둘 다야."

차명석은 간단하게 한세인의 프로필을 설명해주고 녀석의 등을 쳤다.

"너 야간이잖아, 얼렁 은행 들렀다가 들어가 자라."

"그래, 들어간다."

강민태를 보낸 그는 가게로 돌아가 경호팀 두 사람의 위치를 확인한 다음, 안을 들여다보았다. 하연수는 여유롭게 구두를 거울에 비춰보는 한세인에게 뭔가 이야기를 하고 있었다. 구두에 대한 이야기를 하는 것 같았다. 이어 종업원이 내주는 큼직한 가방 하나를 받아들고 밖으로 나왔다. 그리고 다음 가게로 넘어갔다. 뭘 얼마나 더 사게 될지는 모르지만 시간은 하염없이 걸릴 것 같았다.

시간을 다시 확인하고 가까운 기둥에 기대서는 순간, 낯익은 얼굴이 눈에 들어왔다. 박현주였다. 가볍게 손을 흔든 박현주는 나름 요염한 걸음걸이로 걸어와 바로 옆에 기대섰다.

"가방 모찌 재밌나?"

"별로."

"그런 걸 왜 해?"

"먹고 살아야지."

"보험 하나 들 생각 없어?"

"보험이라니?"

"나도 의뢰 하나 할 생각이다."

"이미 일하는 중이야."

"같이 할 수 있는 일이다."

그는 박현주를 힐끗 돌아보면서 빙긋이 웃었다. 무슨 이야기인지 대충 알 것 같았다. 박현주가 다시 말했다.

"한세인이 누구랑 무슨 짓을 하고 다니는지 보고해줘, 녹취하면 더 좋고."

"그만해라, 이 바닥에도 상도덕이라는 게 있어."

"밑바닥 인생에 상도덕 따질 여유도 있나?

"정치하는 니들만큼 밑바닥은 아냐. 너나 거기 껴서 개똥 묻히지 말고 공무원답게 살아."

"이 나라 최고 권력에 보험을 들어놓을 기회다."

"됐어, 지금도 먹고는 살아. 소화 안 되는 건 입에 넣지 않는다는 게 내 지론이다."

"저 여자가 대선판의 키를 쥐고 있다는 건 알지? 왜인지 알아?"

"관심 없어."

"그래도 알아둬, 저 여자 10년 넘게 정재계 실세들과 선을 대면서 수

많은 거래를 했어. 당연히 상상을 초월하는 거액의 리베이트가 오갔지."

"그래서?"

"저 여자에겐 공개되면 정치권 전체를 파멸로 이끌 수 있는 블랙리스트가 있어. 자신이 당사자이기 때문에 터트리면 자신도 다친다는 문제가 있지만 코너에 몰리면 언제든 정당 하나는 박살낼 수 있는 무지막지한 파괴력을 가지고 있지. 우리가 진짜 원하는 건 그 수기 치부책이야."

"한세인 데려오면 감금해서 고문이라도 할 생각이었나?"

"그렇게 만만한 여자 아냐. 자신이 죽거나 실종되면 자동으로 그 치부책이 공개되도록 손을 써놨다고 봐도 무방해. 따라서 함부로 손대는 건 바보짓이야. 우리가 원하는 건 저쪽보다 조금 더 유리한 조건에서 먼저 협상할 수 있는 시간이었어."

"그래서?"

"치부책이 어디 있는지 알아내는 게 최선이지만 현실적으로 어려울 거다. 허니 저 여자를 감시하는 눈 역할만 하라는 거야, 그만한 대가는 지급할 거고 혹시라도 그 치부책을 가져오면 니가 상상도 할 수 없는 거액을 지불할 거다."

"됐다고 전해줘, 난 배탈 날 짓은 안 해, 그리고 저 여자 바보 아냐. 그런 물건을 한국에 놔둘 리가 없잖아."

"한국에 있다. 어디 있는지가 문제지."

"관심 없어. 근무 중이니까 그만 가 봐."

"잘 생각해봐, 오래 기다리지는 않을 거다."

그가 등으로 기둥을 툭 치고 반동으로 몸을 일으켰다. 박현주도 똑같이 반동으로 몸을 일으키며 다시 말했다.

"참고삼아 하는 이야기인데 오늘부터 밤길 조심해."

"협박이냐?"

"아니, 충고야. 앞으로 최소 5개월 동안 넌 엄청난 감시 속에 살게 될 거다. 정부기관은 물론이고 정, 재계 정보부서들의 눈이 모조리 집중된다고 봐야겠지. 한세인이라는 거물의 경호팀장이니까."

그는 선뜻 대답하지 못했다. 사실 한세인의 경호를 결정할 때까지만 해도 전혀 예상하지 못했던 부분이었다. 이재준이 그렇게 설치고 다녀도 왜 건드리는 조직이 없었는지 이해가 될 것도 같았다. 박현주가 그의 어깨를 짚으며 기둥 뒤로 돌아갔다.

'후… 신경 쓰이네.'

반대쪽 문으로 걸어가는 박현주의 뒷모습을 물끄러미 쳐다보다가 가게에서 나오는 한세인과 눈이 마주쳤다.

한세인은 같이 가자는 눈짓을 하고 귀금속 가게 쪽으로 걸었다. 수신호로 경호팀 한 사람을 앞으로 보내고 두 사람과 나란히 걷기 시작했다. 사람은 많지 않아서 경호에 부담스러울 정도는 아니었다. 한세인이 보석 진열장을 돌아보며 지나가는 말투로 물었다.

"여자친구한테 저런 거 사준 적 있어요?"

"아직 없습니다."

"여자들은 반짝이는 거 좋아한답니다."

한세인이 보석 진열장으로 다가서서 점원에게 귀걸이 하나를 보여달라고 하는 사이 슬쩍 하연수의 눈치를 봤다. 하연수는 그를 향해 어깨를 들썩여 보였다. 그가 어색하게 웃자 한세인이 또 지나가는 말투로 다시 물었다.

"무슨 제안을 하던가요?"

"누님을 감시하고 무슨 일을 하는지 보고하라더군요."

"어떻게 대답했나요?"

"여지는 남겨뒀습니다, 적을 만들 필요는 없을 것 같아서요."

한세인은 점원이 내놓은 귀걸이를 하연수의 귀에 대보며 무심하게 말했다.

"며칠 지나고 연락하세요."

"네?"

"실제 내 일정 다 제공해도 돼요."

"진심입니까?"

"어차피 수시로 바뀔 거고 이래저래 다 넘어갈 거예요. 미팅 내용도 내가 따로 이야기하지 않으면 적당한 선에서 공개해도 돼요."

"저쪽이 진짜 원하는 건 누님이 가지고 있는 리스트일 겁니다."

"알고 있어요."

한세인은 무덤덤하게 대답하면서 5만 원권 지폐뭉치를 내려놓았다.

"계산해주세요, 포장은 필요 없고."

점원이 계산하기 위해 돌아서자 한세인은 귀걸이를 하연수에게 건넸다.

"헌터가 사는 거예요. 나중에 활동비에서 깔 거랍니다, 후후."

하연수가 얼결에 받아들자 여유로운 시선이 그에게 돌아왔다.

"김영욱 후보 측에서 접촉해오면 그쪽도 원하는 대로 해주세요, 후후."

"왜죠? 앨리스 억세스 권한을 부여한 것도 그렇고… 신뢰가 쌓이기엔 너무 이르지 않습니까?"

"목숨을 빚졌는데 뭐가 더 필요하죠?"

단도직입적인 반문인데 마땅한 대답이 없었다. 한세인이 다시 말했다.

"나 자신의 사람 보는 눈을 믿는 거랍니다. 두 사람은 내 안전을 지키기로 했고 그 부분은 확실히 신뢰할 수 있어요."

대답은 생략했다. 점원이 잔돈과 영수증을 가져오자 한세인은 영수증만 집어들고 돌아섰다.

"돌아갑시다, 내일 미팅하려면 전화 몇 통 돌리고 생각을 좀 정리해야겠어요."

"그러죠, 제이 스리. 철수한다, 차량 대기."

—카피.

최대수의 이미지는 공항에서 봤을 때보다 더 날카로워 보였다. 뿔테

안경에 가렸지만 눈썹이 짙고 눈매가 날카로워서 얼핏 보기에도 힘이 느껴졌다. 목소리도 크고 호방했으며 자신감이 넘쳤다.

"오랜만이야, 한 대표."

"안녕하십니까, 의원님."

"미국 물이 좋은 가봐. 어째 점점 더 젊어지는 것 같네?"

"그건 의원님께 드려야 할 말씀 같은데요? 정말 늙지 않으시네요, 후후."

"이 사람아, 늙은이 놀리면 못써."

"놀리다니요, 엄연한 사실이랍니다."

"하하, 한 잔 하지."

그런데 둘 사이가 평범하지는 않은 것 같았다. 한세인은 최대수의 팔짱을 낀 채 몸을 기댔고 최대수는 한세인의 드러난 허벅지에 손을 올린 모습, 썩 보기 좋은 장면은 아니었다. 나란히 잔을 부딪치고 비운 다음, 최대수가 한세인의 허벅지를 쓰다듬으며 먼저 본론을 꺼냈다.

"우리 사람들이 크게 실수한 것 같아 미안하군. 하하하."

"그냥 전화하시지 그러셨어요."

"그러게 말이야, 과잉충성하는 친구들은 항상 문제를 만들게 되는군. 이해하게."

"덕분에 사람이 많이 죽었어요."

"벌레 몇 마리 죽었다고 날 탓하진 말게, 그 누구야? 이재…준인가? 그 미친년 작두 타는 것처럼 날뛰던 친구가 입버릇처럼 말하던 부수적인 피해니까 양해하라고. 그런데 그 친구 요즘 뭐하나? 요 며칠 안 보이던데?"

"그냥 하실 말씀 하세요, 듣겠습니다."

"요즘은 정치가 온전히 천민 민주주의가 되어버리는 바람에 신경 써야할 구석이 너무 많아. 같잖은 시민단체들이 너무 설친단 말이야."

"서론이 긴 걸 보니 필요한 게 많으신 모양이네요."

"자네 성질 급한 건 여전하군, 후후. 저쪽 사람들이 요즘 너무 빡시게 나와서… 적당히 숨을 가라앉힐 만한 아이템이 필요해, 너무 세지 않아도 돼."

"에이… 전 의리 없는 년이 되긴 싫답니다. 조만간 김 후보님도 만나야 하는데 얼굴 붉히기는 싫거든요."

"그쪽과 싸우라는 이야기 아니잖나, 비즈니스하는 사람들이 얼굴 맞대는 걸 내가 뭐라 할 수는 없지."

최대수는 말끝을 흐렸고 한세인은 배시시 웃으며 말을 잘랐다.

"그분과는 딱히 좋은 사이 아니랍니다, 그래도 인연이 조금 있어서 매정하게 끊을 수는 없지만 말이죠."

"쯧쯧, 내가 그리 만만해 보이나?"

"그럴 리가 있나요, 무서운 분이라는 거 잘 압니다."

"어허, 얼굴 보자마자 고이고이 유지해왔던 내 이미지 박살내고 시작하는 건가? 나 그런 사람 아니야, 하하."

"김 후보님과 저의 개인적인 인연 때문에 달라질 건 없답니다. 인연은 인연이고 일은 일이니까요. 양측 모두 제가 할 수 있는 일이라면 뭐든 도와드릴 거예요. 그렇지만 제 신용에 관련된 부분은 곤란합니다, 죄송해요."

"다시 생각해, 나를 적으로 돌려서 좋을 거 없어."

"화내신다고 해결될 일이 아니랍니다. 제 일은 신용이 생명인데 그걸 깨라시면 죽으라는 것과 똑같습니다. 전 아직 더 살아야 돼요, 후후."

"후회하게 될 텐데?"

"그거야 제 팔자겠죠, 하하."

"당장 가둬놓고 시작할 수도 있다니까?"

"네?"

"돌아가는 꼴이 한 대표가 김영욱 후보와 짜고 테러를 기도한 것으로 밀어붙이기는 쉬울 것 같은데?"

서너 발 뒤에서 듣는 차명석조차 움찔할 정도로 큰 목소리에 황당하기만 한 대사였다. 그러나 한세인은 마치 예상이라도 한 듯이 요염한 미소로 반응했다.

"글쎄요, 그럼 후보님께서도 다치실 것 같은데요?"

"테러를 주도한 이재준이라는 미친놈이 한 대표 사람이라는 건 알 만한 사람은 다 알아, 그놈이 주범이라는 증거도 이미 나왔고."

"후보님이 많이 아끼시는 국정원 차장님의 심복으로 알고 있는데, 아닌가요?"

"하하… 역시 배짱은 갑 중의 갑이야, 못 당하겠어."

"후보님도 마찬가지세요. 어떻게 생화학 테러까지 할 생각을 하셨어요?"

최대수 얼굴의 웃음기가 일순 사라졌다. 그리고 들어올리던 술잔을 내려놓더니 언성을 낮췄다.

"한 대표와 나누는 대화는 항상 짜릿한 긴장감이 느껴진단 말이야, 그래서 좋아. 그런데 말이야. 막가자고 달려들지는 말아, 내가 분노조절 장애가 좀 있어서 화가 나면 나도 내가 어떻게 변할지 모르니까 말이야."

"어머, 무서워라. 이러실 때는 조심해야겠던데, 그거 진짜인 모양이네요?"

두 사람의 말이 계속 겉돌았다. 자기가 하고 싶은 이야기만 오가는 느낌, 두 사람도 느꼈는지 잠시 말이 끊어졌다. 그리고 최대수가 자신의 잔에 첨잔添盞하면서 말했다.

"말하는 거 보면 작년이나 지금이나 달라진 게 하나도 없는데 왜 자진해서 나타난 건가?"

"오라고 하셨잖아요, 얼굴은 보여드려야죠."

"그렇게 되나?"

"이제 진짜 본론 시작하시죠? 경청하겠습니다."

"한 대표가 받을 수 있는 아이템부터 베팅하지, 세종-부산 민자고속도로 어때? 토지수용도 임기 초반에 가능한 빨리 정리하고 말이야."

"세종-부산 고속도로 시행사는 로엠으로 결정됐다고 들었는데요?"

"로엠이 주도하지만 기본은 검은머리 한국인이 대거 참여하는 컨서시

움이야."

"거기 참여하거나 일부구간을 제가 지정하는 회사에 시공하청을 주시겠다는 거겠죠?"

"꼭 그렇다고 이야기하지는 않았어, 후후."

"어… 세종 출발구간 100킬로미터 정도면 시끄럽지 않게 들어갈 수 있겠네요, 구체적으로 원하시는 건요?"

"저쪽 주연이 청계산 그린벨트 해제와 개발을 주도했다는 증거와 그걸 자연스럽게 매스컴에 흘리는 작업."

"결국 청계산이로군요."

"덩치가 작지 않은 프로젝트잖아, 정황은 여기저기 많으니까 털면 꼬투리 정도는 쉽게 찾아낼 수 있을 게야."

"글쎄요, 그보다는 영성진리회가 낫지 않나요?"

"영성진리회?"

"사이비종교 트라우마가 있는 한국 유권자들에겐 그만한 직효약이 없을 것 같은데요?"

최대수는 눈을 가늘게 뜨고 손에 든 술잔을 내려다보기만 했다. 머릿속의 돌 굴러가는 소리가 뒤에 서 있는 차명석에게까지 들리는 것 같았다. 몇 십 초 넘게 시간이 흘러도 대답이 없자 한세인이 다시 입을 열었다.

"솔직히 말씀드리면 후보님 입장을 생각해서 드리는 제안이랍니다, 솔직히 후보님도 청계산 그린벨트 개발에서는 완전히 자유롭지 못하시잖아요?"

최대수의 표정이 순간적으로 굳어졌다. 고작 말 몇 마디로 노련한 70대 정객을 단숨에 흔들어버린 것. 최대수가 술잔을 내려놓으며 차가운 목소리를 냈다.

"나와는 관계없어, 내 주변과 연결하기도 어려울 거고."

"정말 그렇게 생각하세요? 일 터지고 본격적으로 수사가 시작되면 손자 분이 문제가 될 텐데요?"

"손자 누구?"

"둘째 아드님이 손자 분 명의로 구입하신 임야들 이야기입니다. 해당 지역의 맹지를 포함한 임야를 지난 2년 동안 집중적으로 매수했으니 피할 방법 없을 겁니다. 일 터지고 수사 시작되면 후보님도 심각한 타격을 입을 거 같은데요?"

"맹지가 뭐지?"

"진입할 도로가 없는 땅을 말합니다. 구입 당시에는 전혀 그리고 완벽하게 투자가치가 없었던 땅이라는 거죠."

"그런 건 도대체 어디서 다 주워듣는 거야?"

"직업이 이렇다 보니 어쩔 수 없네요, 후후."

"그래서? 그 영성진리회라는 단체가 사이비종교라도 된다는 건가? 김영욱이 거기 교인이고?"

"사이비종교 비슷한 거 맞는데 김 후보님이 거기 교인은 아니에요."

"그럼 뭐야?"

"혹시 상봉동 케이시티에 대해서 아시나요?"

"케이시티?"

"상봉동 재개발지구의 절반을 차지하는 1조 6천 억짜리 거대 프로젝트죠. 덩치만큼이나 여기저기 떡고물 많다는 건 후보님도 대충 아시리라 믿고… 여기서 문제는 양진호 의원과 이인배라는 조폭두목이 상봉동 택지개발지구에 꽤 많은 토지를 매입했는데 그 자금의 대부분을 영성진리회가 댔다는 겁니다. 국토해양위에 집중적으로 배치된 김영욱 후보 측 의원들이 적극적으로 케이시티 추진에 앞장섰고요."

"김 후보가 개입했다는 명확한 증거가 있나?"

"있지도 않고 없지도 않습니다."

"무슨 소리야?"

"케이시티 의혹에 김영욱 후보를 직접 연결하는 건 쉽지 않거든요. 하지만 영성진리회는 달라요."

"그러니까 그게 뭐냐고."

"그걸 지금 알려드리면 딜이 되질 않잖아요, 후후."

"스모킹건은 손에 없는 모양이군."

"일간 들어올 거랍니다."

"좋아, 일단 알았네. 손에 쥐면 연락하게, 로엠과 자리를 만들어보지."

"연락드릴게요."

"그럼… 오늘은 이만하세. 나이를 먹어서 그런지 비행기 잠깐 탔다고 도가니들이 사방에서 난리를 치네그려."

"하하, 이만 들어가시죠. 언제 시간 여유 있으실 때 해외로 한 번 나오십시오, 모시겠습니다."

"그래… 바다 건너서 한 번 보세, 그놈의 김영란 법인지 뭔지 때문에 이래저래 귀찮아졌어. 허허, 일간 보세."

최대수는 지폐 몇 장을 식탁에 내려놓고 자리에서 일어섰다. 대선이 가깝다 보니 미세한 부분에도 신경을 쓰는 모양이었다.

출발하는 최대수의 차에다 깊숙하게 고개를 숙인 뒤, 나란히 차로 돌아가면서 한세인이 혼잣말처럼 중얼거렸다.

"일이 생각보다 지저분해질 것 같네."

"미팅 잘 끝난 거 아닙니까?"

"화기애애와는 거리가 멀었죠."

겉보기엔 서로에게 도움이 될 만 한 패를 쥐고 거래를 한 것 같은데 꼭 그런 것만도 아닌 모양이었다. 한세인이 다시 말했다.

"해야 할 일이 생겼어요."

"말씀하십쇼."

"세희 데려오세요."

"네?"

"한세희라는 이름 기억 안 나요?"

어렵사리 이름이 떠올랐다. 맨처음 하연수와 함께 경인대학교 앞 카페에서 봤던 마약에 취한 여자와 이름이 비슷하다는 생각, 미간만 좁혔다.

"제가 아는 사람입니까?"

"알 거예요."

차명석은 마른 침을 삼켰다. 이름이 끝자리 하나만 달랐다. 언니는 나라를 쥐락펴락하는 거물 로비스트인데 동생은 허접한 가수지망생에 마약중독자, 그 한세희가 맞다면 사연이 길어질 수밖에 없었다. 주어를 빼고 다시 물었다.

"어떻게 사는지 모릅니까?"

정치인들의 소소한 뒷이야기까지 꿰고 있는 여자가 동생이 마약에 취해 산다는 걸 몰랐을 리 없을 터, 한세인은 쓰게 웃으며 고개를 가로저었다.

"데려다줘요, 지금."

한세희를 다시 찾아내는 건 어렵지 않았다. 경인대학교 주변 이외의 다른 곳을 뒤질 이유도 없었다. 하지만 마주앉은 다음이 쉽지 않았다. 오늘은 약을 안 했는지 정신이 멀쩡했는데 한세인의 이름을 듣자마자 사나운 목소리를 냈다.

"난 그런 사람 몰라요. 만난 적도 없고."

"당신 지금 위험해."

"말도 안 되는 소리 하지 말고 가세요, 할 이야기 없어요."

한세희가 자리를 박차고 일어서자 옆자리의 하연수가 급히 옷깃을 잡았다.

"언니, 나도 그 여자 싫어. 근데 이건 정말 위험해서 하는 이야기 같아요."

"니가 뭘 안다고 그래? 그 할망구가 울 엄마한테 어떻게 했는지 알아?"

"몰라요, 하지만 한세인 씨는 지금 유력 대통령 후보들 사이의 파워게임에 끼어 있어요. 그래서 언니가 위험한 건 맞아요."

"허접한 가수지망생이 아는 비밀을 정적들에게 노출하면 위험하다는 거겠지."

"네?"

"할망구가 누군지는 알아?"

"누군데요?"

"최순영이야, 무려 최순영."

"에?"

하연수는 고개만 갸웃했다. 대신 차명석이 물었다.

"최순영이 누구야?"

"본인한테 들어요, 난 설명할 필요를 못 느끼니까."

"그래도 해, 당신이 위험한 건 현실이야."

차명석은 반쯤 일어선 한세인의 어깨를 찍어누르며 아무도 없는 카페를 한 바퀴 돌아보았다. 사람이라고는 커피 내리는 기계 뒤에 있는 아르

바이트생이 다였다. 늦은 시간이고 위치도 조금은 외진 카페지만 대학가라는 프리미엄을 생각하면 좀 어색했다. 다시 엉덩이를 붙인 한세희가 가만히 입술을 깨물었다.

"최순영이 누구야?"

다시 채근하자 겨우 입을 열었다.

"근우재단 이사장이자 우영 그룹 회장 그리고 김영욱 의원의 모친."

차명석은 등받이에 기대고 머리를 잡았다. 이건 또 무슨 막장 드라마인가 싶어서였다. 그런데 딸랑 소리와 함께 누군가 카페로 들어왔다.

'응?'

눈을 돌릴 필요도 없었다. 앉을 때부터 입구를 마주한 자리를 잡았기 때문에 누군가 들어오면 바로 시야에 들어왔다. 계절에 어울리지 않는 점퍼차림의 30대 중반의 사내 두 사람, 당연히 대학가에도 어울리지 않았다. 두 사람은 곧장 일행이 앉아 있는 테이블로 다가왔다.

'뭐야?'

잔뜩 긴장했는데 의외로 사내들은 공격적인 자세를 취하지 않았다. 대신 신분증을 내밀었다.

"동대문경찰서 박태천 형삽니다, 한세희 씨죠?"

"네?"

"같이 가셔야겠습니다, 마약류관리법 위반으로 체포합니다."

형사들은 바로 한세희에게 일어나라고 손짓했다.

"나가서 누님한테 전화해."

하연수의 귓가에 속삭이고 한세희 옆으로 다가가는 형사들을 가로막았다. 하연수는 자연스럽게 몇 발 물러서면서 전화기를 꺼냈다.

"잠깐, 신분증 다시 볼 수 있을까요?"

"당신 뭐요?"

"친굽니다, 로펌 장 앤 조에 근무합니다."

"변호사요?"

"그렇습니다."

일단 시간이라도 벌겠다는 생각이었는데 먹힌 것 같았다. 형사들은 한 발 물러섰다. 순간, 주머니 속의 전화기가 부르르 떨었다.

"잠깐만요."

문자인데 발신자 번호는 없고 내용도 간단했다.

─진짜 경찰, 한세인 앞으로 발행된 체포영장 존재.

느낌상 한세인인 것 같았다. 전화기를 도로 집어넣고 형사들과 마주 섰다.

"영장 있습니까?"

형사는 뒷주머니에서 한세희 체포영장을 그의 앞에 들이밀었다. 정상적인 체포영장 맞았다. 대충 훑어보고 말을 받았다.

"한세희 씨는 마약을 판매하지 않았습니다."

"그건 서에 가시 따지도록 하시죠."

형사들은 그를 옆으로 밀어내고 거칠게 한세희를 일으켜 세웠다. 한세희가 다급하게 그의 소매를 잡았다.

"도와주세요."

"알았어, 동대문경찰서로 가는 겁니까?"

"그렇습니다."

"따라가죠."

끌려가는 한세희를 따라 카페 밖으로 나왔다. 경찰들은 카페 바로 앞에 세워둔 밴에 한세희를 태우고 곧장 출발했다.

"골목 밖까지 가서 어느 쪽으로 가는지 확인해, 차 빼올게."

"넵."

차를 멀리 주차한 게 후회됐지만 어쩔 수 없었다. 얼른 뒷골목으로 들어가 차를 빼서 이면도로로 나왔다. 어차피 도로가 좁아서 멀리 가지는 못할 거라는 생각이었다. 이면도로 끝에서 하연수를 태우고 밴이 간 방향으로 밟았다. 그러나 바로 따라잡기에는 중간에 낀 차량이 너무 많았다. 교통신호 하나를 무시하고 사거리를 통과하는 순간, 전화기에 다시 문자가 들어왔다.

—목표차량 청량리역 통과.

예상보다 거리가 멀었다. 하지만 한세인이 교통카메라를 통해 밴을 추적한다면 놓치지는 않을 것 같았다. 부지런히 거리를 줄였지만 동대문경찰서에 도착할 때까지도 밴을 따라잡지는 못했다. 밴은 경찰서 주차장에 들어서고 나서야 겨우 찾아낼 수 있었다.

그런데 형사과 당직자는 한세희에 대해서 전혀 몰랐다.

"그런 사람 들어오지 않았는데요?"

"네?"

"없다고요."

귀찮은지 당직자는 빨리 가라고 손짓하더니 다시 모니터에 집중했다.

'젠장!'

당했다는 생각이 먼저 들었다. 되짚어 나오면서 한세인에게 전화부터 걸었다. 한세인은 전화를 받으면서 명령을 내렸다.

―앨리스, 찾아. 경로의 모든 CCTV 확인 및 SNS 영상 역추적.

거의 동시에 앨리스의 기계음이 건너왔다.

―CCTV 및 SNS 영상 역추적 실행합니다.

"돌아간다."

서에서 차를 빼낸 차명석은 일단 종로 쪽으로 방향을 잡았다. 어디서 놓쳤는지 모르는 형편이라 대책이 없었다.

"그런데 최순영 씨와는 무슨 관계입니까? 할머니 맞습니까?"

―들어와서 이야기하죠, 사연 길어요.

"목표는 납치당했을 가능성이 높습니다."

―알아요, 그렇다고 무리할 필요는 없답니다.

"동생인데 괜찮습니까?"

―괜찮지는 않죠, 내가 생각이 좀 짧았어요.

전화를 끊어버리고 유턴 차선으로 들어가 차를 세웠다. 후드득 굵은 빗방울이 유리창을 때렸다.

"설명이 필요합니다."

앨리스에 들어서자마자 대뜸 던진 질문, 한세인은 쓴웃음을 머금었다.

"법적으로는 아니에요."

"아버지가 김영욱 후보입니까?"

"아무래도 그 사람이 맞겠죠. 아이큐는 175가 넘고, 차갑고 냉정하고 잔혹하고 목표를 위해서는 어떤 희생도 감수할 수 있는 지독한 여자가 나니까."

단어 선택만으로 봐도 사연은 확실히 길 것 같았다. 보충설명을 내놓으라는 시선을 보내자 또 웃었다.

"긴 이야기 간단하게 줄여봅시다. 본명 한신주, 예명 은하, 당시엔 잘나가는 신인 여배우였죠. 두 사람은 아마 모를 거예요, 아이를 가진 채 한 10년쯤 먹고 살 만한 돈을 받고 미국으로 쫓겨났죠."

"대충 알 것 같군요."

"그리고 시애틀 촌구석에 숨어살다가 부산에서 온 한성재라는 점잖은 노신사를 만나 결혼했답니다. 그 뒤 한국으로 돌아왔는데 아주 황당한 사고로 돌아가셨어요. 어린 딸 하나를 남겨놓고, 간단하죠?"

"사고?"

"양산 인근 고속도로에서 15톤 덤프트럭에 들이받혔어요."

"암살입니까?"

"아마도, 오래전 일이지만 그때도 고속도로에서 사고차량 운전기사를 찾지 못하는 건 쉽지 않은 일이거든요."

"누님이 김영욱 후보의 딸이라는 걸 최순영이 압니까?"

"알지도 모르죠."

대략의 스토리는 정리가 된 것 같았다. 임신한 여배우를 김영욱에게서 떼어놓기 위해 최순영이 손을 써서 해외로 보냈고 수십 년이 지난 뒤, 한국으로 돌아왔다가 부부가 모두 암살당한 셈이었다.

"누가 데려갔는지 압니까?"

"둘 중 하나겠죠, 기다리면 어느 쪽이든 연락이 올 거예요."

한세인의 대답은 여유로웠다. 아버지가 달라서인가 싶었지만 캐묻지는 않았다. 대신 다른 걸 물었다.

"문자는 어떻게 그렇게 빨리 보냈죠?"

"앨리스가 보낸 거랍니다, 그 정도 능력은 가진 시스템이에요."

"날 감시하는 겁니까?"

"아뇨, 입력된 키워드는 세희예요. 거기에 억세스 권한을 가진 사람을 보호하는 일도 앨리스의 기능이죠."

"난 감시당하는 거 별로 좋아하지 않습니다."

"계약기간 동안은 참아요, 도움이 될 거니까요."

순간 앨리스가 벽 한쪽에 화면을 띄웠다.

―목표확인, 중앙지검 공안1부 취조실입니다, 중간에 차를 바꾼 것으로 판단됩니다.

화면에는 한세희가 불안한 얼굴로 앉아있었다. 한세인이 다시 말했다.

"공안1부 담당검사 누구야?"

―강치훈 제2차장검사입니다.

"어느 쪽 사람인지 알아봐."

―네.

한세인은 자리를 털고 일어섰다.

"세희 건은 외부에 알리지 마세요, 누가 데려갔는지 확인부터 하고 정리하죠."

"알겠습니다."

"세희는 내가 팔로우업 할 테니까 두 사람은 다른 일을 좀 해줘요."

"케이시티 이야기입니까?"

"아뇨, 영성진리회에 집중하세요."

"그것도 설명이 필요합니다, 뭐하는 단체죠? 사이비종교라도 됩니까?"

"공식명칭은 대한영성진리예수교회랍니다, 교주는 창립자로 알려진 김시철이라는 60대 미친놈이죠."

"그 사람이 김 후보와 관계가 있습니까?"

"딸 하나가 영성진리회와 케이시티에 깊숙이 개입했다고 들었어요,

영성진리회와 김 후보 측 인사들을 연결해준 사람이라고 보면 돼요."

"뭘 찾으면 되죠?"

"우선 영성진리회 내부자와 접촉해서 빼오세요, 거기부터 시작하죠."

"누굽니까?"

"영성진리회 자금운용에 깊이 관여한 사람인데 어제 갑작스럽게 연락이 왔어요. 신변에 위협을 느껴서일 가능성이 높아요. 안전에 신경 쓰도록 하세요. 은밀해야 한다는 정도는 말하지 않아도 알겠죠?"

"알겠습니다."

"이름은 최재권, 본당 총무담당입니다. 내일 12시, 경기도 안성 영성진리회 금강산 본원 인근에 있는 호숫가에서 만나기로 했어요, 정확한 주소와 최재권 씨 사진, 교주 김시철에 대한 개인정보는 앨리스가 별도로 전송할 거예요."

"시간이 너무 없습니다, 현장조사 시간도 필요하고 접선자 신상조사를 비롯해 사전에 할 일이 많습니다."

"만나서 원하는 게 뭔지 듣고 데려오기만 하면 돼요."

"전 그렇게 일하지 않습니다."

"위험하면 언제든 중단하고 철수하세요, 무리하라고 강요하진 않아요. 접촉에 성공하면 즉시 데려오도록 하고 지원이 필요하면 연락하세요, 내가 자리에 없더라도 앨리스가 대응해줄 거예요, 이제 나가 봐요."

그는 돌아서면서 고개를 가로저었다. 시키는 대로 심부름만 하는 현실도 마음에 들지 않지만 그건 둘째 문제였다. 급기야 정치판에 발을 들여놓은 게 실감났기 때문이었다.

'지랄이네.'

입맛이 더럽게 썼다. 정치판이 지저분하다는 건 이미 오래전부터 알았고 정치인은 자신의 자리를 지키기 위해서라면 처자식도 몰살시킬 수 있는 잡종들이라는 것도 당연히 알고 있었다.

그럼에도 불구하고 그들 속에 들어가면 누가 진짜 나쁜 놈인지 정도는 구분할 자신이 있었다. 하지만 막상 들어와 보니 구분은 불가능에 가까웠다. 이제 겨우 첫발 들여놓았는데도 너무 많은 종류의 냄새가 난무해서 악취의 근원이 어디인지 구분하는 건 엄두도 내기 어려웠다.

차라리 총탄 빗발치는 전쟁터가 속 편할 것 같다는 생각, 사방이 전부 토사물이라 발 디딜 자리도 찾기 힘들었다.

영성진리회

영성진리회 본원은 높지 않은 야산과 호수를 낀 건물인데 얼핏 보기에도 기도원 같았다. 접선장소는 호숫가에 줄지어 들어선 식당 중 하나였다. 경치는 정말 좋았다. 산과 물이 깔끔하게 어울려서 사진을 찍으면 그냥 엽서가 될 것 같았다. 차에서 내린 하연수가 얼른 그의 팔짱을 끼며 물었다.

"나왔을까?"

"모르지, 들어가자."

기대했던 내부자는 보이지 않았다. 손님은 나이든 커플 한 팀이 전부여서 가능한 멀리 자리를 잡고 일단 민물매운탕을 시켰다. 밑반찬으로 나온 나물을 한입 입에 가져간 하연수가 말했다.

"근데 그 언니 어떻게 그런 인맥을 만들었을까? 이런 말 하긴 좀 그렇지만 사실 외국으로 쫓겨난 사생아였잖아."

"머리 엄청나게 좋은 여자잖아."

"나도 저렇게 될 수 있을까?"

하연수는 혼자 질문을 하고는 대답까지 혼자했다.

"후… 괜한 욕심내지 말자, 지금도 행복해."

녀석은 씩 웃으면서 머리를 그의 어깨에 기댔다. 순간, 누군가 식당으로 들어왔다.

"온 거 같다."

사진 속 40대 초반의 뿔테안경, 최재권이었다. 자연스럽게 손을 들어 자리를 권했다.

"이모, 여기 수저 좀 주세요."

자연스럽게 행동하기 위해 악수도 하지 않고 수저만 달라고 했는데 최재권이 다짜고짜 달려와 다급한 목소리를 냈다.

"제 딸 좀 살려주십쇼."

"네?"

"교주 사람들이 데려갔습니다, 살려주세요. 그럼 원하는 거 다 드릴게요."

"자세히 말씀하시죠."

"이거 좀 보십쇼."

최재권은 급히 전화기에 동영상 하나를 띄워 그에게 내밀었다. 앳된 여학생이 십자가 앞에 무릎 꿇고 기도하는 장면이었다.

"요 며칠 마지막이라고 생각해서 무리를 했는데 교주가 눈치챈 것 같습니다, 당장 본원으로 들어오지 않으면 소미 죽이겠답니다."

"영상으로 봐서는 딱히 납치됐다고 보긴 어려운데요?"

"소미는 교회 나가지 않습니다. 제가 허락하지 않았거든요. 근데 저긴 본원 뒷산 기도실입니다. 납치된 거 맞습니다. 저 사람들 정말 무서운 사람들이라 진짜 죽일 겁니다, 제발 부탁입니다, 살려주십쇼."

"본원이 어디죠?"

"여주입니다, 구조는 여기랑 비슷한데 기도실은 뒷산 오솔길로 한참 올라갑니다."

그는 최재권을 빤히 쳐다보았다. 급한 대로 김석진을 통해 신상조사를 했는데 특기할만한 사안은 없었다. 평범한 회사원이었다가 어느 날 갑자기 영성진리회에서 월급을 받기 시작한 사람으로 가족이라고는 딸 하나가 전부였다.

"경비는 숫자가 얼마나 됩니까?"

"신도 전부가 경비라고 봐도 무방합니다, 서로가 서로를 감시하니까요. 본원 경비와 신도 통제를 맡은 젊은 신도가 100여 명 되는데 교대로 하기 때문에 보통은 20명 정도일 겁니다. 근무할 때는 몇 명이 테이저건을 가지고 다니는데 진짜 총이 있다는 소문도 있어요."

"일부는 테이저건으로 무장한 경비라… 경찰에 신고하지 않으셨습니까?"

"경찰은 못 들어갑니다, 경찰 출동하면 본원 입구에서부터 신도들 동원해서 스크럼 짜고 가로막으니까요. 작년 말에도 경찰이 사람 찾으러 왔었는데 결국 못 들어왔어요. 가족이 신고해도 본인이 종교에 귀의해서 나오지 않겠다는데 어떻게 끌어냅니까, 불가능합니다."

얼마든지 가능한 이야기, 교인들을 동원해서 경찰 등 외부인의 진입을 막는 건 신문지상에서 자주 보아왔던 장면이었다.

"우리가 들어갈 방법은 있나요?"

"평소 같으면 제가 모시고 들어가면 되는데 저에 대해서는 경비하는 신도들에게 알렸을 겁니다. 지금은 산을 통하거나 호수 쪽에서 담을 넘는 수밖에 없습니다."

"산을 통해요?"

"뒷산 서쪽에서 정상까지 올라가는 등산로가 있다고 들었습니다."

그는 재빨리 전화기에 위성지도를 올려서 해당지역을 확대했다.

"여기 맞습니까?"

"네."

기도실은 정말 산 중턱의 작은 오두막이었다. 오솔길로 이어진 산 속에 두 채가 옹기종기 모여 있는데 정상에서 800미터 남짓한 거리였다. 그러나 산세가 워낙 험해서 현실적으로 어려울 것 같았다. 호수 쪽에서 숲을 뚫고 진입하는 수밖에 없었다. 본원 구조와 배치를 대충 머릿속에 넣으며 작전을 구상했다.

"이렇게 하죠, 선생님은 경찰을 데리고 정문에서 한두 시간만 시끄럽게 해주세요. 그동안 우린 소미를 데리고 나오겠습니다."

"아뇨, 저도 같이 가게 해주십시오. 경찰은 그냥 납치 신고해서 정문으로 가게 만들면 되지 않을까요? 제가 있어야 소미도 의심 없이 따라올 겁니다."

"선생님은 작전에 도움 안 됩니다. 그냥 경찰이랑 같이 계시면서 제가 전화 걸면 받으세요."

"만일 기도원에 없으면 어떻게 하실 겁니까? 본원 내부를 가장 잘 아는 사람이 접니다. 같이 가야 합니다, 체력도 자신 있고 절대 짐 되지 않을 겁니다."

그는 더 고민하지 않고 일어섰다. 시간이 많지 않다는 생각, 일단 움직여야 했다.

"가죠, 가면서 생각합시다."

본원에서 조금 떨어진 호숫가 공터에 차를 세우고 진입경로와 탈출경로를 다시 확인했다. 이동하는 동안 김석진이 CCTV를 비롯한 본원 내부의 보안시스템 차단을 준비했기 때문에 타이밍만 신경을 쓰면 될 것 같았다.

"가자."

전기충격봉과 총기를 챙기고 검은 윈드브레이커를 걸친 뒤, 숲으로 들어가 능선을 따라 걸으며 김석진에게 전화를 걸었다.

―넵.

"신고 받고 경찰이 도착할 때까지 걸리는 시간이 얼마나 될까?"

─순찰차량이 긴급출동한다고 해도 최소 20분은 걸린다고 봐야 될 거야, 시내에서 거리가 꽤 돼서 그만한 시간은 생각해야 돼. 그리고… 종교집단 문제라 경찰이 선뜻 출동하지 않을 수도 있어.

틀린 이야기는 아니었다. 종교가 관련된 경우 경찰이 움직이지 않아서 문제가 커진 경우도 적지 않았다.

"어쩔 수 없어, 그냥 밀어붙이자. 내가 전화하면 즉시 CCTV랑 보안시스템, 일반전화, 전부 다운시켜. 경찰에 신고도 그때 해."

─카피, 수고하셩.

전화를 끊고 다시 걷는 데 집중했다. 숲은 깊지만 평지에 가까워서 크게 어려운 경로는 아니었다. 그래도 본원 건물과 숲 사이의 개천을 건너느라 제법 시간을 빼앗겼다. 무사히 축대까지 도착한 후 김석진에게 전화를 걸었다.

"지금, 신고하고 시스템 다운시켜."

─10초만 기다려.

─음… 시스템 장악했어, 이제 움직여도 돼.

이제 시간적인 여유는 20분 남짓, 일단 개천 축대를 따라 조심스럽게 본원 뒤쪽으로 이동한 다음, 산기슭을 통해 오솔길에 합류했다. 식사시간이 끝난 직후여서인지 사람은 거의 없었다.

신속하게 오솔길을 올라가다가 기도실이라고 부르는 가건물들이 보이는 능선에서 걸음을 멈췄다. 이제 경찰이 도착할 때까지 여유는 5분

여, 여기 소미가 있다면 시간은 적절한 것 같았다.

"기다려요, 여기서."

"네?"

최재권의 반문은 무시하고 하연수와 눈을 맞췄다.

"밥캣, 가자."

오솔길을 벗어나 숲 안쪽을 통해 가건물로 접근해서 상황을 살폈다. 작은 공터를 중심으로 가건물 두 개가 들어선 모습인데 체격이 큰 젊은 신도 네 명이 두런두런 이야기를 나누고 있었다. 허벅지까지 내려오는 흰 상의를 입었는데 두 놈은 허리춤이 불룩했다. 테이저건을 차고 있다는 뜻, 비상시도 아닌데 권총을 채워 경비를 세우지는 않을 것 같았다.

일단 제대로 찾아온 셈, 기도실에 테이저건으로 무장한 경비는 확실히 어색했다. 누굴 감금했다면 여기였다.

"기도하러 갈까?"

"좋죠, 신도님."

하연수는 씩 웃으면서 그의 팔짱을 꼈다. 30분 넘게 숲을 헤치고 다녀서 몰골이 엉망이지만 잠깐 눈을 속이는 정도는 이대로도 가능할 것 같았다. 다행히 그의 예상은 적중해서 두 사람이 공터에 올라선 뒤에도 놈들은 특별한 반응을 보이지 않았다. 몇 발 다가가자 경비 중 하나가 고압적으로 말했다.

"여긴 일반 신도가 기도하시는 곳이 아닙니다, 내려가세요."

"네? 산책 나왔는데…."

"일반 신도는 오시면 안 되는 곳이라고요."

팔을 벌려 가로막으며 두 명이 다가왔다. 하나는 테이저건을 허리에 찬 놈, 먼저 처리해야 했다. 뒤에 있는 두 놈 중 테이저건을 가진 놈의 위치를 가늠하며 손으로 입을 가리고 하연수의 귀에다 작게 속삭였다.

"하나 맡아, 되지?"

"당근."

하연수는 천연덕스럽게 미소를 보이며 팔에 매달렸다.

"내려가라니까?"

한 놈이 짜증스런 목소리를 내면서 양손을 휘휘 저었다. 신도들을 통제하는 데 익숙한 놈들이었다. 팔짱을 낀 하연수의 손을 살짝 두드린 다음, 부드럽게 전진했다. 앞선 놈의 손이 반사적으로 앞으로 나왔지만 간단히 쳐내고 목에 안손날을 박았다.

"헉!"

목을 잡고 무너지는 놈의 안면을 무릎으로 가볍게 쳐올렸다. 놈은 바닥에 큰 대자로 널브러졌다. 그대로 통과해서 10여 미터의 거리를 전력으로 뛰었다. 덩치 큰 놈이 앞으로 나오고 다른 놈은 물러서면서 테이저건에 손을 댔다.

'속전속결.'

달려드는 덩치의 주먹을 머리 위로 흘리면서 가볍게 발목을 찍었다. 중심을 잃은 놈의 손을 끌어당기면서 턱을 무릎으로 쳐올렸다.

"크어…."

나뒹구는 놈을 밟고 마지막 남은 놈에게 달려들었다. 다급해진 놈은 허둥지둥 테이저건을 뽑다가 허공을 더듬으며 떨어트렸다. 그대로 뛰어오르며 무릎을 안면에 박아버렸다.

"켁!"

같이 떨어지면서 가슴께를 다시 찍고 구르면서 떨어져나와 자세를 잡았다. 놈은 더 이상 움직이지 않았다. 나동그라졌던 덩치가 황급히 일어났다. 그러나 겁을 먹었는지 달려들지 못하고 주춤주춤 물러섰다. 성큼 다가서자 놈은 또 물러섰다.

"누…누구냐? 여긴 평화롭게 기도하는…."

순간, 놈의 등에서 '빠직'하는 소리가 들렸다. 덩치는 선 상태 그대로 앞으로 넘어와 바닥에 코를 박았다. 하연수가 놈의 등에다 전기충격기를 찍은 모양이었다. 떨어트린 테이저건들을 재빨리 챙기고 예전에 썼던 안경을 하연수에게 던졌다.

"채증한다, 녹화해."

"넵."

가까운 기도실에 달라붙어 야구모자를 푹 눌러쓰고 문을 열었다. 아무도 없는 텅 빈 공간뿐이었다. 계단 몇 개를 뛰어올라 마지막 기도실 문을 열었다. 이번엔 누군가 소리를 질렀다.

"뭐야?"

덩치 한 놈이 여자 아이의 팔을 잡고 다른 한 놈은 바지를 반쯤 내린 상태, 아이는 펑펑 울고 있었다. 더 보지 않아도 상황은 알 것 같았다.

"이런 개자식들이."

이를 갈아붙이면서 안에 발을 들여놓았다. 이 자식들은 진짜 반쯤 죽여놓아야 직성이 풀릴 것 같았다. 아이의 손을 놓은 덩치가 달려들었다. 체격이 상당히 컸지만 솟구치는 분노 때문에 신경도 쓰이지 않았다.

싸움을 좀 했는지 손은 빨랐다. 하지만 겉멋이 든 주먹이라 간단히 쳐내고 백스핀으로 돌면서 안면에 팔꿈치를 박았다.

"큭!"

고개가 덜컥 뒤로 넘어갔다. 다시 회전하면서 짧은 앞돌려차기로 옆구리를 찍고 턱에다 훅을 날렸다. 놈은 헛바람을 들이키며 마루바닥에 뒤통수를 박았다. 그런데 소미를 덮치고 있던 놈이 엉거주춤 바지춤을 잡은 채, 아이를 일으켜 세워 목에 커터칼을 대고 방패막이로 삼았다.

"가…가까이 오지 마! 이년 죽이고 싶어?"

그는 최대한 눈을 가늘게 떴다. 소미의 하체가 고스란히 드러났기 때문이었다. 한쪽 허벅지에 걸려 있던 속옷이 발목까지 흘러내렸다.

'젠장!'

40대 중반쯤 된 것 같은데 머리 허옇고 금테안경을 쓰고 있어서 나이는 더 들어 보였다. 그는 성큼성큼 놈에게 다가갔다.

"칼 치우지? 그을 배짱도 없잖아?"

"내가 못할 거 같아!?"

"그럼 그어, 대신 약속 하나 하지. 긋고 나면 넌 확실히 죽는다."

소미의 목에 댄 칼이 파르르 떨었다. 당장 그을 배짱은 확실히 없어

보였다. 한 발 더 다가가자 놈은 물러나다가 벽에 부딪쳐 멈춰섰다.

"씨발, 뭐야? 가까이 오지 말라니까?"

"애 놔줘, 죽기 싫으면."

"너… 너 이 새끼, 내가 누군지 알아? 나 김성문이야, 김성문. 기집년들 전부 홀딱 벗고 주겠다고 달려드는 그 김성문이라고, 이년은 내 은혜에 감사해야 돼. 알아?"

놈은 와중에도 이름에 힘을 주어 말했다. 얼핏 기억에 교주 김시철의 큰아들 이름이 김성문 같았다.

"아무래도 너 오늘 죽어야겠다."

한 발 다가서면서 주먹을 휘두르는 시늉을 하자 놈은 질끈 눈을 감았다. 그리고 칼을 그를 향해 휘둘렀다. 한숨을 내쉬면서 칼 잡은 손을 잡아채 꺾었다.

"어…아…아!"

놈은 까치발을 들면서 벽에 달라붙어 옆으로 밀려나갔다. 한손으로 놈의 손을 틀어잡은 채, 주저앉는 소미를 끌어안았다.

"괜찮아?"

소미는 그에게 안겨서 펑펑 울기만 했다. 얼굴은 멍투성이에 입술도 터져서 엉망이었다. 얼른 다가서는 하연수에게 소미를 넘겨주며 말했다.

"뭐 좀 입혀서 데리고 나가."

"응."

하연수가 소미에게 옷을 입히는 사이 잡힌 놈의 손을 부러질 때까지 꺾었다. 그리고 '빡' 하고 부러지는 소리가 나는 순간, 놈의 명치에 주먹을 박았다. 비명은 놈의 폐 속으로 들어가버렸다. 무너지는 놈의 발목을 정통으로 밟았다. 뼈 부러지는 소리가 확연히 났는데도 숨을 쉬지 못해서인지 비명은 나오지 않았다.

"다신 이런 짓 못하게 해주마."

커터칼을 발로 차버리고 반대쪽 무릎을 찍어 부러트렸다.

빠각!

관절이 어긋나는 소리, 이번엔 눈을 까뒤집으면서 뒤로 넘어갔다. 기절한 모양이었다. 다시 멀쩡한 손목을 밟았다. 사지를 모조리 부러트릴 생각이었다. 마음 같아서는 성기를 짓밟아버리고 싶지만 그러다간 죽일 것 같아서였다. 되는대로 팔다리 몇 군데를 더 부러트렸다.

그런데 놈이 떨어트린 전화기에서 희한한 노래가 흘러나왔다. 교회성가 비슷한데 처음 듣는 노래였다. 전화기에는 '장우택 경위'라고 이름이 올라와 있었다.

'응?'

기분 나쁜 예감에 얼른 통화 버튼을 눌렀다. 전화기 건너편에서 신경질적인 음성이 흘러나왔다.

—부교주님, 이거 또 뭡니까? 순찰차 한 대 보냈어요, 신고가 들어와서 어쩔 수 없습니다. 출동은 늦췄고 총무에 통보해줬는데 이런 거 자꾸…

'젠장!'

경찰서에도 신도가 있는 모양이었다. 전화기는 그대로 놈의 배 위에 올려놓고 급히 돌아나와 하연수와 눈을 맞췄다. 하연수가 소미의 어깨를 도닥거리며 말했다.

"다행히 성폭행까지는 아냐."

"그나마 다행이네, 내려가자, 경찰 오려면 시간 걸릴 거다."

"왜?"

"나중에 이야기해, 가자."

"아빠한테 가자, 소미야."

소미를 부축해 일으켜 세우는 순간, 오솔길 쪽에서 어수선한 사람들의 목소리가 들려왔다. 꼬였다는 생각을 하면서 서둘러 최재권을 호출했다.

"최재권 씨, 어딥니까?"

대답은 없었다. 뭔가 이상하다는 생각에 공터를 가로지르며 하연수에게 측면 숲을 가리켰다.

"저쪽으로!"

경비가 잔뜩 몰려왔다면 소미와 최재권이 같이 있는 상황에서 정면 돌파는 어렵다는 판단, 목소리는 점점 커지는데도 최재권은 보이질 않았다.

"최재권 씨, 응답해요."

다시 호출했지만 대답은 여전히 없었다. 오솔길로 들어와 사면을 돌자 최재권의 등이 보였다. 야구방망이와 각목을 든 젊은 신도 네 명에게 정신없이 얻어맞으면서도 죽기 살기로 악착같이 오솔길을 가로막고 있었다. 산 아래 쪽에서도 고함소리가 들려왔다.

'젠장.'

급하다는 생각에 신도들에게서 빼앗은 테이저건을 양손에 잡고 뛰었다. 그러나 다음 순간, 최재권은 신도 한 놈이 휘두르는 각목에 정통으로 머리를 얻어맞고 나동그라졌다. 잇달아 다른 놈들의 흉기가 사정없이 떨어졌다.

'이런!'

정말 간발의 차였다. 단 몇 초만 일찍 도착했어도 막을 수 있었다는 생각, 그러나 이미 지나간 일이었다. 뛰면서 등을 보이고 있는 두 놈에게 테이저건을 쏴버렸다.

"으헉!"

둘은 몸을 벌벌 떨면서 모로 넘어갔다. 테이저건을 던지고 봉을 빼들었다.

"저 새끼 뭐야!"

남은 두 놈은 물러서지 않았다. 깜짝 놀라서 내리치던 각목을 멈췄지만 이내 그를 향해 휘둘렀다.

'미친놈들.'

먼저 날아온 각목을 스치듯 어깨 위로 흘리고 돌면서 놈의 옆구리에 강력하게 옆차기를 박아넣고 통과, 뒤에서 각목을 머리 위로 들어올리는 놈의 턱에 가벼운 잽을 찔러넣었다.

"헥!"

고개가 젖혀지면서 한 걸음 물러서는 놈의 턱에 다시 한 번 잽을 날리고 넘어가는 놈의 목 언저리에 전기충격봉을 찔러넣었다.

파직!

상태는 확인하지 않고 즉시 돌아섰다. 먼저 쓰러트린 놈이 달려들 거라는 판단, 그런데 예상과 달리 놈은 옆구리를 잡고 주저앉아 있었다. 숨도 제대로 쉬지 못하는 꼴이 갈빗대 한두 개는 나간 모양이었다. 뒤로 다가가 놈의 등판에 전기충격을 가했다. 놈은 그대로 늘어졌다.

돌아와 최재권의 상태를 살폈다. 순식간에 피투성이가 된 최재권은 끙끙거리며 일어나 그의 어깨를 잡았다.

"소… 소미는 찾았습니까?"

"네, 안전합니다. 움직일 수 있습니까?"

"미안합니다."

최재권은 고개를 가로저었다. 머리에서 흘러내리는 피는 괜찮을 것 같은데 벌써 부어오른 한쪽 발목은 어려워 보였다. 부러진 것 같지는 않은데 걷기 어려워 보였다. 재빨리 점퍼 팔을 찢어 발목을 묶고 각목 하나를 건넸다. 지팡이로 쓰면 임시방편으로 움직일 수는 있을 것 같았다.

산 아래의 소리는 훨씬 더 가까워진 상황, 더 시간을 끌 수는 없었다. 부축하고 뛰면서 하연수를 호출했다.

"밥캣, 들려?"

―여기.

"최재권 씨 부상이다, 플랜B."

―알았다, 대기.

하연수와 합류하자마자 산으로 들어가 호수 쪽으로 방향을 잡았다. 그런데 몇 걸음 떼기도 전에 최재권이 부축한 그의 손을 두드렸다.

"나 봐요, 이대로는 어려워요."

무슨 뜻인지 말하지 않아도 알았다. 민간인이 다친 발목을 끌고 산길을 뛰는 것도, 수색을 떼어내는 것도 사실상 불가능했다. 부교주를 박살내놨으니 약간의 혼란이 있겠지만 소미가 사라졌다는 사실을 눈치채는 데까지 오랜 시간이 걸리지 않을 것 같았다. 오래 걸리지는 않을 것이었다. 최재권이 그를 밀어내며 다시 말했다.

"먼저 가요, 소미를 안전한 곳에 데려다 놓고 경찰과 함께 다시 오는 게 합리적입니다. 난 근처에 숨어서 버티겠소."

"잡힐 겁니다, 금방 찾아내요."

"상관없습니다, 소미까지 위험에 빠트릴 수는 없어요."

최재권은 거칠게 그를 밀어냈다. 어쩔 수 없이 한 발 물러서자 최재권이 다시 말했다.

"나도 군대 갔다 왔소, 다 같이 가면 잡힐 가능성이 높고 잡히면 우린 모두 죽어요. 저 사람들 진짜 무서운 사람들입니다. 어떻게든 시간을 벌어볼 테니까 소미 데리고 가요, 나한테 원하는 게 있으니 죽이지 못할 겁니다. 두 분이 경찰에 신고하고 나도 다시 신고하면 경찰도 올 거고요.

"아빠, 안 돼요. 같이 가요."

소미가 울먹이며 달려들었으나 최재권은 단호했다.

"이 분들 따라가, 원하는 걸 줄 테니 소미 보호해주시오. 약속해요."

"난 당신을 데려가기로 했어요."

"당신들이 진짜 원하는 건 내가 아니잖소. 소미 피아노 학원으로 가시오, 소미가 쓰는 라커 밑을 뜯어내면 하드디스크가 하나 있을 겁니다. 당신들이 원하는 건 그거고 대가는 나 대신 소미에게 지불하면 됩니다, 비밀번호는 s4o6h3y0e7, 내가 고문에 오래 버티지 못할 수 있으니 가능한 빨리 가시오."

차명석은 쓰게 웃으며 온 길을 돌아보았다. 아직 신도들은 보이지 않았다.

"내가 할 일에 남이 앞장서는 건 별로 달갑지가 않군요."

솔직히 상황만 보면 최재권의 제안이 현실적이었다. 하지만 부상자를 적의 손에 남겨두고 달아나는 짓은 목에 칼이 들어와도 할 수 없었다. 재빨리 상황을 정리했다.

"올라가는 건 힘들어도 내려가는 건 가능할 겁니다, 기어서라도 가세요. 시간은 내가 벌죠. 밥캣, 두 사람 데리고 가. 경로는 기억하지?"

"어쩌려고?"

"쟤들 그냥 동네 깡패 수준도 안 돼. 백 명이 달려들어도 나 혼자라면 얼마든지 헤집고 다닐 수 있어, 차에서 보자."

"미쳤어요?"

"내기할까? 내가 먼저 차에 도착할 수도 있어."

"우씨… 믿기는 하지만…."

목을 살짝 끌어당겨 이마에 입을 맞췄다.

"가, 시간 없다."

"치, 이걸론 안 되죠."

하연수는 그의 목을 끌어안고 키스를 하더니 배시시 웃으며 주먹을 쥐어 보였다.

"다치면 주거요, 글고 내가 이기면 소원권 하나 추가."

"알았다, 가."

"넵."

세 사람을 먼저 내려 보내고 공터에서 들려오는 소리에 귀를 기울였다.

"야! 부교주님 심각해!! 의사 불러! 빨리!"

"애들 올라오라고 해! 빨리!"

"이거 어떻게 된 거야?"

일단 중구난방이었다. 기절한 놈들을 후송하는 작업도 정리되지 않은 상황, 전부 의식이 없어서 새로 올라온 놈들은 일행의 존재는 모르는 것 같았다. 어찌됐든 시간적으로는 여유가 생긴 셈이었다.

일행의 흔적을 지우면서 잠시 일행을 따라갔다. 최재권 때문에 멀리 가지는 못했지만 그래도 숲에 가려 잘 보이지 않았다. 10분쯤 따라가다가 굵은 나무들이 빽빽이 들어선 곳에서 이동을 멈추고 가진 장비를 점검했다.

소음기 달린 권총 한 자루와 여분의 탄창 하나, 전기충격봉과 만능칼 한 자루가 가지고 있는 전부였다. 총기는 최악의 경우 아니면 쓸 수 없으니 전기충격봉과 칼로 어떻게든 상황을 헤쳐 나가야 했다.

'그럼 일단…'

나뭇가지 몇 개를 꺾으면서 산 아래로 내려갔다. 남쪽 능선을 타고 계속 이동하는 일행으로부터 떼어놓을 생각이었다. 50미터쯤 내려갔다가 되짚어 올라와 이동경로 중간에 다시 자리를 잡았다. 만일 일행을 따라가려 한다면 여기서 막아야 했다.

한참을 기다린 뒤에야 고함소리가 가까워졌다. 늦게나마 나름 주변을 수색한 것 같았다. 그리고 부스럭거리는 발자국 소리가 다가왔다. 시야에 들어오는 숫자만 다섯 명, 다행히 한 놈이 부러진 나뭇가지를 발견하고 내려가기 시작했다.

"여기! 이쪽! 일로 내려갔다!"

놈들이 부러진 나뭇가지를 따라 우르르 내려간 다음, 조용히 몸을 빼서 일행을 따라 움직였다. 한숨 돌린 셈, 그럭저럭 시간은 번 셈이었다.

실개천을 어렵게 건넌 하연수는 축대 아래에 달라붙어 농로 위의 상

황을 살폈다. 다행히 신도들은 보이지 않았다.

"올라가요."

가슴 높이의 축대인데도 최재권은 올라가지 못했다. 발목도 문제지만 여기저기 통증이 심한 모양이었다. 소미까지 달려들어 한참 힘을 쓰고 나서야 겨우 농로에 올려보낼 수 있었다. 서둘러 소미도 올려보내고 자신도 뛰어올랐다.

지금부터는 서둘러야 했다. 사방이 노출된 도로라 미친 신도들이 언제 달려들지 알 수 없었다.

"빨리 움직여야 돼요, 가죠."

다시 최재권을 부축해서 차가 있는 호숫가로 뛰기 시작했다. 그런데 느닷없이 고함소리가 들려왔다. 등 뒤였다.

'에이 씨.'

흰 옷을 입은 신도 네 명이 농로 끝에 나타나 악을 쓰면서 쫓아왔다.

"계속 가요, 막을게요."

"무슨 소리요? 남자 넷을 혼자 어떻게 막아?"

최재권이 미심쩍은 표정으로 물었지만 무시하고 돌아섰다. 그리고 모자챙을 누르면서 부드럽게 전기충격봉을 뿌렸다.

"헌터, 어디야? 빨리 와요."

—가고 있어, 육안으로 보인다. 4분.

"신도들과 대치 중, 네 명. 뒤에 더 있을 것으로 보임."

—위급 시 총기 사용, 가능하면 하체를 쏠 것.

"카피."

쫓아오는 신도들과의 거리는 대략 200미터, 뒷걸음질로 천천히 물러섰다. 뛰는 폼으로 봐서는 운동신경도 썩 좋지 않아 보이고 넷 다 맨손이라 해볼만 한 싸움이었다. 크게 심호흡을 했다.

'넌 할 수 있어, 할 수 있어….'

혼잣말을 서너 번 중얼거리는 동안 거리는 빠르게 줄어들었다. 심호흡 몇 번에 50미터 안쪽, 신도들은 거침없이 달려왔다. 계속 뒷걸음질로 물러서면서 속으로 거리를 가늠했다.

'삼십… 이십….'

마지막으로 10미터를 세고 봉의 전원을 올리면서 번개같이 전진했다. 가장 앞선 놈의 옆구리를 향해 일격, 놈은 화들짝 놀라 멈추며 반사적으로 팔을 올렸다. 팔을 가볍게 때리고 아랫배를 쿡 찔렀다.

파직!

부르르 떠는 놈을 스치듯 통과하면서 따라붙은 신도의 무릎을 밟고 뛰어올라 턱에 니킥을 박았다.

"으헉!"

놈이 나동그라지면서 바로 뒤에서 뛰어오던 자와 뒤엉켜 엎어졌고 그 모습에 마지막 한 놈은 기겁하며 멈춰서다가 미끄러져 굴러버렸다. 실소를 머금을 수밖에 없는 상황, 둘 다 20대 초반인 것 같은데 몸을 움직이는 데는 소질이 없는 모양이었다.

허겁지겁 일어서는 놈들에게 봉을 한 번씩 찔러넣고 또 뒷걸음으로 물러섰다. 멀리 농로 끝에 새로운 신도 두 명이 보였다. 하지만 놈들은 선뜻 뛰어오지 않았다. 네 명이 쓰러진 걸 보고 겁을 먹은 것 같았다.

몇 발 물러서다가 뒤돌아서 천천히 뛰기 시작했다. 최재권 부녀는 농로 끝의 삼거리에서 멍하니 그녀를 돌아보고 있었다.

"거기서 왼쪽, 검은색 차 보이죠."

─네.

"가요, 빨리!"

삼거리에서 차까지는 멀지 않았다. 잘하면 이대로 빠져나갈 수도 있었다. 부지런히 뛰어서 농로 끝에 도착하는 순간, 소미가 느닷없이 비명을 질렀다.

"아악! 아빠!!"

코너를 돌자 꿈에서도 보기 싫은 장면이 망막을 때렸다. 최재권은 아랫배를 움켜쥔 채, 차 밑에 뒹굴었고 소미는 덩치 큰 사내에게 머리채를 잡힌 상태였다. 뒤에 한 명이 더 있는데 둘 다 신도들하고는 복장이 달랐다.

'뭐지?'

얼핏 군인 같은 느낌이었다. 서둘러서는 안 된다는 생각을 하면서 걸음을 늦췄다. 몇 발 더 걷는 사이 소미의 머리채를 쥐고 있던 사내가 머리를 놓아버리고 그녀를 향해 돌아섰다.

"당신들 뭐야?"

매섭게 물었지만 사내들은 대답하지 않았다. 대신 한 놈이 다가섰다.

압박감이 느껴지는 묵직한 움직임, 확실히 신도들과는 달랐다. 그렇다고 물러설 수는 없었다. 어떻게든 차명석이 도착할 때까지 버텨야 했다.

"두 사람 놔주고 사라지면 체포하진 않겠다."

사내는 입술을 비틀면서 그녀를 빤히 노려보았다. 역시 경찰에 겁먹을 놈들이 아니었다. 총을 뽑는 건 그만두고 봉을 손아귀에서 한 바퀴 돌렸다. 딱 1분만 버틸 생각, 물론 짧은 시간은 절대 아니었다. 그 1분에 죽을 수도 있었다. 사내가 히죽 웃으며 말했다.

"경찰봉 갖고 되겠어?"

"여자애 머리채 잡는 게 사내새끼들 할 짓이냐."

"이거 겁 없는 년일세, 흐흐."

"니들 뭐하는 놈들이야? 신도 같지도 않은데 왜 이러는 거지?"

"우리? 도둑 잡는 사람들."

"사설경호회사냐?"

"도둑년이 말이 많네."

"이거 공무집행방해야, 경찰을 공격하면 회사에 문제가 생길 텐데?"

"남의 집에 허락 없이 들어가면 다 도둑이야, 영장 있어?"

"니들 정도가 겁나면 이 짓 집어치워야지."

하연수는 경찰봉을 가볍게 돌리면서 슬쩍 한 발을 내디디고 멈췄다. 놈은 움찔 놀라 방어자세를 취하더니 그녀가 더 움직이지 않자 허탈하게 웃었다.

"이년이 미쳤나, 어디서 페이크질이야?"

놈은 인상을 쓰면서 횡으로 움직였다. 가벼운 푸드웍, 살짝 안으로 굽은 어깨, 그냥 늘어트린 팔, 차명석이 참고삼아 해준 이야기대로라면 권투나 태권도 같은 입식 격투기를 한 놈 같았다. 그렇다면 승산은 있었다.

"겁먹었나?"

농담과 함께 가볍게 잽이 날아왔다. 권투였다. 더킹으로 피하면서 반대로 돌았다. 다시 잽, 빨랐다. 이마를 스쳤는데도 정신이 번쩍 났다.

'젠장!'

다시 잽 그리고 훅이 날아왔다. 이번에도 아슬아슬하게 피했다. 또 날아드는 잽을 피해 전진하며 무릎을 노리자 놈은 슬쩍 물러났다.

"오호라, 제법인데? 그거 안 쓸 거야?"

놈의 시선이 역수도로 잡고 있는 봉으로 내려왔다. 놈이 다시 말했다.

"이제 진짜로 해볼까?"

대답하지 않고 부드럽게 봉을 돌려잡았다. 상대는 이 경찰봉이 전기 충격기라는 걸 모를 가능성이 높았다. 기회는 단 한 번, 먼저 하나를 처리해야 승산이 있었다.

'탓!'

한 발 전진하면서 몸통을 노렸다. 놈은 봉을 피해 날렵하게 횡으로 돌았다. 예상했던 움직임, 반대로 돌면서 옆구리를 노렸다.

"어쭈!"

놈은 번개같이 거리를 좁히며 주먹을 뻗었다. 리치가 긴 경찰봉의 궤

적 안으로 들어오겠다는 뜻일 터, 날아드는 주먹을 커버하면서 무릎으로 놈의 안면을 쳐올렸다. 타이밍이 맞는데도 놈은 그대로 덮쳐왔다.

'헉!'

뒤엉켜 나뒹굴었다. 쩍 소리가 날 정도로 정타가 나왔는데 놈은 영향을 받지 않은 것 같았다. 한 바퀴 굴러 놈을 차내고 떨어져 나오면서 봉을 내리쳤다.

파직!

팔에 막혔으나 전류는 그대로 흘렀다. 흠칫 몸을 떠는 놈의 허벅지 어름에다 다시 봉 끝을 찔러넣었다. 놈은 비명도 지르지 못하고 사지를 떨었다.

'이 아재 왜 안 오는 거야?'

투덜거리며 어렵게 몸을 일으켰다. 사방에서 근육이 비명을 지르고 있었다. 여기저기 부딪치고 깨지는 통에 통증이 제법 심했다. 고개를 돌리자 다른 놈이 싱글싱글 웃으며 손가락을 까딱까딱했다.

"어후…."

한 놈이 더 남았다는 생각에 한숨이 저절로 나왔다. 조금 있으면 신도들까지 몰려올 판인데 이 인간은 도대체 어디서 뭐하는 건가 싶었다. 그런데 놈이 손을 뒤로 가져가더니 무언가를 꺼내 가볍게 흔들고 자동차 지붕 위에 올려놓았다. 권총이었다.

"재미있을 것 같아서 말이야."

놈은 성큼성큼 몇 발 걸어나와 양쪽 손을 앞으로 들어보였다. 덤비라는 뜻 같았다.

'젠장.'

하연수는 바로 달려들지 않고 차분하게 호흡을 가다듬으면서 목을 풀었다. 최대한 시간을 벌어야 했다. 그런데 갑자기 놈의 얼굴에서 미소가 사라져버렸다. 시선은 그녀가 아니라 뒤에 고정된 것 같았다.

"제법인데?"

반가운 목소리였다. 고개만 슬쩍 돌려 차명석의 얼굴을 확인했다. 차명석은 그녀의 어깨를 툭 치고 지나가면서 서릿발 날리는 목소리로 중얼거렸다.

"움직이지 않는 게 좋아."

소음기 끼운 권총을 손에 든 상태, 놈은 움직이지 못했다.

"내 친구는 총기 같은 거 쓰지 않으려고 애를 쓰는데 난 아냐, 난 시멘트 속에다 시체 던지는 걸 꽤 좋아하거든."

놈은 기세에 눌렸는지 대답도 하지 못했다. 성큼 다가간 차명석이 총구로 바닥을 가리켰다.

"무릎 꿇어, 천천히."

놈은 무언가에 홀린 것처럼 그대로 무릎을 꿇었고 차명석은 가차 없이 놈의 목에 전기충격봉을 찍었다.

"밥캣, 그놈 지갑 챙겨. 뜬다."

"카피."

기절한 놈의 주머니를 뒤져 지갑을 찾아내 챙기고 소미에게 달려갔다. 소미는 입에서 피를 게워내는 최재권을 끌어안고 펑펑 울고 있었다.

"아저씨, 아빠 살려주세요. 네?"

"아빠 괜찮을 거야, 비켜줄래?"

차명석은 아주 조심스럽게 최재권을 일으켜 뒷자리에 태웠다. 자신의 의지로 움직이긴 하지만 숨을 편하게 쉬지 못하고 있어서 걱정스러웠다. 웬만하면 앰뷸런스를 부르는 게 답이지만 지금은 대책이 없었다.

"석진아, 길 안내."

─호수 북쪽 길은 자동차로 차단했어. 남쪽, 그쪽은 CCTV가 없어서 확실하지 않은데 아직 도착하지 못했을 거야.

"카피."

일단 호수를 끼고 산을 넘는 비좁은 국도로 방향을 잡았다. 환자를 태우고 코너링이 많은 산길을 고속으로 달려야 할 판이지만 어쩔 수 없었다.

"저기!"

산길 초입쯤에 신도들 서넛이 몸으로 길을 가로막고 있었다. 그런데 손에 권총이 들려 있었다.

"젠장, 저것들은 또 뭐야?"

웅크리면서 가속페달을 끝까지 밟았다. 겁먹고 피하겠지 싶었는데 놈들은 즉각 자세를 잡고 방아쇠를 당겼다.

"엎드려!"

퍼버벅! 콰직!

윈드쉴드에 총알구멍 몇 개가 나고 한 놈이 들이받혀 붕 떴다가 윈드쉴드를 때리고 굴러떨어졌다.

'미친놈들!'

무시하고 계속 밟았다. 등 뒤에서 집요하게 총성이 터졌다.

"소원권은 내가 접수한 거네?"

택시에서 내리면서 하연수에게 슬쩍 시비를 붙였다. 표정이 너무 굳어 있어서 긴장을 풀어주는 차원이었다. 병원에 최재권을 입원시키고 소미 학원에 갔다가 돌아온 지금까지 단 한마디도 하지 않아서 왠지 신경이 쓰였다. 그러나 하연수는 평소처럼 씩씩했다. 그를 째려보더니 입을 비쭉 내밀며 볼멘소리를 했다.

"무슨 소리야? 내가 먼저 도착했는데?"

"내가 먼저 차에 손 대고 문도 내가 열었잖아, 후후."

"우씨, 이럴 거예요?"

"양보했다, 무승부."

"어우… 늦게 와서 죽을 뻔하게 만들어놓고 농담이 나와요?"

"그 정도는 혼자 해결할 줄 알았지 뭐, 후후."

"치… 얼마나 걸려요?"

"금방 끝날 거야, 응급실 들어가지 말고 건너편 주차장에서 지켜보기만 해. 최재권 씨랑 소미는 제이원 직원들이 알아서 챙길 거야."

"넵."

하연수를 병원 주차장으로 올려보내고 길 건너편의 PC방을 찾았다. 최우선으로 복사가 가능한지 확인하고 싶었다. PC를 켜놓고 김석진에게 전화를 걸었다.

—어, 형.

"뭐 좀 나왔냐?"

—그 두 사람 신분증 가짜고 카드는 법인 거야. 명의는 DSC안전.

"경호회사야?"

—서류상으로는 직원이 100명쯤 되는 대형회사인데 회계관리가 좀 이상해, 월급 빼먹으려고 머릿수만 늘려놓은 것으로 판단.

"신도가 운영하는 거겠지, 아마 실제 인원은 절반도 안 될 거다. 문제는 막판에 총 쏜 놈들인데… 그것들은 신도도 아니고 경호원도 아냐."

—그래?

"나중에 생각하자, 한세인은 뭔가 알지도 모르니까."

—오키, 근데 물건 찾았어?

"지금 보는 중이다, 기다려."

소미의 라커에서 찾은 하드디스크는 2테라 사이즈였다. 하지만 내용물은 그리 많지 않았다. 엑셀 파일과 문서들로 대략 20기가 안쪽의 압축파일인데 복사도 안 되고 압축 소프트웨어도 뭔지 알 수가 없었다.

"이거 열어볼 수가 없다, 원격으로 어떻게 해봐."

―오키, 잠깐만.

시간은 예상보다 오래 걸렸다. 김석진이 이렇게 시간을 끄는 것도 오래간만에 겪는 일이었다. 대답은 지루한 시간이 20분 넘게 흐른 뒤에야 돌아왔다.

―이거 초대박인데? 하드카피도 겨우 했어.

"압축 풀 수 있냐?"

―쉽지 않을 거 같은데? 시간 좀 걸릴 거야.

"알았다, 일이 심각해질 수도 있으니까 보안에 신경 써. 우린 성북동으로 건너간다. 그리고 부교주인지 뭔지 하는 놈 뻘짓하는 영상 보낸다, 깨끗하게 만들어서 온라인에 올릴 준비 해둬. 이 자식들 그냥 두면 안 되겠다."

―넵, 아웃.

촬영된 영상을 간단히 전송하고 약국에 들러 간단한 타박상 약을 산 다음, 다시 병원 앞 횡단보도에 섰다. 그런데 하연수의 다급한 목소리가 건너왔다.

―수상한 남자들 응급실 앞에 배치되고 있음, 10명 이상.

"간다, 현 위치 대기."

―카피.

즉시 길을 건너 병원 구내로 들어갔다. 작지 않은 병원이라 응급실에 청원경찰이 배치되어 있지만 그래도 둘뿐이었다. 누군가 난입하려 한다면 막을 수 없을 것이었다. 본관건물을 뒤로 돌자 응급실 입구에 서 있는 자들이 보였다. 전부 희한한 흰색 옷을 입고 있어서 금방 티가 났다.

하연수의 위치는 주차타워 2층, 응급실이 바로 내려다보이는 곳이었다. 주차타워 입구를 훑어보면서 제이원 직원을 호출했다.

"헌터다, 들리나?"

—여기 제이엑스 하나, 잘 들린다.

"응급실 외부에 영성진리회 교인으로 보이는 인원 다수 포착, 경찰과 병원 측에 통보하고 지원 요청하도록."

—카피, 대응하겠다.

"현재 가용인력은 몇 명인가?"

—세 명, 무장했다.

"부족하다, 본사에 지원 요청해, 우린 외부에서 상황을 지켜보겠다, 아웃."

—카피, 고맙다. 아웃.

그런데 하연수가 주차장 2층에서 계단으로 뛰어내리며 말했다.

—헌터, 두 명이 주차장 3층으로 올라갔다. 3층엔 주차된 차 한 대도 없어. 다른 이유일 거 같아. 한 사람은 가방 큰 거 들고 있어.

"얼마나 큰데?"

—길이는 1미터 안 되고 높이는 30센티미터 좀 넘는 거 같았어.

"저격소총일 가능성 높다, 이쪽으로 합류해. 철수한다."

—카피.

여기서 혼란에 휘말리는 건 피하고 싶었다. 저들의 목표는 최재권일 가능성이 높고 중요한 건 그의 손에 있는 디스크였다. 하연수가 내려오는 사이 병원 청원경찰 몇 명이 응급실로 달려가기 시작했다. 응급실로 들어가기 보다는 나오기를 기다릴 것 같다는 생각을 하면서 병원을 빠져나와 택시를 잡아탔다.

"열어봤어요?"
하드디스크를 포트에 연결한 한세인이 처음 꺼낸 대사였다.
"어렵더군요."
"앨리스, 내용 분석해서 특기사항 보고해줘."
—3분 14초 소요됩니다.
"최재권 씨는 많이 다쳤나요?"
"생명에 지장 있을 정도는 아닙니다. 하지만 저격수까지 따라붙은 걸 보면 지금부터가 더 위험할 것 같습니다. 보호에 신경 쓰십시오, 디스크 내용이 중요한 정보라면 신도들이 가만히 있지 않을 겁니다."
"병원에 타격대 나갔어요. 퇴원하면 두 사람 다 미국으로 보낼 생각이고."
"믿겠습니다."
"그나저나 겨우 사이비 종교 신도들 몇 명 상대하면서 행색이 말이 아닌데요? 실망이네요, 후후."

발끝을 내려다보고 마주 웃었다. 옷은 갈아입었지만 이래저래 꼴이 엉망인 건 숨길 수가 없었다.

"총질하는 놈들이 꽤 많더군요."

"기관일 거예요."

"기관 어디?"

"어디라도 이상할 거 없어요, 양쪽 모두 동원할 수 있는 조직은 다 동원했으니까. 어쨌든 두 사람이 다치지 않고 빠져나왔으니 됐어요."

"진리회인지 뭔지 그거 그냥 두면 안 될 놈들입니다. 부교주라는 놈이 최재권 씨 딸을 겁탈하는 장면을 녹화했는데 이건 온라인에 퍼트렸으면 싶습니다."

"기다려보세요, 좋은 무기가 하나 더 생긴 거니까 일단 보관하죠."

"오픈하지 않을 겁니까?"

"최재권 씨 부녀를 안전하게 보호할 수 있는 무기잖아요."

의미심장한 미소를 머금는 한세인을 물끄러미 쳐다보다가 녹화한 데이터를 건네며 혼잣말처럼 중얼거렸다.

"다른 의도가 있어 보입니다."

"협상력을 극대화하는 용도로도 쓸 수 있죠."

쓰게 웃으며 고개를 가로저었다. 상황 봐서 직접 포털에 올려야겠다는 생각을 하면서 말을 돌렸다.

"김영욱 후보에게 불리한 증거인 것 같은데 굳이 무리해서 빼내는 이유가 궁금합니다."

"그 사람이 내 생물학적 아버지라서 묻는 건가요?"

"그렇습니다."

"생물학적 아버지라는 사실은 내게 의미가 전혀 없어요. 그 사람은 내가 자신의 딸인 것도 모르고… 나도 고려에 넣을 생각 없으니까요. 솔직히 말해서 비즈니스에 대한 유, 불리를 따진다면 최대수 후보 쪽이 다소나마 유리하답니다."

"그런가요?"

"어느 쪽이든 조건은 같아요, 당장 최 후보 측에 넘겨줄 생각도 없고… 말 안 해도 알겠지만 이 바닥에선 오픈되지 않은 정보가 더 큰 무기예요, 원래 가치판단의 독점은 '나는 알고 너는 모른다'에서 시작하는 거거든요. 정보든 사람이든 수면 아래에 있을수록 우리 같은 사람에게는 더 큰 기회가 된답니다."

고개만 끄덕이고 말을 돌렸다.

"디스크의 내용이 뭔지 설명해줄 수 있습니까?"

"모르는 게 나아요, 대충 예상은 하잖아요? 김영욱 후보에게 치명상이 될 수 있는 주변인의 비리에 대한 종합보고서라고 생각하면 맞답니다. 물론 데이터를 해석할 수 있는 사람이 가지고 있어야 힘이 되겠지만. 후후."

봐도 모를 거라는 뜻, 느낌상 숫자만 잔뜩 들어간 회계장부일 가능성이 높았다. 무표정하게 말을 받았다.

"오늘 돌아가는 상황 봐서는 벌집을 건드린 거나 다름없습니다. 여기도 위험해질 겁니다."

"알아요, 당연히 그렇게 되겠죠. 그래도 정보기관의 눈이 최재권 씨에게 몰려 있는 오늘과 내일은 괜찮을 거예요. 이제 씻고 나갈 준비하세요, 일곱 시에 삼청동 삼목화랑에서 만나기로 했어요."

시계로 눈을 돌렸다. 오후 5시 20분, 씻고 옷 갈아입을 여유는 있었다.

"김영욱 후보입니까?"

"누가 더 크게 베팅하는지는 봐야죠, 후후."

더 대꾸하지 않고 그냥 돌아섰다. 왠지 등판이 서늘해지는 느낌, 본게임은 아직 시작도 하지 않았는데 벌써부터 급박한 위험신호가 사방으로 날아다니고 있었다.

김영욱은 푸근한 인상의 살집이 좋은 남자였다. 60대 후반의 고령임에도 불구하고 피부가 너무 깨끗하고 팽팽해서 광대에서 빛이 나는 느낌까지 들었다. 살짝 들린 눈매가 사나워 보이지만 톤이 높다 싶은 목소리도 제법 중후해서 이미지 좋은 TV뉴스 앵커 같았다.

벽에 걸린 큼직한 그림을 앞에 둔 김영욱이 눈을 돌리지 않고 물었다.

"그림 볼 줄 아나?"

한세인이 매력적으로 웃었다.

"애석하게도 한국 화가들은 잘 몰라요, 공부는 좀 하고 있답니다."

"하하, 솔직히 나도 수 억씩 주고 이런 그림 사는 사람들 이해가 잘 안 갔는데 이게 돈지랄하는 사람들 재테크더라고. 자네도 많이 사나?"

"필요할 때가 많으니까요."

"그렇군, 그런데… 무슨 일을 벌였길래 오후 내내 시끄러운 건가?"

"네?"

다 알고 하는 질문인 것 같은데도 한세인은 넉살좋게 모르는 척을 했다.

"무슨 말씀이신지 모르겠는데요?"

"재단 경호부서가 정신없이 돌아친다더군, 한 양이 사고를 쳤다는 설이 유력하던데?"

"벌써 거기까지 소문이 났나요?"

"맞는 건가?"

"전 아니에요, 저보다는 최 회장님께서 사고를 쳤다고 보는 편이 더 정확할 것 같은데요?"

"최 회장이라면… 어머니?"

"모르셨어요? 후보님을 대통령으로 만들기 위해 회장님이 얼마나 많은 사람들을 적으로 만들었는지? 전 아시는 줄 알았는데요?"

"끙….'

김영욱은 앓는 소리를 하면서 옆에 있는 그림으로 걸음을 옮겼다. 대통령후보쯤 되는 사람이 어머니가 하고 다니는 일에 대해 모른다면 거짓말일 터, 무슨 뜻인지 아는 모양이었다. 한세인이 다가서며 다시 말했다.

"따님이 연루됐다고 걱정하시는 모양인데 그건 저쪽도 마찬가지랍니다. 손에 쥐었다고 막무가내로 터트리기는 어려울 거예요. 막상 수사가 시작되면 저쪽도 문제가 될 가능성이 높으니까요."

"최대수 후보도 연루됐다는 이야기인가?"

"아시잖아요, 그쪽은 이권에 대해서는 언제나 문어발이에요. 후후, 케이시티 같은 대형프로젝트에 숟가락을 얹지 않았을 리가 없잖아요. 그래서 이야기인데… 따님과 일부 의원님들 문제는 어떤 방식이든 정리하셔야 할 거예요, 연루된 건 사실이니까요."

"오픈할 생각이로군."

"제가 한 일 아니라니까요? 게다가 그 영성진리 어쩌구는 꼭 사라져야 할 사기꾼 집단인 걸로 알고 있는데, 아닌가요?"

"사회정화 차원에서 없어지는 게 좋긴 하지."

"약간의 피해는 감수하세요. 어차피 없어져야 할 집단이잖아요."

"저쪽 손에 있다면 그들 마음대로 편집해서 우리 측의 피해를 극대화할 걸세, 약간의 피해가 아냐."

"그렇게 되나요?"

"확실히 하세, 정보를 빼돌린 내부자를 자네 사람들이 보호하고 있다던데, 아닌가?"

한세인은 대답하지 않고 전매특허나 마찬가지인 색기 뚝뚝 떨어지는 요염한 미소만 머금었다. 김영욱은 그 미소를 잠시 건네다 보더니 쓰게 웃었다.

"물건까지 자네 손에 있군."

"호호, 절 너무 과대평가하시네요."

"저쪽에 넘기기로 한 건가?"

"음… 후보님도 베팅하시겠어요?"

"안 할 수도 없지 않겠나, 공수가 동시에 이루어지는 패인데."

"후보님은 제게 뭘 주실 수 있으세요?"

"새 정부에서 한두 가지 혜택을 줄 수는 있겠지, 방법을 생각해봅시다."

"에이, 그런 막연한 약속 말고 확실한 거 없나요? 저쪽은 꽤 구체적이던데."

"그럼 원하는 걸 말해보시게."

"최 회장님하고 식사자리를 만들어주세요, 그럼 파일을 드릴 수는 없어도 피해나갈 방법은 만들어드릴게요. 아마 전화위복의 기회가 될 거랍니다."

"어머니를?"

"셀럽들 사이에서도 뵙기 어려운 분이더군요."

기록상 80대 초중반인 최순영은 얼굴조차 세간에 공개되지 않은 신비에 싸인 인물이었다. 한남동의 거대한 자택에서 두문불출한다고 알려졌는데 유명 인사들의 모임 같은 곳은 물론이고 기업인들의 협의체에도 일체 얼굴을 내밀지 않았다. 그래서인지 최고위급 정치인들 중에서도 최순영을 만나본 사람은 극히 드물었다.

"알아보지."

"약속하신 걸로 알겠습니다."

"피해나갈 방법이란 게 뭔가?"

"간단해요, 큰 따님을 버리세요."

"버려?"

"조만간 본격적인 대선국면에 들어가게 될 거고 그때는 저쪽도 케이시티를 터트리기 어려울 거예요. 그리고 김 후보님이 당선될 경우, 집권 초기에 터트리면 상상을 초월하는 파괴력이 될 겁니다. 허니 차라리 먼저 터트려서 여론을 호의적으로 유도할 기회를 잡으시라는 거죠. 검찰고위층에 후보님 사람도 많잖아요."

"미운한 딸년 매장하라는 건가?"

김영욱은 담담하게 반문했다. 딸을 사회적으로 매장하라는 소리인데도 눈빛에는 한 치의 흔들림도 보이지 않았다.

"검찰에 선제적으로 케이시티 비리 수사를 요구하시고 한편으로는 직접 기자회견 열어서 따님을 처벌해달라고 공개적으로 선언하세요. 그러면 여론은 후보님 편이 될 거고 저쪽은 하루하루 불안에 떨게 될 겁니다."

"간단하지도, 좋은 생각 같지도 않은데?"

"물론 사전에 제가 몇 가지 손을 쓴다는 전제가 깔린 이야기인데… 우리 팀의 분석결과에 따르면 후보님 지지율이 최소 2퍼센트는 올라가더군요, 우리 팀 분석능력에 대해서는 후보님도 아시죠? 선거판에서 지지율 2퍼센트면 악마하고도 거래한다고 들었는데… 아닌가요?"

"아무리 그래도 딸일세, 자식을 매장하라는 건 좀 가혹하지 않은가?"

"어차피 터질 일입니다, 차라리 여기서 끊는 편이 나아요. 따님이 조금 고생스럽겠지만 잘못된 행동에 대한 반성의 시간이다 생각하고 잠시 들어갔다 나오시면 된답니다, 길어야 1년 아닐까요?"

"후… 한 양은 여전하군."

"시점은 저쪽에서 공세로 나오기 직전이 최선인데… 상황이 되면 그때 말씀드릴게요, 지금으로선 시점을 단언하기 어렵습니다."

"알겠네."

"그리고… 회장님은 일주일 이내에 뵀으면 합니다."

"기억해두지, 그런데 내 캠프에 합류하는 건 아직도 고려에 없는 건가?"

"한쪽으로 기울면 사업에 차질이 생기는 거 아시잖아요, 후후. 전 그늘 속에 있는 게 정답이에요."

"비선실세 소리라도 듣고 싶은 겐가?"

"하하, 그럴 리가요. 감옥 가고 싶은 생각 없어요."

"이제 한 양도 덩치가 너무 커져서 선택을 해야 돼, 아니면 다친다네. 내 옆에서 미국 정치권과 재계에 대한 로비를 전담해줘."

다시 결정을 요구한 셈인데 한세인은 머리를 옆으로 20도쯤 기울인 상태로 의미심장한 미소만 머금었다.

"생각해볼게요, 그런데… 후보님은 왜 안 움직이시죠? 생화학 테러 건 터트릴 때가 된 거 아닌가요? 대선은 이제 다섯 달도 안 남았답니다.”

“생화학 테러? 그게 뭐지?”

“또 모른 척 하신다, 저한텐 안 통해요. 그거 최대수 후보를 공격할 최고의 무기 아닌가요?”

“얼마 전 최 후보 입국할 때 질병관리본부에서 몇 사람 격리한 사건 말인가? 그때 이런저런 이야기가 많았다는 건 알고 있네.”

한세인은 다음 그림으로 넘어가면서 의미심장한 미소를 머금었다.

“에이, 실망인데요?”

“뭐가?”

“조직을 총동원해서 뒷조사를 하셨다는 거 알고 있답니다. 당연히 공격 준비를 끝내셨을 거라고 생각했는데 말이죠.”

“하하, 꼭 그렇지만은 않아, 정치판에서 가장 중요한 건 가치판단의 독점이라네. 기준이 뭔지는 한 양도 잘 알지 않나.”

“나는 알고 너는 모른다.”

“맞아, 나만 알고 있어야 한다는 점이 생명이지. 그런데 그 생화학 테러 건은 나도 알고 최 후보도 알고 있어, 그걸로 공방 주고받아봐야 헛심 쓰는 게야.”

“재미있는 논리시군요.”

“의미 없는 싸움이야. 제아무리 지저분한 의혹을 제기해도 대응방법을 생각해놓고 있다면 말짱 도루묵이거든.”

“그렇게 생각하신다면야 저도 드릴 말씀이 없네요, 후후. 안녕히 돌아가세요. 건강 유의하시고요."

"이런… 대답이 마음에 안 든다고 바로 축객하는 겐가?"

"어유, 그럴 리가요. 저야 후보님하고 보내는 시간이 정말 즐거운데…
바쁘신 분이시잖아요, 한없이 붙잡아둘 수는 없지 않겠어요? 후후."

한세인은 가차 없이 돌아섰다. 입가엔 여전히 기묘한 미소가 걸린 모
습, 확실히 대단한 여자였다.

김영욱의 경호원들 사이를 벗어나 출입구 쪽으로 걷던 한세인이 나란
히 걷는 그를 돌아보며 물었다.

"궁금하지 않아요?"

"네?"

"누가 더 나쁜 놈인지 말이에요."

"피아 구분부터 하죠, 아니면 테러를 기획한 쪽이 누군지 확실히 하
던지."

"테러를 기획한 쪽이 적이라고 생각하나요?"

"아닙니까?"

"적은 양쪽 다라고 봐야죠. 저 사람들은 지금 살짝이라도 건드리면 상
대가 누구든 가차 없이, 무조건 짓밟아버릴 거니까요. 본인이 원하던 원
하지 않던 주변에서 가만히 있지 않아요, 참고로 둘 다 나쁜 놈인데…
주변에 악당이 더 많은 쪽은 사실 김영욱 후보랍니다."

"난 테러를 기획한 놈을 원합니다, 누가 더 나쁜 놈인지는 중요하지

않아요."

"그러게 준을 살려두지 그랬어요, 증거도 확실히 찾아낼 수 있을 건데 말이죠."

"후회 같은 건 안 합니다."

"곧 확실해질 거예요. 물론 지금으로선 최대수 사람들일 가능성이 더 높답니다, 이미 감지했겠지만."

밖은 빗방울이 조금씩 날리고 있었다. 차까지 가려면 거리가 꽤 되는 데도 한세인은 거침없이 빗속으로 나섰다.

함정

　장판은 눅눅했다. 윤세미가 가끔 청소도 하고 환기도 해줬을 텐데도 한동안 사람의 손이 닿지 않은 티가 확연히 났다. 대충 방을 닦고 에어 콘을 틀어놓자 그럭저럭 견딜 만해진 것 같았다. 하연수는 집안을 찬찬히 돌아본 다음, 후줄근한 책상 의자에 걸터앉았다.

　20평이 조금 넘는 비좁은 공간인데 가구가 전혀 없어서 도리어 휑한 느낌이었다. 집안의 가구라고는 2인용 식탁 하나, 책상 그리고 침대로 쓰는 매트리스가 전부였다. 책상 위에 세워놓은 책들의 제목을 훑어보다가 문득 강민태가 병원에서 퇴원할 때 이야기했던 책상서랍이 생각났다.

　―그놈이 책상서랍 제일 윗칸에 뭘 모셔놨는지 알면 놀랄걸요? 흐흐.

　'제일 윗칸?'

　욕실 문을 힐끗 돌아보고 서랍으로 손을 가져갔다. 샤워기에서 떨어지는 물줄기 소리는 끊어졌지만 이내 드라이어 소리가 들렸다. 금방 나오지 않을 것 같아서 조심스럽게 서랍을 열었다.

'에?'

서랍 안에는 특별한 게 없었다. 쓰던 지갑 두 개와 볼펜 몇 자루, 작년 다이어리 하나가 전부였다. 잠깐 고민하다가 다이어리를 들췄다. 글씨는 하나도 없었다.

'치.'

집어들고 휘리릭 넘겼다. 순간, 팔랑하고 누런 종이 한 장이 떨어졌다. 얼른 집어 도로 다이어리 갈피에 끼우려는데 익숙한 필체가 눈에 들어왔다. 처음 만나는 날 계약서 대신 지폐에 흘려 쓴 자신의 서명이었다.

'에게?'

아주 특별한 물건일 거라고 기대했는데 그냥 지폐여서 조금은 실망이었다. 하지만 그럼에도 불구하고 기분은 좋았다. 급하게 흘려 쓴 글씨 몇 자일뿐인데 1년 넘게 모셔놓았다는 건 그만큼 그녀를 생각했다는 의미였다.

그날의 차명석을 떠올리며 잠시 눈을 감았다. 그런데 드라이어 소리가 뚝 끊어졌다. 얼른 다이어리를 원위치로 돌려놓고 시치미를 떼고 돌아앉았다. 차명석이 화장실 문을 열며 말했다.

"내려갈 준비 안 해?"

매력적이었다. 수건으로 대충 머리를 털고 있는데 살짝 허세가 보인다는 생각에 웃을 수밖에 없었다. 그래도 보고 있어도 또 보고 싶은 남자인 건 맞았다. 조용히 다가가 목에 매달렸다.

"이렇게 섹시해도 되는 거야?"

차명석은 그녀의 이마에 가볍게 키스를 하더니 허리를 감싸안고 번쩍 들어올렸다.

"옷 갈아입어, 누님 식사시간에 늦는 거 싫어한다."

"아직 20분은 더 걸릴 거야, 언니가 알려주던데? 부를 때까지 내려오지 말래."

샤워가운을 슬쩍 열어 어깨를 드러내며 배시시 웃었다. 하지만 반응이 뚱했다.

"까분다, 누님 도와드려야지."

"치… 벌써 남의 편이야?"

"어쭈? 오랜만에 집에 오더니 간이 배 밖으로 나왔네?"

"치… 너무해."

차명석이 손에 힘을 뺐는데도 악착같이 매달려서 조금 더 버티다가 내려왔다. 쉬는 날이고 밤은 길었다.

차명석은 앞서 내려가는 하연수를 따라 계단에 발을 올렸다. 며칠 안 됐는데도 몇 달은 된 느낌, 오늘따라 시장통에서 날아오는 엷은 생선 비린내도 정겨웠다.

'아쉽네….'

사실 이 집에서 얼마나 더 살 수 있을지는 알 수 없었다. 정권이 바뀌면 본격적으로 재개발이 시작될 텐데 그때는 진짜 이사를 가야 했다. 같은 골목에도 빈집이 계속 생기는 형편, 지난 몇 달 사이에만 두 가구가 더 떠난 것 같았다. 이제는 이사 갈 집을 알아봐야 할 시점이었다.

'이야기를 해봐야겠네.'

아래층 마루문을 열자 여자들의 수다가 작렬하기 시작했다.

"연수야!"

"민지야! 언니!"

윤세미와 은혜까지 네 사람이 모조리 발을 동동 구르며 반갑다고 난리였다. 여자들이 수다에 몰입하는 사이, 차명석은 강민태와 가볍게 주먹을 부딪쳤다. 강민태가 물었다.

"휴가냐?"

"오늘 내일 특별한 일정이 없거든."

한국에 돌아온 지 정확히 일주일이 되는 날이었다. 계속되는 강행군으로 지친 기색이 역력했던 하연수에게 약간의 재충전할 시간을 주기로 한 것, 마침 한세인의 일정이 비는 날이어서 하루 휴식을 취하기로 했는데 잘 한 것 같았다. 차명석 자신도 모두의 얼굴을 보는 것만으로도 기분전환이 되고 있었다.

"니들 지금 대선 판에 끼어들었어, 조심하지 않으면 새우등 터진다."

"알아, 그래서 이번 일 끝나면 다 접고 치킨집이나 차릴 생각이다, 후후."

"야, 다들 말아먹는 거 말고 아담한 라이브 카페 같은 걸로 가. 민지 씨랑 연수 씨한테 맡겨놓으면 대박 날걸? 흐흐."

"놀고 있다, 고급인력 설거지 시킬 일 있냐?"

"설거지야 알바 시키면 되지, 인마. 생각해봐."

"이참에 이사 갈 집도 알아보자, 돈 좀 들더라도 위층에서 살림하고 아래층에 카페나 식당 할 수 있는 그런 집으로."

"누님은?"

"카페든 식당이든 누님한테 맡기면 어떨까 싶다. 니가 누님이랑 상의해봐. 우린 정하는 대로 따라갈게."

"그랴, 우선 먹자고. 다 먹고 살자고 하는 짓이다, 크크."

"앉자."

어영부영 자리를 잡자 여자들이 식탁에 밥을 옮겨놓기 시작했다. 그리고 기분 좋게 식사 시작, 윤세미의 음식 솜씨는 역시 최고였다. 하연수가 가장 먼저 감탄사를 터트렸다.

"맛있당, 역시 언니야."

차명석은 젓가락만 손에 들고 밥상머리에 둘러앉은 '식구'들의 얼굴을 하나씩 뜯어보았다. 그의 진짜 이름을 아는 유일한 집단, 오랜 친구이자 가족, 여기 둘러앉은 얼굴들이 없다면 그가 세상에 존재했다는 증거도 없었다. 사랑하는 사람도, 친구도, 그를 삼촌이라고 부르는 꼬맹이도 전부 여기 있었다.

이런저런 생각에 멍하니 앉아 있는데 강민태가 그의 팔을 툭 쳤다.

"왜?"

"전화."

그의 뒷주머니에서 전화가 울고 있었다. 찌개와 밥을 한 입 물고 일어나 툇마루로 나와 전화를 받았다. 박현주였다.

―나다.

"무슨 일이지?"

―잠깐 보자, 샤인 레지던스다.

샤인 레지던스 호텔은 차로 10분 정도면 도착할 가까운 거리였다. 하지만 타이밍이 마음에 들지 않았다.

"내일 보면 안 되는 일인가?"

―나와, 한 시간이면 돼.

"식사 중이다, 한 시간쯤 걸릴 거야."

―기다리지.

전화를 끊고 식탁으로 돌아가려는데 또 전화가 울렸다. 이번엔 장용민이었다. 다들 쉬는 날을 귀신 같이 안다는 생각을 하면서 전화를 받았다.

"네, 변호사님."

―오늘 시간 좀 낼 수 있나요?

"무슨 일입니까?"

―사람 좀 만나서 봉투 하나만 받아왔으면 좋겠습니다, 오늘 아니면 안 된답니다.

"제가 가야하는 이유가 있습니까?"

―항상 같은 이유죠, 은밀해야한다는 거.

"알겠습니다, 언젭니까?"

―여덟 시, 터미널 뒤쪽 면허시험장, 만날 사람 신상과 접선방법은 문자로 보내겠습니다.

이동시간까지 고려하면 시간이 살짝 애매했다. 일단 알겠다고 하고 전화를 끊었다. 돌아와 식탁에 앉자 강민태가 물었다.

"일이냐?"

"장변 일하고 다른 거 하나. 별일 없으면 니가 장변 일 해줘라, 터미널이다."

"무슨 일인데?"

"장변이 뭐 좀 받아오란다, 여덟 시까지 가면 돼."

"알았다, 핑계 김에 데이트나 하지 뭐."

"장변 일은 항상 변수가 있어, 그냥 놀러간다고 생각하지 마라."

"장사 하루이틀 하냐? 다른 일은 뭐야?"

"한세인 연장선이다, 꼴 보기 싫은 여자 만나야 할 거 같다."

"이야, 너한테 이런 시절도 오네. 요즘 여자 복 터진다? 후후."

그는 눈도 마주치지 않고 쓰게 웃었다. 솔직히 주변에 여자들의 숫자가 많아지면 많아질수록 점점 더 머리가 아파지고 있었다.

"시끄러, 짜샤. 먹기나 해."

떠들썩한 식사를 끝내고도 한참 더 수다를 떨다가 느긋하게 약속장소

로 나갔다. 오랫만에 휴식일을 망쳐놓았기 때문에 서두르고 싶은 생각
이 전혀 없었다.

　박현주는 로비에서 잔뜩 무게를 잡고 있었다. 건너편에 앉으면서 단
도직입적으로 물었다.
　"무슨 일이지?"
　퉁명스런 질문에 박현주는 웃기만 했다. 다시 물었다.
　"무슨 일이냐고 물었다."
　"열 받아도 참지? 계약했잖아?"
　"계약금 받은 적 없어."
　박현주는 피식 웃더니 융으로 만든 검은색 주머니 하나를 꺼내 그에
게 던졌다. 얼결에 받았는데 무게가 꽤 나갔다. 안에는 녹이 살짝 보이
는 쇳덩어리 하나가 들어 있었다. 오래된 물건 같은데 뭔지는 알 수 없
었다.
　"이게 뭐야?"
　"선금."
　"골동품이라도 되나보지?"
　"인사동 뒷골목에 가 봐, 그거 내밀면 살 사람 줄을 설 거다."
　대충 주머니에 우겨넣고 벽에 기대섰다.
　"얼마짜린데?"
　"3천은 넘을 거야."

"오호, 이러다 갑부되겠는데?"

"장부 가져오면 이건 돈도 아냐."

"탈날 건 안 먹는다고 이야기했을 텐데?"

"흰소리 치우고 시작해."

"뭘?"

"영성진리회 본원 들쑤셔놨다면서?"

"그래서 뭐?"

"뭘 가지고 나온 거야? 그 난리를 쳤으면 꽤 쓸 만한 물건 같은데."

"내용은 몰라, 아마 내부 회계자료일 거다."

"약속은 이행되겠네, 사본 없나?"

"나한텐 없어."

"일단 그렇다 치고… 김영욱 후보와 오간 이야기 요약해."

"별 거 없어, 조만간 검찰이 케이시티에 대한 비리수사에 착수한다는
정도?"

"응? 김 후보가 케이시티를 수사하라고 지시한 거야?"

"그래."

"그건 큰데? 시점은?"

"몰라, 영성진리회 때문에 위험하다고 판단한다면 서두르겠지."

박현주는 눈을 가늘게 뜨고 그를 노려보다가 다시 질문을 던졌다.

"한세인이 며칠째 조용한 이유는 뭐야? 상황이 그러면 물건 우리에게
넘겨야지."

"나한테 묻지 마, 너나 나나 돈 받고 심부름하는 쫄따구야."

"오리발이냐?"

"넘길 생각은 하는 것 같더라."

"좋아, 그건 뭐 그렇다 치고… 다른 건 없어?"

"김 후보 캠프에 합류하라는 제안은 거절한 것 같다."

"확실해?"

"분위기는 그랬다, 멀리서 듣기는 했지만 거의."

"또 다른 건."

그는 고개를 가로저었다. 김영욱의 딸에 대한 이야기는 굳이 넘겨줄 필요 없을 것 같았다. 그들도 어느 정도는 알고 있을 터였다. 대신 국회 의원들 상당수가 케이시티 비리에 연루되어 있을 거라는 정도만 짧게 전달했다. 그리고 일어섰다.

"그만하자, 스케줄은 새로 나온 거 없어."

"건수 나오면 연락해."

박현주를 남겨두고 돌아나오면서 하연수에게 전화를 걸었다. 이왕 나선 길이니 겸사겸사 같이 인사동에 들러볼 생각이었다.

―넵, 무슨 일?

"데이트 신청, 인사동 가자."

―콜, 어디로 가면 돼?

같은 시간, 강민태는 박민지와 함께 상봉 터미널 인근 운전연습장 담장을 따라 걷고 있었다. 운전연습장에는 움직이는 트럭 두 대가 보였지만 접선자를 만나기로 한 주차장은 조용했다. 이슬비가 막 그쳐서 다소 습한 느낌이지만 미세먼지가 다 날아가서인지 공기는 나쁘지 않았다. 박민지가 크게 심호흡을 하면서 말했다.

"기분 좋다, 부담 없이 밖에 나온 게 언제인지도 기억이 안 나요."

"나도 그래요, 맨날 주취전쟁 치르다가 민지 씨만 보니까 눈이 깨끗해지는 것 같네."

"에효… 또 아부."

"아부 아닌데? 민지 씨 이쁜 건 세상이 다 안다니까?"

"빈말이라도 고마워요, 대신 상 줄게요."

"무슨 상?"

"우리 언제 여행 가요, 연수랑 명석 씨랑 다 같이."

"오케이, 명석이 이번 일 정리되면 다 같이 함 갑시다. 외국으로."

나름 신선한 밤공기를 만끽하며 걷다가 주차장 안으로 들어갔다. 약속시간보다 10분쯤 일찍 도착한 셈인데 접선자도 아직 도착하지 않은 것 같았다. 굵은 나무에 나란히 기대 멀리 주차장 출입구에서 덜컹거리며 멈추는 트럭으로 눈을 돌렸다. 시동을 꺼먹은 모양이었다. 문득 생각나서 물었다.

"운전해요?"

"겁이 많아서 못해요, 운전은 연수가 잘 해요. 아, 저기 차 들어와요."

박민지의 손가락 끝을 따라가자 주차장 입구에 멈춰서는 승용차 한 대가 보였다. 운전한 사람은 30대 후반쯤 되는 전형적인 공무원 같았다.

사내는 차에서 내려 주변을 두리번거렸다. 약속대로 손에 신문을 들고 있어서 더 지켜볼 필요는 없었다. 잠시 기다려 미행을 확인한 다음, 모자를 깊이 눌러쓰고 사면을 내려갔다.

사내의 시선이 돌아왔고 약속했던 동일한 신문을 들어보였다. 사내는 얼른 봉투하나를 화단에 올려놓더니 도망치듯 차로 돌아가 주차장을 빠져나갔다.

'이건 또 뭐야?'

뭔가 이상하다 싶어 주변을 다시 확인했다. 그러나 딱히 의심스러운 움직임은 없었다. 몇 초 더 기다렸다가 봉투를 챙겨 뒷주머니에 집어넣고 돌아섰다. 내용물이 뭔지 알 필요는 없었다. 뒤따라 내려온 박민지의 손을 잡고 주차장 안쪽으로 몇 발 걸었다. 길 건너편에 포장마차 몇 개가 보였다.

"저기서 소박하게 쐬주나 한 잔 할래요?"

"넵, 좋아요."

길을 건너면서 포장마차들에 손님이 있나 살폈다. 사람이 너무 많은 첫 번째 포차는 건너뛰고 다음 포장마차로 들어갔다. 나란히 앉아 어묵탕과 매운 닭발을 시키고 소주잔을 채웠다. 박민지는 기분이 정말 좋아 보였다.

"짠 해요."

"짠."

건배하고 잔을 비우자 박민지가 그의 어깨에 머리를 기대며 말했다.

"나… 음원 내기로 했어요."

"에? 음원?"

"곡은 정말 좋은데 내가 따라갈 수 있을지 모르겠어요."

"우와… 대박이네. 진심 추카추카, 언제요?"

"모레요, 내가 작사도 했어요."

"이야, 잘 돼서 유명해지면 나 모른 척하는 거 아냐?"

"에이 그럴 일 없어요, 민태 씨 아님 누가 나 같은 여자 받아줘요."

"무슨 소리야, 민지 씨가 뭐가요. 너무 섹시한 거 빼곤 단점이 없는데?"

"치… 입에 발린 소리만 할 거예요?"

웃고 떠들면서 소주를 세 병이나 비웠다. 시간도 꽤 흘러서 한밤중이었다. 일 때문에 나왔는데 좀 과했다 싶어 자리를 털고 일어섰다. 그런데 포장마차 골목을 빠져나가는 순간, 골목에서 덩치 몇 놈이 나와 앞을 가로막았다.

"어이, 아가씨. 재미 좋아?"

술이 확 깨는 느낌, 전부 다섯이었다. 방심했다는 생각에 얼른 박민지를 뒤로 잡아당겼다. 조금 전에 받은 봉투를 노린 것 아닌가 싶어서였다. 박민지가 같이 있는 상황에서 상대가 프로라면 다섯 명은 무리였다. 다행히 말투로 봐서는 동네 건달일 가능성이 높았다. 한 놈이 다시 말했다.

"여자 앞이라고 목에 힘 좀 주고 싶냐?"

그는 한숨을 내쉬면서 말을 받았다.

"에효… 이건 또 무슨 진부한 전개냐. 이것들아, 나 짭새야. 빵으로 직행하고 싶지 않으면 좋은 말할 때 꺼져라."

"뭐래 저 새끼. 야, 손 좀 봐줘라."

두 놈이 한꺼번에 달려들었는데 전부 흉기를 들고 있어서 살짝 부담스러웠다. 박민지를 몇 발 뒤로 밀어내고 먼저 야구방망이를 휘두르는 놈의 인중에 번개 같은 잽을 꽂았다. 놈의 머리가 덜컥 젖혀졌다. 동시에 야구방망이를 잡아채고 돌아서면서 뒤따라 달려드는 놈의 정강이뼈를 방망이로 내리쳤다.

"크어…."

다음부터는 일사천리였다. 달려드는 족족 팔다리 한 군데씩을 부러트리고 빼앗은 각목은 던져버렸다. 주차된 차량 엔진후드에 엎어진 놈이 있어서 블랙박스가 걱정됐지만 신경 쓰지 않았다. 순간, 박민지의 비명이 들렸다.

"악!"

급히 돌아서서 그대로 얼어붙어버렸다. 시커먼 그림자 하나가 박민지를 승용차 문짝에다 밀어붙인 채, 목을 틀어잡고 있었다.

'젠장!'

이놈들은 달랐다. 느낌부터가 금방 두들겨놓은 놈들과는 판이하게 차이가 났다. 아마추어도, 동네 건달도 절대 아니었다. 놈이 히죽 웃더니 섬뜩한 목소리를 냈다.

"움직이지 않는 게 좋아, 사람 목은 생각보다 쉽게 부러지거든."

"놔줘, 상관없는 여자다."

순간, 허리 쪽이 뜨끔했다. 수만 볼트 고압선에 감전된 느낌, 무시무시한 통증이 정수리까지 치고 올라갔다. 손가락 하나도 까딱할 수 없었다.

스칵!

그리고 섬뜩한 소리가 등에 작렬했다. 거의 동시에 두 번, 칼질은 두 놈이 하는 것 같았다.

'제기랄.'

다시 한 번 섬뜩한 소리가 귀청을 때렸다. 그리고 또 한 번… 시야가 급격하게 흐려지고 아스팔트 바닥이 느릿하게 가까워졌다.

인사동은 평소나 다름없이 북적였다. 아무 골동품 가게나 들어가서 값을 흥정할 생각이었다. 그런데 첫 번째 가게에 들어가기도 전에 전화가 왔다. 박민지의 목소리였다. 직접 그에게 전화를 거는 건 처음, 뭔가 잘못됐다는 불길한 예감에 급히 전화를 받았다.

"네."

―저… 저기, 명석 씨.

박민지의 목소리가 사정없이 떨리고 있었다.

"뭡니까? 왜 그래요?"

―살려주세요, 민태 씨 죽을 거 같아요. 네? 제발요.

"젠장, 거기 어딥니까? 무슨 일이죠?"

―저…저기 주차장인데 칼… 나…나 때문에…

말이 계속 끊어져서 알아듣기가 쉽지 않았다. 박민지 본인의 상태도 별로 좋지 않은 것 같았다.

"민태 많이 다쳤습니까?"

―온통… 피에요. 제발, 빨리요.

"민지 씨는 괜찮아요?"

―모르…겠어요, 빨리 와줘요. 네?

"119에 전화했어요?"

―했는데 아직 안 와요, 빨리 좀…요. 제발…

"출혈부위에 뭐든 대고 있는 힘껏 눌러요, 당장 갑니다."

―알…알겠어요.

박민지는 전화를 끊지 않았다. 하지만 더 불러도 대답은 없었다.

"연수야, 가자."

즉시 하연수의 손을 잡고 뛰었다.

박민지의 이름은 수술실 전광판에서 어렵게 찾아낼 수 있었다. 같이 올라간 다른 이름은 신원불명, 평소 습관대로 신분증을 빼놓고 나갔을 테니 신원불명 환자는 강민태일 터였다.

'제기랄!'

정확한 상황은 두 사람이 깨어나야 파악이 가능했다. 119 직원에게서 전해들은 이야기대로라면 깡패 여섯 명과 싸웠다는데 말이 되질 않았다. 강민태가 겨우 깡패 몇 명에게 당했을 리가 없기 때문이었다. 누가 됐든 프로에게 당했다고 보는 편이 타당했다. 그리고 그들의 목표는 차명석 자신이었다.

한참을 수술실 앞에서 얼쩡거리다가 밖으로 나오는 수술복 차림의 남자에게 물었다. 느낌상 인턴쯤 될 것 같았다.

"실례합니다."

"사고 환자분들 보호자십니까?"

"네, 두 사람 상태 어떻습니까?"

"수술 중인데 두 분 다 출혈이 심해서 위독합니다, 최선을 다하고 있으니 조금 기다려보십시오."

"괜찮겠습니까?"

"병원에 도착했을 때 상태가 워낙 좋지 않아서 지금으로선 뭐라고 말씀드리기 어렵습니다. 특히 남자 분은 출혈도 많고 찔린 자리가 너무 좋지 않습니다. 죄송합니다."

"오래 걸리는 수술입니까?"

"몇 시간 걸릴 겁니다, 식사라도 하고 오십시오. 아, 혹시 남자 분 성함을 아시면 원무과에 알려주십쇼."

인턴은 목례만 하고 서둘러 복도를 가로질러 사라졌다. 말없이 서 있는 그에게 하연수가 떨리는 목소리로 물었다.

"어떡하지?"

그는 대답하지 않고 가늘게 떠는 하연수의 손을 가만히 잡아주며 생각에 잠겼다. 지금 가장 중요한 건 두 사람이 죽고 사는 문제였다. 하지만 수술실에 있는 두 사람에게 그가 해줄 수 있는 건 없었다.

'살아만 있어라, 제기랄!'

할 수 있는 건 어떻게든 돌아가는 상황을 파악하고 두 사람의 안전을 확보하는 일이었다.

"일단 원무과로 가자, 모자 써."

"네."

원무과로 내려가면서 잠시 강민태의 이름을 어떻게 할까 고민했다. 상대가 누구든 그를 노렸을 가능성이 높으니 진짜 이름을 알려주는 편이 안전할 수도 있었다. 최소한 두 사람의 안전은 확보할 수 있을 것이었다.

원무과에 강민태의 실명을 알려주고 곧장 병원을 빠져나와 김석진에게 전화를 걸었다.

—민태 형 상태 어때?

"아직 몰라, 일단 코드 블루."

—그럴 거 같더라, 형을 노린 거 같아?

"그래, 안전에 신경 써."

—카피.

차로 돌아가며 장용민에게 전화를 하려다 참았다. 강민태가 당할 정도라면 무조건 준비된 암살작전이었다. 당연히 장용민 변호사도 믿을수 없었다. 직접 얼굴을 보고 확인해야 했다.

"우선 장변을 만나야겠다."

"그럼 가요, 내가 여기 있을게."

하연수는 이번에도 침착했다. 목소리에 걱정이 짙게 배어 있지만 눈빛에서는 흔들림을 찾아볼 수 없었다. 다른 건 몰라도 겁을 먹지는 않은것 같았다.

"괜찮겠어?"

"숨어서 상황파악만 할게, 나 지금 같아서는 따라다녀도 도움 안 될거 같아요."

"나 출발하면 민태 지구대에 연락부터 해라. 거기 사람들이 오면 훨씬안전할 거다. 그리고 언제 어떤 일이 벌어질지 모르니까 매사 조심하고CCTV 찍히지 않도록 조심해, 무장 안 했지?"

"네, 경찰봉하고 그 여자가 준 검찰 신분증 가지고 있으니까 괜찮을거예요. 나 신경 쓰지 말고 얼른 가요."

"절대 무리하지 말고 변동사항이 생기거나 수술결과 나오면 바로 연락해."

"넵."

서둘러 서초동으로 넘어가면서 한세인에게 전화를 걸었다. 빚지는 건 싫지만 강민태의 상태를 아는 게 우선이었다. 전화는 한세인 대신 앨리스가 받았다.

―네, 헌터.

"내가 조금 전까지 있던 병원 어딘지 알지?"

―네, 그렇습니다.

"수술 중인 박민지와 강민태 상태 확인해."

―박민지 환자의 경우는 손상된 장기를 봉합하는 수술입니다, 하복부 두 군데를 깊이 찔렸는데 담당의사의 능력을 고려하면 70분 이내에 끝날 것으로 추정됩니다. 다만 과도한 출혈로 인한 신체기능장애가 발생할 수도 있다는 주치의 소견입니다.

"민태는?"

―강민태 환자의 경우는 더 좋지 않습니다, 30센티미터 이상의 날카로운 흉기에 여섯 번 찔렸으며 전기충격기에 의한 상해도 확인됐습니다. 손상된 장기를 우선적으로 봉합했고 이어서 척추에 박힌 칼 조각을 제거하는 대수술이 진행될 예정입니다. 칼 조각이 박힌 위치가 좋지 않아서 성공확률이 매우 낮으며 성공하더라도 하반신 사용이 어려울 거라는 소견입니다.

'제기랄!'

자신이 직접 갔어야 한다는 자책, 이를 악물어 봐도, 핸들을 틀어잡은 손끝에 힘을 집중해봐도, 도무지 숨을 쉬기가 쉽지 않았다. 잠깐의 방심으로 유일한 친구이자 동료를 잃어버린 것 같았다.

 사무실 안쪽에서는 흐릿하게 빛이 흘러나오는데 로비 출입구의 유리문은 잠긴 상태였다. 로비데스크에 안내하는 직원도 보이지 않았다. 간단히 출입구의 도어락을 풀고 모자를 깊이 눌러썼다. 가능하면 조용히 들어갔다 나올 생각, 다른 변호사나 직원과 마주치는 일은 피하고 싶었다.

 문을 열자마자 오른쪽으로 돌아 복도 끝에 있는 장용민의 방으로 직행했다. 불투명한 유리로 칸막이가 된 방인데 문은 잠겨 있지 않았다. 전화기로 녹음을 시작하면서 조용히 발을 들여놓았다. 키보드 두드리는 소리만 나직하게 울려퍼지는 방, 장용민의 눈은 모니터에 고정되어 있었다.

 문에 기대서서 말없이 노려보다가 유리에 가볍게 노크를 했다. 장용민은 그와 눈을 마주치자마자 화들짝 놀라며 일어섰다.

 "어… 무사했군요, 연락이 없어서 걱정했습니다."

 "걱정한 거 맞습니까?"

 대답이 싸늘하게 나갔다. 장용민은 일순 말을 하지 못했다. 그가 계속 노려보자 장용민이 외면하며 길게 한숨을 내쉬었다. 다시 말했다. 이번엔 서릿발 날리는 차가운 반말이었다.

 "핑계라도 대보지."

 장용민은 다시 한숨을 내쉬더니 고개를 푹 숙였다.

"미안합니다."

"미안으로 끝날 일 아니야, 만일 내 친구가 죽는다면 당신도 그 대가를 치러야 할 거다."

"친구가… 죽어요?"

"나 대신 친구가 당신 의뢰를 처리하기 위해 나갔고 프로에게 당했다. 지금 수술 중이다, 수술이 성공하길 빌어라."

"죄송…죄송합니다, 조용한 곳에서 몇 가지 물어보기만 하겠다고… 아무도 다치지 않을 거라고 했는데…."

"누가?"

"어제 법원에서 서울지검장 최측근이라고 할 수 있는 강치훈 차장을 만났는데 이번 일 기소중지로 정리해주겠다고 하더군요. 대신 헌터를 만나게 해달라고 했습니다. 정말 미안합니다."

그는 미간만 잔뜩 찌푸렸다. 강치훈이라면 한세희를 납치했다는 차장 검사였다. 장용민이 쭈뼛거리며 다시 말했다.

"그런데… 빨리 나가세요, 여기 더 있으면 안 됩니다."

"왜?"

"24시간 감시하는 사람들이 있어요, 들어오는 거 봤을 겁니다."

"누가 감시하는 거요? 검찰 사람들?"

"그럴 겁니다, 빨리요. 따로 연락하겠습니다."

일순 갈등했지만 가능성은 충분하다는 판단으로 재빨리 방을 나섰다. 그러나 복도로 나와 몇 발 떼기도 전에 걸음을 멈춰야 했다. 출입구를 시커먼 그림자 몇 개가 가로막았기 때문이었다. 머리부터 발끝까지 시커먼 옷 일색인데 손에는 총기까지 보였다.

'젠장!'

욕설을 토해내는 순간, 등 뒤에서 고함소리가 들렸다.

"당신 누구야? 억!"

짧은 비명과 의자 넘어가는 소리가 이어졌다. 장용민의 목소리라는 생각에 아주 천천히 고개만 돌렸다. 장용민의 방 앞에서 덩치가 상당해 보이는 거구의 사내가 치열을 모두 드러내며 웃었다.

'응?'

놈의 얼굴을 보자마자 부산에서 하연수의 진술에 따라 전문가가 그린 몽타주가 떠올랐다. 특히 짙은 눈썹과 찢어진 눈매, 얇은 입술은 정말 비슷했다. 기억을 더듬어 놈의 콜사인을 찾아냈다.

'리퍼.'

쟝이 죽기 직전에 하연수에게 말했던 이름이었다. 놈이 손에 들고 있던 버터플라이 나이프를 접어 그의 발밑에 던졌다.

"저기 손목 긋고 목 매단 안타까운 죽음에 대한 책임은 니가 져야겠다. 니가 목 졸라 죽이고 목 매단 걸로 위장한 시체 말이야."

"쟝 드니는 왜 죽였지?"

시간을 벌어야겠다 싶어 다짜고짜 쟝의 이름을 거론했는데 놈은 피식 웃음을 터트렸다.

"잔대가리 굴리지 않는 게 좋아, 새끼야."

"콜사인이 리퍼였지?"

콜사인까지 입에 담자 놈은 과하게 눈을 크게 뜨면서 놀란 표정을 지었다.

"우와, 머리도 좀 돌아가나 본데?"

"용병 나부랭이가 서울바닥에서 총을 들고 설쳐? 죽으려고 작정했나?"

"너 지금 죽기 일보 전이니까 주둥아리 고만 놀리고 꿇어, 떠들 기회는 체포된 뒤에도 많으니까."

"체포? 용병 나부랭이가 누굴 체포한다고 떠드는 꼴은 처음 보는데?"

"용병은 고용주에 따라 신분이 달라진다는 소리 못 들었냐?"

"그래봐야 총알받이야."

"까고 자빠졌네, 기집년 치마폭 속에서 오징어 냄새 맡고 다니는 새끼가 엇다대고 개소리야?"

그가 한세인과 일을 한다는 걸 빗댄 이야기일 터, 비로소 대선판에 끼어들었다는 사실이 실감이 났다.

"누가 시켰나? 최대수?"

"미친놈, 그만 떠들고 그거나 집어."

칼에 지문을 묻히라는 뜻인 것 같았다. 일단 한 발 뒤로 물러나며 목을 좌우로 풀었다.

"니가 하지? 남이 떨어트린 거 집는 스타일이 아니라서."

"싸움질 제법 한다는 소리가 들려서 살짝 궁금하긴 한데 궁금증 해소는 나중에 해야겠어. 시체 생기면 현장에서 빨리 사라져야 되거든. 흐흐, 어여 집어."

놈은 낄낄거리면서 그의 발밑을 가리켰다.

"와서 하라니까?"

"꼭 매를 맞아야 정신을 차리는 놈들이 있더만 여기서 또 보네."

리퍼는 손가락을 하나하나 꺾으면서 고압적인 자세로 천천히 다가왔다. 키는 그보다 조금 더 컸고 체격은 더 좋았다. 몸 전체가 잘 벼려진 칼 같은 느낌, 걸음걸이 하나만 봐도 결코 만만치 않은 상대였다.

'등 뒤에 셋.'

밖으로 나갈 수 있는 유일한 길은 로비로 이어진 복도를 총기로 무장한 용병 셋이 가로막고 있었다. 정상적인 경로로 나갈 방법은 없다고 봐도 무방했다. 가능한 방법은 사무실의 대형유리를 깨고 나가는 것뿐이었다.

4층인데다 밑에 뭐가 있는지도 모르지만 사무실 바로 옆이 도로가 아닌 건물이고 사이의 공간도 좁아서 잘하면 벽을 차고 내려갈 수도 있을 것 같았다. 가능성은 그쪽뿐이었다. 물론 이런 정적인 상황에서는 창가까지 가는 것도 불가능했다. 기회를 잡으려면 어떻게든 흔들어야 답이 나왔다.

몸에 힘을 빼면서 놈을 도발했다.

"내 친구를 공격한 것도 너냐?"

"니 친구라니?"

"누가 시켰나? 양진호?"

"말이 많네, 몇 대 맞고 시작해야겠어."

왼손 역수도가 빠르게 날아들었다. 잽쯤 되는 느낌, 가볍게 막고 전진하면서 무릎을 노렸다.

"오, 괜찮은데?"

놈은 중얼거리면서도 발을 빼고 횡으로 돌았다. 연속해서 발목과 얼굴을 번갈아 노렸다. 놈은 노련하게 공격을 걷어냈다. 그런데 충격이 만만치 않았다. 단순하게 막기만 했는데도 부딪칠 때마다 저릿했다. 확실히 쉽지 않은 상대였다.

순식간에 몇 번의 공수가 오가고 떨어져 나오는 순간, 옆구리에 발차기가 날아들었다. 무릎으로 막으면서 아예 몸을 띄워 반동으로 물러섰다가 벽을 차고 튀어나가 몸으로 부딪쳐버렸다.

"헛!"

동시에 벽에 부딪쳤다가 뒹굴면서 짧고 강력한 관절기를 서너 번 주고받았다. 마지막으로 놈의 턱을 머리로 들이받고 떨어져 나오면서 장용민의 방 반대편의 넓은 사무실로 굴러들어갔다.

'지금뿐이다.'

구르면서 권총을 뽑아 무릎을 꿇고 일어서는 놈을 쏴버렸다. 웬만하면 총기사용을 피하겠지만 지금은 웬만한 상황이 아니었다.

카캉!

와장창!

놈의 허벅지 어름에서 피가 튀고 장용민의 사무실 유리가 박살나면서 통째로 주저앉았다. 그러나 놈은 벽 뒤로 몸을 날려 사라졌다. 출혈량이나 움직임으로 봐서는 잘해야 스친 정도였다.

누운 채, 책상을 차고 칸막이 사이로 들어갔다. 다른 놈들의 총격이 빗발치기 시작했다. 일어서자마자 칸막이 사이를 뛰면서 문에다 응사하고 책상 끝에 있는 대형 유리창에다 연사했다.

퍼벅!

유리창에 거미줄처럼 금이 갔지만 주저앉지는 않았다. 철골 새시가 가슴높이여서 바로 뛰기는 무리, 서너 발짝 전력으로 뛰다가 책상을 밟고 유리창으로 몸을 날렸다.

파직!

유리창을 그대로 통과, 몇 미터 떨어지지 않은 건너편 건물 벽을 차고 반대쪽을 또 찼다. 그럭저럭 안정적으로 바닥에 발을 디딜 여건이 된 셈, 착지하자마자 곧장 건물 사이의 낮은 담장을 뛰어넘어 뒷골목으로 빠져나왔다.

아직 늦은 시간이 아닌데도 뒷길을 오가는 사람들은 거의 없었다. 골목을 달리면서 김석진에게 전화를 걸었다.

—어, 형.

"장변 살해됐다."

—에? 정말?

"즉시 장앤조 CCTV 시스템 장악하고 죽인 놈 얼굴 확보해. 아마 저쪽에서 시스템을 다운시켰겠지만 지금이라도 촬영할 수 있으면 촬영해, 혹시라도 내 얼굴 나오면 지워버리고 디지털 흔적 절대 남기지 마라."

―카피.

건물 하나를 넘어간 다음, 대로로 나와 길을 건넜다. 그리고 건물 사이로 들어가 대로 건너편에서 장앤조가 세든 건물의 움직임을 주시했다. 헌데 그 난리가 났음에도 딱히 이거다 싶은 움직임은 아예 보이지 않았다.

10분쯤 시간이 흐르고 나서야 빌딩 입구에 놈들이 모습을 드러냈다. SUV 한 대가 다가와 멈추고 다리에 붕대를 감은 리퍼가 재빨리 건물에서 나와 올라탔다.

차가 출발한 뒤, 차를 세워둔 주차장으로 건너가며 다시 김석진을 호출했다.

―어, 형.

"23사 495 쥐회색 SUV, 장앤조 사무실에서 교대역 방향으로 진행. 추적해라."

―아쒸, 하나씩 좀 시켜. 카피.

차를 찾아 대로로 나오는 사이, 김석진이 SUV의 위치를 찾아내 전송했다. 신호에 걸렸는지 다행히 멀리 가지는 못했다. 김석진이 다시 말했다.

―CCTV 영상 없어, 개들이 시스템 태워버려서 지금 내부를 들여다

보는 것도 불가.

"지랄이네."

따라붙으면서 글로브박스에서 테밖에 없는 안경을 꺼내 썼다.

SUV가 멈춘 곳은 청계산 초입 외딴 지역의 버려진 공장이었다. 샌드위치 패널로 지은 단층짜리 간이건물에서 은은하게 빛이 새어나오는데 규모가 작아서 공장이라기보다는 장비를 보관하는데 쓰는 창고 같았다. 창문에 달라붙어 내부를 살피려 했지만 전부 막아놓아서 아무것도 보이지 않았다.

일단 창문에 달라붙어 안에서 들리는 소리에 집중했다. 리퍼의 목소리는 들리지 않고 다른 두 놈만 언성을 높이고 있었다.

"씨발, 그 또라이 새끼 4층에서 그냥 뛰네."

"리퍼, 어떻게 할 거야? 강 검한테 알려야지."

리퍼의 대답은 없었다. 다른 놈이 받아쳤다.

"야, 이 미친놈아. 그 미친개한테 그걸 왜 알려, 놓친 걸 알면 우린 바로 죽음이야."

"그럼 어쩌자고?"

처음으로 리퍼의 목소리가 흘러나왔다.

"찾아야지."

"어떻게?"

"병원 가서 기다린다, 그 새끼 나타날 거다."

"거긴 눈이 너무 많잖아."

"어차피 시끄러워졌다, 내일 아침만 돼도 변호사 죽은 거 대문짝만하게 실릴 거다."

"내일까지는 아무도 모를 거고 오늘 내로 그 자식만 처리하면 강 검이 막아주지 않을까? 변호사 새끼는 자살 비슷하게 만들어놨으니까 어렵지도 않을 거야. 그 양반 배경이 무려 서울지검장이다."

"지검장 따위가 막을 수 있는 일 아니야."

'지검장 이름이 뭐였지?'

기억은 나지 않았다. 일단 장용민과 대화한 내용을 녹음해놨으니 최소한의 방어막은 만들어놓은 셈이지만 검찰과 전쟁을 할 수는 없었다.

'갈수록 태산이네.'

이후엔 더 이상 리퍼의 목소리는 들리지 않았다. 나머지 두 놈의 잡다한 욕설과 허튼 이야기들만 오갔다. 덕분에 몇 놈이 더 있는지는 알아낼 방법이 없었다.

차명석은 선 채로 잠시 갈등했다. 지금 들어가면 분명 사람을 죽여야 했다. 무장한 놈들이니 총기를 사용하지 않고 제압할 방법은 없었다. 이제까지 상대해왔던 조폭 같은 부실한 놈들이 아니고 숫자도 확실치가 않았다. 고민스러웠다. 하지만 결정에 시간이 걸리지는 않았다.

'눈에는 눈.'

강민태가 사경을 헤매고 장용민은 이미 죽었다. 거기서 더 생각할 이유가 없어졌다. 발목에 찬 리볼버까지 뽑아 권총 두 정을 양손에 나눠

쥐고 건물 출입구에 다가섰다.

'후….'

크게 심호흡, 미닫이문이 조금 열려서 문틈 사이로 내부가 보였다. 그러나 보이는 건 한 놈뿐이었다.

문에서 가장 가까운 위치에 등을 보인 채 나무박스에 앉아 있는 놈, 가장 쉬운 목표였다. 언제든지 해결할 수 있으니 보류, 조금 기다리자 한 놈이 종이박스를 들고 오른쪽에서 왼쪽으로 지나갔다. 둘은 보이지 않았다. 문을 여는 동시에 나머지 둘의 위치를 파악해야 승산이 있었다.

'후….'

심호흡을 크게 한 다음, 리볼버 총구를 문 사이에 집어넣었다. 그리고 슬쩍 밀어내고 발을 들여놓았다. 두 놈의 위치는 확실했다. 다른 놈은 보이지 않는다는 생각을 하면서 바로 앞에 앉은 놈의 등판에다 한 발을 쏴버리고 전진, 넘어오는 놈의 뒷덜미를 잡으면서 왼쪽 박스를 내려놓는 놈의 가슴에 두 발을 박아넣었다.

"크억!"

놈은 박스 사이로 쓰러졌다. 곧바로 안쪽의 큼직한 나무박스 위에서 총구화염이 보였다.

티딕!

소음기에 막힌 총성, 죽은 놈을 방패삼아 웅크린 채 겨드랑이 사이로 총만 내밀어 응사했다. 총탄에 깨진 나무 조각이 한꺼번에 비산해서 눈을 뜨기가 쉽지 않았다. 그래도 적의 총구화염은 둘뿐이었다.

'절반.'

다행히 장용민의 사무실에서 마주쳤던 네 명이 전부라는 뜻, 승산은 있었다.

한 놈이 박스 하나를 뛰어넘어 다음 박스 뒤로 들어가면서 대여섯 발을 난사했다. 다시 나무 조각이 비산하고 앞세운 시체에 두어 번 진동이 느껴졌다. 프로답게 정확한 사격이었다. 얼마 남지 않은 실탄을 모두 소진하고 탄창을 떨어트렸다. 순간, 놈이 다시 연사하면서 박스 위로 뛰어 올랐다.

'미친놈.'

카캉!

겁이 없다 못해 미친 것 같았다. 나름 탄창을 교체하는 타이밍을 잡은 모양인데 이렇게 비좁은 공간에서 마구잡이로 일어서면 죽여달라고 고사를 지내는 꼴이었다. 죽은 놈의 겨드랑이 사이로 리볼버 여섯 발을 모조리 쏴버렸다.

콰쾅!

리볼버 세 발에 연속해서 얻어맞은 놈은 박스 뒤로 벌렁 넘어가버렸다. 얼핏 보기엔 가슴과 어깨쯤에 맞은 것 같았다. 리볼버는 박스 위에 놓고 글록의 탄창을 갈아끼우며 소리를 질렀다.

"어이, 리퍼! 내가 그렇게 만만해 보였나?"

"야! 이 미친 새끼야! 오늘 뒈지고 싶어?"

"강 뭐시기 검사가 사람 죽이라고 시킨 모양인데 그 자식도 내 손에 죽을 거야, 넌 오늘이 제삿날 확정이고."

다시 총성이 터지고 뒷덜미를 잡은 놈의 상체에서 피가 튀었다. 나름 정확한 사격이었다. 몇 발 응사하자 놈이 소리를 질렀다.

"야! 총질하는 거 별로 재미없지 않나?"

"그래서?"

"아까 하던 거 끝을 보는 거 어때! 한 놈 죽을 때까지!"

맨손으로 붙어보자는 뜻, 아까 총상을 입은 놈이니 나쁠 건 없었다. 그러나 자신도 정상적인 몸상태는 아니었다. 멍청한 짓은 사양이었다. 실탄이 떨어졌을 가능성이 높다는 생각을 하면서 장단을 맞췄다.

"그보다는 깨지는 쪽이 아는 거 다 불기 어때?"

"자신 있나 보지?"

놈이 슬라이드가 밀려난 권총을 박스 옆에 내려놓았다. 차명석은 쓰게 웃으며 권총을 박스 옆으로 떨어트렸다. 놈이 다시 말했다.

"셋에 일어서는 거다, 오케이?"

"해봐."

"하나… 둘, 셋."

놈은 아주 천천히 몸을 일으켰다. 그도 뒤따라 일어났다. 그러나 그냥은 아니었다. 죽은 놈을 같이 일으켜 세우며 일어서다가 놈의 허리춤에 꽂힌 권총을 뽑아 가차 없이 쏴버렸다.

카캉!

초탄 한 발에 하복부 어딘가에서 피가 튀었다. 하지만 놈도 번개같이 응사하면서 박스 사이로 몸을 날렸다. 예상대로 어딘가에 총을 숨겨놓은 것이다. 놈은 박스에 부딪쳐 구르다가 박스 뒤로 들어갔다.

그는 재빨리 자신의 글록을 집어들고 자세를 낮췄다. 놈이 목소리를 높였다.

"야, 이 비…겁한 새끼야!"

피식 웃었다. 바로 옆에 엎어진 놈이 손을 부들부들 떨고 있었다. 총을 들어올리기 위해 안간힘을 쓰는 모양새, 놈의 이마에다 가차 없이 한 발 쏴버리고 리퍼에게 말을 걸었다.

"강치훈 그 자식도 곧 따라갈 거니까 너무 섭섭하게 생각하지 마라, 만나면 꼭 안부 전해."

"미친 새끼, 검사를 죽이면 넌 멀쩡할 거 같냐?"

"최소한 내가 먼저 죽지는 않아."

말을 받으면서 바로 옆의 총알구멍이 난 나무 박스를 뜯어냈다. 알콜 냄새가 심하게 났기 때문이었다. 내용물은 전부 초고가의 외국산 코냑, 한국어 라벨이 없는 것으로 보아 밀수품인데 동일한 크기의 박스가 많은 것으로 보아 대량으로 밀수하는 것 같았다. 다시 소리를 질렀다.

"강치훈이 용돈은 안 주나 보지?"

작은 박스의 내용물은 새 권총과 실탄, 소음기가 들어간 케이스 여섯 개였다. 놈은 대답하지 않았다. 대신 박스 위로 상체를 올리면서 권총을 연사했다.

'미친놈.'

옆으로 빠져나가면서 빼앗은 권총에 남은 실탄을 모두 소진하고 던져 버렸다. 다시 박스 위로 올라오는 놈의 상체를 노렸지만 놈은 옆으로 총구를 내밀었다. 숙이면서 박스 사이로 뛰면서 거리를 줄였다. 총격이 따라왔지만 나무 박스만 줄줄이 터트렸다. 이제 둘 사이에는 박스 서너 개가 전부고 놈에게 남은 실탄은 없었다. 한 발쯤은 잘못 세었을 수 있지만 여분의 탄창이 없다면 놈은 비무장이었다.

순간, 나무 조각 밟히는 소리가 귀청을 때렸다. 작지만 가까웠다. 즉시 반대쪽으로 몸을 빼며 총구를 내밀었다. 놈은 권총을 던지면서 정면으로 달려나왔다. 역시 남은 실탄은 없었다. 날아오는 권총을 슬쩍 피하고 방아쇠를 당겨버렸다.

쾅!

"크억!"

가슴팍에 정통으로 세 발을 얻어맞은 놈은 그대로 박스 사이로 처박혀버렸다. 즉시 돌아서서 권총 케이스 하나를 챙겨들고 술병 박스를 연속 뒤집어 깨트리면서 밖으로 나왔다. 이어 SUV를 끌어다 공장 안에 집어넣고 연료탱크 바닥에다 몇 발을 쐈다.

줄줄 쏟아지는 연료가 술과 뒤섞여 박스 아래까지 흥건히 고이기 시작한 다음, 신문지 몇 장에 불을 붙여 연료 위에 던졌다.

화륵!

어렵게 시작된 불길이 공장 끝까지 시퍼렇게 번지기 시작하자 피 묻은 자신의 점퍼도 벗어 불속에 던지고 공장을 나섰다.

하연수는 흐르는 눈물을 연신 손등으로 훔쳐내면서도 집중치료실로 들어가는 강민태의 창백한 얼굴을 끝까지 지켜보았다. 1시간쯤 전에 박민지가 들어간 같은 치료실인데 강민태의 상태는 더 좋지 않아 보였다. 닫히는 자동문에 가려 강민태의 침대가 보이지 않자 같이 온 간호사 하나를 붙잡고 물었다.

"지금 들어간 강민태 환자 보호자인데 안에 들어가 볼 수 있나요?"

"죄송합니다, 집중 치료실은 하루에 두 번 30분 면회시간 이외에는 출입하실 수가 없습니다."

벌써 한밤중이라 오늘은 또 얼굴 보기가 어려울 것 같았다.

"아…"

"집도의 선생님이 말씀하셨겠지만 수술 잘 됐다고 하셨어요, 오늘은 상황을 지켜보자고 하셨습니다."

"괜찮을까요?"

"너무 걱정 마시고 돌아가 쉬세요, 무슨 일이 있으면 연락드릴 겁니다."

"알겠습니다."

어쩔 수 없이 비상계단을 통해 로비로 내려왔다. 더 있어 봐야 할 수 있는 일은 없었다. 우선 원무과를 찾아가 병실로 올라갈 때 2인실로 두 사람이 함께 있을 수 있도록 해달라는 부탁을 여러 번 한 다음, 로비 한

쪽에 쪼그려 앉았다.

다시 눈물이 흘렀다. 차명석과 함께 있을 때는 이를 악물고 참았는데 수술실을 나온 박민지의 얼굴을 본 순간부터 지금까지 계속 눈물이 났다. 손등으로 계속 흐르는 눈물을 훔치다가 눈앞의 휴지를 잡아 코를 팽 풀었다.

'어?'

휴지가 눈앞에서 팔랑거렸던 것 같아 눈을 들었다. 정말 반가운 얼굴이었다.

"명석 씨?"

앉은 채 그냥 차명석의 허리를 끌어안고 평평 울었다. 더 참기가 어려웠다. 차명석이 머리를 쓰다듬으며 말했다.

"미안하다."

"명석 씨 잘못 아니잖아."

한참을 더 울다가 뒤늦게 정신을 수습하고 눈물을 닦았다.

"지구대 분들 내일도 오신다 그랬고 민태 씨 부모님한테도 연락한댔어요, 외국 사시나 보던데."

"아버진 돌아가셨고 어머니는 스페인 남자랑 재혼하셨어, 아마 연락 안 될 거야. 나가자, 좀 자야지."

"난 괜찮아, 근데 우리 내일 성북동 들어가야 돼?"

"일단 집에 가자, 석진이부터 안전한 장소로 옮겨야겠다."

"네."

이미 온갖 추태는 다 보였지만 그래도 나름 씩씩해 보이고 싶어서 눈물만 대충 닦고 앞장서서 로비를 나섰다. 끈적하고 후덥지근한 바람이 얼굴로 훅 끼쳐왔다. 또 눈물이 날 것 같아서 하늘을 올려다보며 물었다.

"장 변은 뭐래요?"

"살해됐어."

"네?"

"죽었다고, 누가 그랬는지 대충은 알 것 같고."

"누가? 왜?"

"아직은 심증뿐이야, 한세인 씨하고 상의해야 할 부분이다."

"불여우하고 관련된 거야?"

"몰라, 일단 검찰 쪽인 것 같은데 좀 복잡하다."

차를 빼서 도로로 나오려는데 차명석의 전화가 부르르 떨었다. 한세인이었다.

―어떻게 된 거예요?

"안전한 전화입니까?"

―그래요, 일단 병원에는 경호원하고 도우미 보낼게요. 원하면 밥캣은 병원에 남아도 돼요, 며칠은 여기 일 크게 복잡하지 않으니까.

"감사 인사는 생략하겠습니다."

―상황 정확하게 알려주세요.

"장용민 변호사는 사망했고 내 친구들은 중태입니다. 범인은 리퍼라는 킬러를 포함한 용병 네 명인데 조금 전에 처리했습니다. 지시는 서울지검 강치훈 차장검사에게서 받은 것 같습니다. 뒤에 서울지검장이 있는 것으로 보입니다."

—서울지검장이라… 일이 재미있게 되네요.

"동생 분 납치한 것도 그놈 아닙니까?"

—맞아요, 슬슬 결사적으로 달려드는 것 같네요. 다른 친구 분도 안전하지 않으니까 급한 대로 우리 집으로 옮기세요.

"인질이 될 것 같은데요?"

—나한테?

"사람을 믿으면 일찍 죽더군요."

—후후, 인정하죠. 하지만 다른 선택지가 있나요? 먼저 쓰던 안가는 준에게도 노출됐어요, 그들도 이미 다 알 거예요. 특히 컴퓨터 다루는 친구는 많이 위험할 거랍니다, 아는 게 많은 만큼 더 위험해지니까요.

"생각해보죠."

—그냥 데려와요, 그 집 모녀가 걱정되면 경호원 둘 정도 붙여둘게요. 그동안 난 전화 몇 통 돌려볼게요.

차명석은 대답하지 않고 전화기를 내려놓았다. 빗방울이 차창을 때리기 시작했다. 또 비였다. 하연수는 차에 속도가 붙을 때까지 입을 꾹 다물고 있다가 조심스럽게 말을 건넸다.

"나 없이 성북동 가는 거 맘에 안 들어요."

"왜?"

"그 불여우 무슨 짓 할지 알게 뭐야?"

솔직히 싫었다. 인질이 될 것 같다는 생각에 앞서 한세인이 대놓고 차명석을 유혹할 것 같아서였다. 게다가 자신은 병원을 떠날 수 없고 성북동 집은 굉장히 넓었다. 안에서 무슨 일이 일어나도 알 수 없다는 생각, 질투 같은 치기어린 감정을 내놓을 때가 아니지만 그래도 불만은 표시하고 싶었다. 그녀를 힐끗 돌아본 차명석이 쓰게 웃으며 고개를 가로저었다.

"이 와중에 질투하냐?"

"아니거든? 명석 씨도 인질 될 것 같아서 싫다며?"

순간적으로 뺨이 달아오르는 것 같았다. 하지만 내친걸음이었다.

"선택의 여지가 별로 없어."

"알아요, 그래서 불만이야."

퉁명스럽게 말하고 창밖으로 눈을 돌렸다. 빗방울이 차츰 굵어지고 있었다.

원탁

닷새가 흘렀지만 좋은 소식은 들려오지 않았다. 그나마 박민지가 깨어나 일반병실로 올라갔다는 점만 희망적이었다. 강민태는 여전히 집중치료실을 벗어나지 못했고 대신 한세인을 둘러싼 상황만 급변하기 시작했다.

"장용민 변호사 건은 자살로 마무리될 것 같아요."

한세인의 무덤덤한 말, 백미러로 뒷자리에 앉은 한세인의 얼굴을 힐끗 보고 미간을 좁혔다. 솔직히 어이가 없었다. 유명 변호사 사무실 안에서 총질이 벌어졌고 대형 유리창이 통째로 박살났는데도 결론이 자살이면 도대체 어떤 경우가 살인사건이 되는 건지 궁금해질 수밖에 없었다.

앞 유리창에 띄워놓은 내비게이션에서 저택 위치를 확인하고 말을 받았다.

"좀 심하군요."

"작정하고 덮기로 한 거네요, 이래저래 껄끄러웠던 모양인데요?"

"피라미드 사기사건 때문이라고 하기엔 여러 모로 어색합니다, 그건 사건 전모가 어느 정도 드러난 뒤이고 이미 서울지검장도 내사대상인 걸로 알고 있는데요."

"대선 정국이에요, 웬만하면 일단 덮을 겁니다. 그냥 헌터가 수배되지 않은 걸 다행으로 생각하세요."

"나라고 추정할 만한 증거는 없을 겁니다."

"사람을 죽인 건 사실이잖아요, 내 손발을 묶기 위해서 경찰을 동원할 가능성도 없지 않아요."

"증거가 될 만한 건 전부 태우거나 유기했습니다. 뭔가 가지고 있다고 해도 날 지목하기는 쉽지 않을 겁니다. 아예 없는 사람이니까."

"그럼 어떻게 알고 헌터를 노렸을까요? 상대가 누구든 이미 헌터의 존재에 대해 안다는 이야기예요."

"상대가 누굽니까?"

"앨리스는 지금 우리가 만나러 가는 사람을 지목하고 있어요. 내 주변에서 사람을 떼어내려는 의도라고 판단하더군요."

"내가 옆에 없다고 해도 누님 일에 공백이 생기지는 않을 건데요?"

"자신을 과소평가하지 말아요, 공백 크니까. 내 계획의 많은 부분에 헌터가 필요해요."

"다 왔습니다. 저기 같은데요?"

"어쨌거나 이제 진짜 전쟁이네요, 시작할까요?"

최순영의 저택은 외국 대사관이 밀집된 도로 동쪽의 고급 주택가에 있었다. 한강을 직접 내려다볼 수 있는 위치인데 워낙 부지가 넓어서 입구에서는 저택이 보이지 않았다. 도로 끝의 정문에 멈추자 경호원 두 사람이 다가와 창문을 두드렸다. 창문을 열고 선글라스에 손가락 두 개를 댔다.

"회장님께서 초대하셨습니다."

경호원은 뒷자리의 한세인을 힐끗 보고는 다른 자에게 신호를 했다.

"뒤에 경호차량은 여기서 기다리게 하십시오. 두 분은 길을 따라 들어가면 분수대가 나올 겁니다, 분수대를 돌면 본채입니다. 입구에 세우면 됩니다."

"그러죠, 수고하십시오."

따라붙은 경호차량은 남겨두고 거대한 철문을 통과했다. 이어 깔끔하게 정리된 도로를 따라 300미터쯤 들어가자 대리석으로 조각된 아담하지만 화려한 분수대가 나타났다. 그리고 의외로 아담한 2층짜리 저택이 모습을 드러냈다.

현관 입구에서 기다리던 시종장쯤으로 보이는 남자의 안내를 따라 거실로 들어갔다.

'의외로군.'

내부는 또 달랐다. 겉보기에는 그저 아담한 2층 건물인데 내부는 고색창연한 소품들로 채워진 넓고 화려한 대저택이었다. 게다가 한강이 보이는 쪽 사면으로 두 층이 더 있어서 실제로는 4층이었다.

"잠시 기다리십시오."

앉기도 부담스러운 덩치 큰 소파에 앉아 몇 분 기다리자 화려하게 치장한 여자가 느릿하게 거실로 들어왔다. 느리지만 힘이 느껴지는 걸음걸이, 두 사람이 일어서자 여자가 소파에 자리를 권하며 앉았다.

"앉지."

차명석은 소파에서 몇 발 물러나 조용히 여자의 얼굴을 살폈다. 분명 최순영 같은데 아무리 봐도 잘해야 60대 중후반으로 보였다. 느낌상 각종 시술로 잡아당긴 얼굴을 짙은 화장으로 덮은 것 같았다. 여자가 다시 말했다.

"날 보자고 했다면서? 이름이…."

"세리 한이라고 합니다."

"맞아, 맞아. 세리, 로비스트라고 했지. 우리 아들을 도와준다고 들었네."

"동생을 돌려주시면 그럴 생각입니다."

"동생?"

"검찰청 유치장에 가둬둔 세희 말이에요."

"무슨 소리지?"

"그게 아니면 오늘 만남이 선전포고가 될 거랍니다."

"선전포고? 이게 무슨 말이지? 일개 로비스트가 대한민국 대통령의 모친에게 선전포고? 하! 이거 완전히 미쳤구먼?"

"일개 로비스트는 맞는데 김영욱 이름 석 자 앞에 대통령이라는 호칭

이 붙지 못하도록 만들 수는 있죠."

"건방지기까지 하군."

살벌한 설전이 끝나고 불꽃 튀는 눈싸움이 이어졌다. 무슨 놈의 80대 할머니가 저렇게 쌩쌩할까 싶을 정도로 최순영은 한 치의 양보도 없이 한세인과 신경전을 계속했다. 그리고 1분 남짓한 긴 눈싸움의 끝은 최순영의 호탕한 웃음이었다.

"하하, 이거 물건일세. 너 누구야?"

한세인도 화사한 미소로 답했다.

"모르는 척 하실 필요 없습니다, 할머니."

"할머니? 누가 니 할머니야?"

갑작스럽다 싶을 정도로 뾰족한 반응, 한세인의 정체를 안다는 뜻이었다.

"세희를 잡아두면 절 위협할 수 있다고 생각하신 모양인데 그거 착각이랍니다. 이대로 며칠 더 가면 제가 직접 제 존재를 광고하고 다닐 수도 있으니까요."

"넌 못해, 게걸스럽게 주워먹던 빵부스러기가 없어지거든."

"빵부스러기로는 만족이 어렵더군요."

"이년이 미쳤나, 어디서 협박질이야?"

"당신은 내 어머니를 죽였습니다, 그것도 아주 잔인하게."

최순영은 다시 한세인을 노려보면서 꽉 쥔 손을 부르르 떨었다. 그리고 혼잣말처럼 중얼거렸다.

"원하는 게 뭐지?"

끝없이 치솟던 어조가 차분하게 가라앉았다. 마치 한세인이 자신의 손녀라는 사실과 그녀의 어머니를 암살했다는 사실을 인정하고 대화를 새로 시작하는 모양새였다.

"말씀드렸습니다, 세희."

"기왕 잡혀 들어갔으니 이참에 감옥에서 몇 달 지내면서 약이나 끊게 만들어."

"다시 말씀드리지 않겠습니다, 세희를 돌려놓지 않으면 당신에게 가장 아픈 부분부터 차근차근 도려낼 겁니다."

"할 수 있으면 해보거라. 피는 네가 흘리게 될 거다."

"우선… 선물부터 하나 드리죠, 오늘 김영욱 후보께서 큼직한 뉴스를 터트릴 건데 TV 한 번 켜보시겠어요?"

"뭐?"

"어쩌면 큰 손녀한테 전화하시는 게 빠를 수도 있겠네요. 어서 해보세요. 가장 애지중지하는 손녀잖아요?"

"무슨 소리를 하는 게야?"

그런데 누군가 거실로 뛰어왔다. 비서로 보이는 40대 남자인데 재빨리 최순영에게 다가가 귓속말을 했다. 30초 정도 이야기로 듣는 한세인을 노려보는 최순영의 눈빛이 점점 더 사나워졌다. 남자가 물러서자 최순영이 고압적인 어조로 말했다.

"네 자리를 돌려달라는 거냐?"

느낌상 김영욱의 기자회견에 대한 이야기를 전한 모양이었다. 한세인의 입가에 차가운 미소가 맺혔다.

"아뇨, 여기까지는 계약에 따라 후보님을 도와드리는 겁니다. 이후엔 달라지겠지만."

"그럼 뭘 원하는 거지?"

"당신 자리."

"자리?"

"원탁, 원탁의 최순영 회원의 자리를 넘기세요."

"미쳤군."

"그리고 당신이 내 어머니에 대한 살인교사를 인정하고 근우재단과 우영그룹 지분 전체를 둘째 아드님에게 양도한다는 선언을 하고 물러나면 됩니다."

"그 자리는 아무나 앉을 수 있는 자리가 아냐, 나 혼자 올라간 것도 아니다. 수많은 사람들의 이권을 대변하는 자리이며 따라서 내가 내려가고 싶다고 해서 내려갈 수 있는 자리도 아니다. 차라리 계열사 하나를 달라고 하거라."

"우영그룹 계열사 정도의 사업장은 저도 몇 개 가지고 있어요, 그보다는 나은 제안을 하셔야죠."

"전쟁을 하자는 게냐?"

"아니죠, 커밍아웃을 하면서 최대수 후보에게 붙을 수도 있다는 이야기를 하는 겁니다."

"이런 미친!"

최순영은 다시 언성을 높였다. 평생을 여왕의 자리에서 내려오지 않은 여자라더니 참을성은 제로에 가까웠다. 최순영이 몇 마디 더 하자, 한세인은 의미심장한 미소를 머금으며 일어섰다.

"제가 할머니를 너무 많이 닮아서 욕심이 좀 많답니다, 며칠 시간을 드릴 테니 한 번 생각해보세요. 우선… 세희 문제는 내일 서울시가 운영하는 치료감호소에 보내는 선으로 용서해드리죠. 그럼 제 계획은 일단정지로 고려해볼게요."

"협박이냐?"

"그렇게 들리시면 그런 거겠죠, 연락 기다리겠습니다."

곧장 돌아선 한세인은 그와도 눈을 마주치지 않고 성큼성큼 온 길을 되짚어 걸었다. 한세인의 뒤통수에 꽂힌 최순영의 눈빛에서 서릿발이 풀풀 날리는 것 같았다. 그도 뒤따라 거실을 나섰다.

저택을 빠져나온 벤츠가 남산터널 방향으로 우회전하자 한세인이 전화기를 꺼내 두드리며 말했다.

"밟아요."

"무슨 일이 있습니까?"

"강치훈이 성북동 집에 대한 수색영장을 받았다네. 변호사가 알아서 처리하겠지만 그래도 서두르는 게 좋겠어요. 그리고 친구 분은 패닉룸으로 들어가라고 하세요, 앨리스가 열어줄 거예요."

가속페달을 최대한 밟으면서 물었다.

"원탁이 뭐죠?"

"말 그대로예요. 그냥 둥그런 탁자, 그 탁자에 앉은 사람들이 원탁의 실체죠."

"이너서클입니까?"

"한국을 이끄는 열아홉 명 거물들의 모임, 그게 원탁이랍니다. 최대수도, 김영욱도 아직은 앉을 자격이 없어요."

"무슨 뜻인지 알겠습니다."

최대한 서둘렀지만 시내를 관통하는 경로는 시간이 걸릴 수밖에 없었다. 평소의 두 배 가까운 시간을 소비하고 나서야 겨우 집에 도착했는데 집 앞은 이미 검찰로고가 찍힌 밴 두 대와 승용차 한 대가 가로막고 있었다. 밴 뒤에 차를 세우자 제이원 경호요원 두 사람이 재빨리 다가와 문을 열었다.

"검찰입니다, 수색영장 가지고 왔습니다."

"알아요, 김 변호사는?"

"저쪽에 있습니다."

한세인은 여유롭게 밴 사이를 통과해 출입구에 서 있는 정장의 남자에게 손을 들어보였다. 느낌상 변호사였다. 출입구로 다가가자 줄곧 지켜보던 검은 정장이 무전기에 대고 무어라 이야기한 다음, 앞을 막았다. 대략 40대 중반 같은데 작은 키에 뚱뚱한데도 인상은 신경질적이었다. 사진으로 본 강치훈보다 많이 늙었지만 그럭저럭 알아볼 수는 있었다.

"한세인 대표죠?"

"그렇습니다만… 무슨 일입니까?"

"서울지검에서 나왔습니다."

강치훈은 뒷주머니에서 영장을 꺼내 한세인에게 건네고 출입구를 가리켰다.

"문 여시죠, 계속 이러면 공무집행 방해로 연행하겠습니다."

영장을 받아든 한세인은 쳐다보지도 않고 변호사에게 넘기며 고개를 끄덕였다. 변호사가 문 옆으로 비켜서며 문을 열었다. 강치훈이 거친 목소리를 냈다.

"집행해!"

수사관들이 우르르 들어간 뒤, 강치훈이 다시 말했다.

"최재권 부녀 어디 있습니까?"

"최…재권?"

"영진회가 거액의 공금횡령 혐의로 최재권 씨를 고소했습니다."

"영진회가 뭐죠?"

"오리발로 가시겠다? 그럼 이야기 달라집니다."

"몰라서 묻는 건데요? 영진회도 그렇고 최…모 씨도 모르는 분인데요?"

"이봐, 당신이 빼돌린 거 다 알고 왔어. 자꾸 거짓말하면 공무집행 방해뿐 아니라 범죄인 은닉죄까지 추가될 수 있어요."

"모르는 걸 모른다고 하는데 뭐가 문제죠?"

"최재권 씨가 병원에서 사라졌는데 집에도 없어, 어디 있습니까?"

강치훈은 존대와 반말을 왔다갔다 하면서 계속 다그쳤다. 물론 한세인에게는 씨알도 먹히지 않겠지만 그럭저럭 봐줄 만한 시도였다. 몇 번 더 목소리를 높이자 한세인이 미소를 머금으며 집을 가리켰다.

"날 더운데 들어가서 말씀 나누시죠, 차라도 한 잔 대접하겠습니다."

"일단 들어갑시다."

한세인은 앞장서서 강치훈을 주방으로 안내하고 자리를 권했다. 험악하게 설치는 수사관들 때문에 어수선했지만 한세인은 시종일관 미소를 잃지 않은 채, 직접 찬 음료수를 따라서 강치훈에게 건넸다.

"드세요, 검사님. 수고가 많으시네요."

"고맙습니다."

강치훈이 음료수를 한모금 마시자 한세인이 다시 말했다.

"뭘 찾으시는지는 모르겠지만 여기 있을 리가 없지 않을까요?"

강치훈은 피식 웃더니 거실 쪽을 둘러보았다. 수사관들은 집기를 다 부술 것처럼 사방에서 난리를 치고 있었다.

"대한민국 검찰을 우습게 생각하지 말라는 뜻으로 이해하십시오."

"그럴 리가요. 너무 무섭던데, 후후."

"그럼 최재권 씨 내놓으세요."

"모른다니까요? 케이시티 비리를 수사하라니까 내부자부터 잡아족치는 분위기라… 이거 어디서 많이 보던 상황 같은데요?"

"이 건물 헐어버릴 수도 있어, 최재권 어디 있지?"

다시 반말로 돌아간 모양새, 급기야 한세인의 목소리도 매섭게 변했다.

"돌아가세요, 말단 검사 나부랭이가 설칠 곳이 아니랍니다. 정치에 줄 섰다고 아무 데다 들이대면 그 알량한 검사 직책 날아갑니다."

"뭐?"

"엉뚱한 장난 그만하고 돌아가세요, 최 회장님의 의도는 공격이 아니라 겁을 주는 거니까요."

"뭐라는 거야, 이 여자. 대한민국 검사가 핫바지로 보여?"

"까불지 말고 가라는 거야, 강·치·훈 검사."

한세인은 놈의 이름 석 자를 또박또박 입 밖에 냈다. 지금까지 강치훈이 자신의 이름을 이야기하지 않았는데 정확하게 이름을 거론한 것, 너를 알고 있으니 조심하라는 의미였다. 굳어버린 강치훈이 뭐라고 대꾸하기도 전에 수사관 하나가 다가와 귓속말을 했다. 강치훈이 오만상을 찌푸렸다.

"별채도 뒤졌어?"

"네."

"씨팔, 없으면 서류 챙겨."

"서류라고는 경호 업무일지밖에 없습니다."

"네미럴, PC는? 다 챙겨."

"잠깐만요."

한세인의 뒤에 서 있던 변호사가 영장을 식탁 위에 올려놓으며 끼어들었다.

"이 영장에는 서류나 컴퓨터가 적시되어 있지 않습니다, 건드릴 경우 그에 대한 책임을 져야 할 겁니다."

"제기랄, 변호사란 것들은…."

말끝을 흐린 강치훈은 음료수 컵을 던지듯 내려놓고 일어나 한세인을 노려보았다.

"당신들 내가 꼭 빵에 처박아줄 거야, 나 강치훈이야."

"즐거운 마음으로 기다릴게요, 검사님. 안녕히."

강치훈은 화면이 멈춘 동영상처럼 꼿꼿이 서서 한세인을 노려보다가 소리를 지르며 거실로 나갔다.

"제기랄, 철수해!"

수사관들이 하나둘 밖으로 나간 뒤, 한세인은 난장판으로 변해버린 거실을 난감하게 쳐다보았다. 최재권을 찾으러 온 것이 아니라 시빗거리가 될 만한 물건이나 서류를 찾았는지 서랍이란 서랍은 모두 열어젖혔고 하다못해 침대까지 뒤집어엎어버려서 정리하려면 꽤나 시간이 걸릴 것 같았다.

"수고하셨습니다, 김 변호사님."

"별채는 어떻게 하고 갔는지 돌아보고 사무실 가서 검찰 상황 알아보겠습니다."

"부탁드려요."

"그럼."

변호사가 정원으로 나간 뒤, 그와 눈을 마주치며 탁자 건너편 의자를 가리켰다. 그가 앉자 한세인이 나직하게 이야기를 시작했다.

"상황이 급박하게 돌아갈 것 같네요, 제이원 본사에 연락하세요. 상주 요원 충원하죠, 최소 15명으로 하고 전원 실총으로 무장."

"공격이 있을 거라고 생각하십니까?"

"지금은 뭐든 가능해요, 무엇을 생각하든 그 이상을 보게 될 거랍 니다."

"준비하겠습니다."

"그리고 참고삼아 알아두세요, 이 집은 내 소유로 되어 있긴 한데… 사실 진짜 주인은 앨리스를 통제하는 사람이죠."

"무슨 뜻이죠?"

"내게 무슨 일이 생기면 헌터가 여길 맡아야 한다는 뜻이에요."

"상황이 그렇게 좋지 않습니까?"

"무엇이든 가능한 상황이에요, 만일의 사태에 대비하는 것뿐이랍 니다."

"이해가 되질 않는군요."

얼핏 생각해도 앨리스는 중요한 자산 중 하나였다. 수기로 쓴 리스트 가 있다지만 그보다 앨리스가 더 많은 정보를 가지고 있을 것 같았다. 그런데 한세인은 한국에 들어온 첫날부터 그에게 앨리스에 대한 억세 스 권한을 부여했고 오늘은 아예 맡으라는 이야기를 하고 있었다. 한세 인이 반문했다.

"뭐가 이해가 안 된다는 거죠?"

"솔직히 이건 다섯 달 간의 계약관계입니다, 그동안은 어떤 일이 있어도 당신의 목숨을 지키기 위해 노력하겠지만 이후에는 남남입니다. 그런데 지금 당신은 유사시 뒷일을 내게 맡기려 하고 있습니다."

한세인은 잠시 그와 눈을 마주쳤다. 웃음기가 살짝 얹힌 눈매였다.

"지금쯤이면 대략 눈치챘을 거라고 생각했는데… 사실 난 한국 정치에 전혀 관심 없어요, 살벌한 대선판에 끼어 괜한 위험을 감수할 이유도 없고 말이죠, 난 지금도 내 어머니 부부를 살해한 인간을 특정하고 그에 준하는 대가를 치르게 할 생각만 하고 있어요. 살인자에 대한 처리를 끝내면 조용히 사라질 거예요, 그리고 다시는 돌아오지 않을 거랍니다."

비즈니스가 아니라 복수가 목적이라는 뜻, 그리고 정황상 '살인자'는 최순영일 가능성이 높았다. '처리'라는 단어도 죽이겠다는 말과 별반 다를 것 같지 않았다.

"의외로군요."

"싸움 험악할 거예요, 나도 내 안전을 장담하기 어렵답니다. 그래서 뒷일을 생각할 수밖에 없어요. 그런데 헌터는 앨리스와 소통하고 유지, 보수를 할 수 있는 사람을 데리고 있어요."

"석진이 말입니까?"

"그래서 전에 적임자라고 판단했던 '준'보다 헌터가 더 적합한 사람이죠, 사실 준에게 맡기려 했던 역할이 여기저기 꽤 있는데 잘 알다시피 헌터가 쏴버렸잖아요. 그래서 어쩔 수 없이 계획을 수정해야 했답니다. 그 바뀐 계획의 일부를 헌터에게 맡기려는 시도라고 보면 돼요."

"목숨을 걸어야 할 정도로 위험한 일을 왜 하는 겁니까? 이미 쌓아놓은 재산도 많고, 지킬 것도 너무 많아진 거 아닙니까?"

"내가 평범하게 지키면서 살았다고 생각해요?"

"제가 대답할 수 있는 질문이 아닙니다."

"오늘까지 포함해서 나는 단 하루도 빼지 않고 목숨을 걸었어요, 하물며 지금은 목표가 코앞에 있어요. 포기할 이유가 있을까요?"

"목표가 뭐냐에 따라 달라지겠죠."

"내 목표는 일 끝내고 조용히 한국에서 사라지는 거랍니다. 성공해서 깔끔하게 정리가 되면 좋겠지만 사실 아닐 가능성이 더 높아요, 그러니 앨리스는 그냥 지난번 빚진 목숨 값으로 좋은 집 한 채 받은 걸로 생각하세요, 원래 내 목숨이 아주 질기고 비싸거든요, 후후."

한동안 정원에서 고래고래 소리를 지르던 강치훈이 정문으로 나가고 있었다. 한세인의 시선이 놈을 따라갔다.

"이제 간보기가 끝났으니 진짜 전쟁이 시작될 거예요."

"최 회장이 동생 분을 치료감호소에 보낼 거라고 생각하십니까?"

"내 손에 넘기는 거 아니잖아요, 할망구 항복할 거예요. 우린 이쪽에서 경매나 준비합시다."

"경매요?"

"내가 제일 잘 하는 거잖아요, 세희가 치료감호소로 넘어가면 영성진리회 비자금장부를 살짝 공개하고 내 다이어리 경매를 제안할 겁니다, 양쪽 모두에게. 반응 재미있을 거 같지 않아요? 후후."

"살벌해지겠군요."

"이제 나가보세요, 아까 보니까 친구 분 일반병실로 옮긴다는 정보 뜨던데 병원 가 봐요. 오늘 내일 별다른 일정 없어요."

그는 목례만 하고 재빨리 돌아섰다. 경호인력 충원문제는 가면서 전화로 해결할 생각이었다.

박민지는 의식이 없는 강민태의 손을 잡고 하염없이 울고 있었다.

"지도 환자인 년이 계속 저러고 있어."

하연수도 정신이 없기는 마찬가지인 모양이었다. 그가 왔는데도 병실 한쪽에 쪼그려 앉아 무릎 사이에 얼굴을 박고 쳐다보지도 않았다.

"오면서 주치의 만나고 왔다. 아주 위험한 고비는 넘겼다는데 더 지켜봐야 한단다. 걸을 수 있을지 없을지도 모르고."

얼핏 보기에도 강민태의 상태는 좋지 않았다. 산소호흡기도 떼지 못했고 아직도 핏기가 보이는 붕대를 칭칭 감고 있어서 꼴이 말이 아니었다. 의사도 희망적인 이야기를 하지 못할 정도로 회생 가능성은 떨어졌다. 믿는 건 오로지 강민태의 초인적인 체력뿐이었다.

"나도 들었어요."

여전히 무릎 사이에 얼굴을 묻은 하연수의 머리를 쓰다듬었다.

"수고했다."

"만지지 마요, 사흘이나 못 감았어."

하연수가 그의 손길을 뿌리치고 다시 얼굴을 묻었다.

"뭐든 하고 싶은데 할 수 있는 게 없어서 미치겠어."

"너무 깊이 생각하지 마, 지금은 같이 있어주기만 하면 돼. 이쪽으로 경호원 두 사람 충원했고 도우미 해주실 분도 제이원에서 보내기로 했어."

"고마워요."

나란히 앉아서 그냥 지켜보기만 했다. 박민지에게 인사를 건네기도 어색해서였다. 10분쯤 지났나 싶었을 때, 간호사 두 명이 들어왔다.

"환자복 갈아입히고, 검사 몇 가지만 하겠습니다."

간호사들은 주섬주섬 수액들을 점검하더니 커튼을 쳤다. 일어나 하연수의 어깨를 짚었다.

"내가 있을게, 민지 씨 데리고 휴게실이라도 가."

"네."

그러나 박민지는 침대에서 떨어지지 않으려고 결사적으로 매달렸다.

"잠깐 나가서 바람 좀 쐬자, 응?"

막무가내로 매달리는 박민지를 억지로 떼어낸 하연수는 어렵게 휴게실로 데리고 나와 벤치에 앉혔다.

"괜찮을 거야, 민지야. 민태 씨 강한 사람이잖아."

말을 걸어봤지만 박민지는 멍하니 병실 쪽을 쳐다보기만 했다. 마땅히 더 위로할 말도 떠오르지 않았다. 유난히 작아 보이는 어깨, 저 작은 어깨 위에 지독한 불행이 끈질기게 올라앉아 있었다. 눈물도 말라버려서 이젠 울지도 못하는 것 같았다.

어깨에 손을 올리고 이를 악물었다. 그런데 중앙의 대기실이 어수선해지더니 흰 가운을 입은 의사들 대여섯 명이 엘리베이터 앞에 모여들었다. 몇 초 시간이 흐르고 엘리베이터가 열리자 의사들이 일제히 머리를 숙였다.

"어서 오십시오."

정장의 사내 둘이 먼저 나와 좌우를 막은 다음, 익숙한 얼굴이 나타났다. 최대수였다. 뒤따라 몇 명이 더 나왔는데 얼핏 보기엔 비서 같았다.

'우씨, 저 인간 뭐야?'

최대수는 여유롭게 인사를 나눈 뒤, 의사들의 안내를 따라 휴게실 쪽으로 다가왔다. 눈을 마주치지 않기 위해 모자를 푹 눌러섰다. 그런데 박민지가 갑자기 머리를 잡고 벤치에 모로 누웠다.

"아… 아파."

"왜 그래, 민지야. 아파?"

박민지는 눈을 반쯤 까뒤집은 채, 복도를 가리키며 부들부들 떨기 시작했다. 박민지의 손이 가리킨 곳을 돌아보았다. 최대수의 얼굴, 박민지와 눈을 마주친 것 같은데 표정에는 의문부호가 붙어 있었다. 박민지의 목소리가 모깃소리처럼 잦아들었다. 그래도 어렴풋이 무슨 소리인지는 들렸다.

"나… 저… 저 사람 알아, 저 사람이야. 저 사람 있었어."

"누구? 저기 가운데 파란 양복?"

최대수냐고 물어본 건데 박민지는 계속해서 똑같은 소리만 했다. '저 사람 안다, 저 사람이다. 저 사람 있었다'가 전부였다. 소리가 들렸는지 최대수의 시선도 박민지에 따라와 꽂혔다. 느낌이 별로 좋지 않았다.

'뭐가 어떻게 돌아가는 거야?'

모자를 더 눌러쓰면서 박민지를 안정시키기 위해 필사적으로 끌어안 았다.

"저 사람 맞아, 저 사람."

박민지는 계속 중얼거리고 최대수는 시선을 박민지에 고정한 채 스쳐 지나갔다. 등골이 서늘했다. 그 짧은 시간에 식은땀에 속옷까지 흥건하 게 젖은 기분, 일단 박민지를 안정시켜야겠다는 생각에 부지런히 말을 시켰다.

"괜찮아, 갔어. 괜찮아."

"그 사람 맞아, 요트에서… 저 사람…."

"요트?"

"요트… 난 움직이지 못했어. 그리고 저 사람이랑… 남…춘만…."

"남춘만?"

"남춘만… 카메라… 동영상…."

박민지는 두서없는 단어들을 마구 중얼거리다가 갑자기 울기 시작했 다. 서둘러 일으켜 세우고 옷으로 눈물을 닦아주려는데 간호사가 얼른 뛰어와 부축했다.

"환자분 왜 이러세요?"

"몰라요, 갑자기 이래요."

"일단 병실로 가세요, 주치의 선생님 부를게요."

"네."

밖이 시끄럽다고 느꼈는지 차명석도 휴게실로 오다가 두 사람을 보고 뛰어왔다. 급히 안아다 침대에 눕히고 난 뒤에야 한숨을 돌렸다. 박민지는 그래도 떨고 있었다.

"어떻게 된 거야?"

"몰라요, 아까 휴게실 앞으로 최대수 후보가 지나갔는데 민지가 갑자기 '그 사람'이라고 하면서 막 떨었어. 요트랑 남춘만 이야기도 했는데 무슨 소린지 모르겠어요."

"최대수하고 남춘만?"

"네."

다른 간호사 하나가 들어와 급히 안정제를 놔주고 다시 나갔다. 다행히도 박민지는 이내 잠이 드는 것 같았다. 10분쯤 뒤에 담당 레지던트가 들어와 박민지의 상태를 살피는 사이, 차명석이 그녀의 손을 잡아끌고 병실 밖으로 나왔다.

"왜요?"

"확실히 최대수였어?"

"네, 우리 병실 반대쪽으로 갔는데 수행비서랑 경호원 많이 데리고 왔어요."

차명석은 눈을 가늘게 뜨더니 한숨을 내쉬며 벽에 기대섰다.

"젠장, 1년 전 그 사건이라는 이야기인데…."

박민지와 남춘만의 공통분모는 오로지 하나였다. 그렇다면 그 자리에 최대수가 있었다는 뜻이었다.

"민지 납치됐을 때?"

"아니길 바라지만 그런 거 같다."

"근데 그 영감 민지를 알아본 거 같지는 않았어요."

"본인이 못 알아봤다고 쫄따구들도 못 알아보는 건 아냐, 민지 씨 옮겨야겠다."

"민태 씨는?"

인턴과 간호사가 병실에서 나왔다. 들어간 지 몇 분 되지 않았는데 특별한 설명도 없이 그냥 다른 병실로 건너가버렸다. 차명석이 다시 말했다.

"민태는 최대수에게 위협이 되지 않잖아, 일단 옮기자."

"지금?"

"그래, 들어가서 아무거나 옷 입혀."

"퇴원수속은 어쩌구요?"

"나중에, 지금은 최대한 빨리 사라지는 게 답이다. 휠체어 하나 가져올 테니까 민지 씨 물건 챙겨."

"네."

급히 돌아섰다. 그리고 발을 떼는 순간, 느닷없는 파열음이 귀청을 때렸다.

쩡!

차명석이 그녀의 머리를 끌어안는 것이 느껴졌다. 발밑이 허전했다. 그리고 복도가 슬로우비디오처럼 밀려나갔다.

엄청나게 큰 사이렌 소리가 들렸다. 일순 정신을 잃은 것 같았다. 억지로 눈을 뜨자 차명석의 얼굴이 흐릿하게 보였다. 차명석의 어깨 너머로 뭉게구름처럼 밀려나오는 연기가 보였다.

'민지…'

사이렌 소리가 조금씩 가까워지고 얼굴에 차가운 물의 감각이 느껴졌다. 스프링쿨러가 가동된 모양이었다. 차명석의 목소리도 모깃소리 만하게 들리기 시작했다.

"괜찮아?"

얼결에 고개만 끄덕였다. 멍하기만 했지 통증이 느껴지는 부위는 없는 것 같았다. 차명석은 그녀를 번쩍 안아들고 중앙통로 쪽으로 나가 벽에 기대앉혔다. 그리고 되짚어 병실로 뛰어갔다. 하지만 들어가지는 못했다. 아직도 차명석의 어깨 위쪽으로는 시커먼 연기가 들어찬 형편, 복도 끝도 제대로 보이지 않았다.

차명석은 시신 운구용 바디백을 앞에 두고 피가 나도록 입술을 깨

물었다. 바디백을 열어 다시 두 사람의 얼굴을 마주할 용기는 나지 않았다.

'일어나.'

제법 큰 폭발이고 불까지 났는데 피해는 병실 하나에 국한되어 있었다. 스프링쿨러에 금방 진압된 화재는 크게 번지지도 않았다. 찢어진 산소탱크 파편 수백 개가 병실 벽 곳곳에 박힌 형편이라 두 사람은 최초의 폭발에 즉사했을 가능성이 높았다.

'장난치지 말고….'

허탈했다. 너무 어이가 없어서 꿈이 아닌가 싶을 정도였다. 불과 며칠 전까지만 해도 같이 웃고 떠들던 놈이 느닷없이 차가운 시신이 되어 눈앞에 있었다. 그나마 두 사람 다 폭발 당시 의식이 없었고 그래서 고통스럽게 죽지는 않았을 거라는 점만이 유일한 위안거리였다.

"최대수…."

의심의 여지가 없었다. 1년 전 박민지 납치사건 당시 최대수가 파티현장에 있었고 대선을 앞둔 지금 마주치자 급하게 묻어버린 모양새였다. 폭발의 중심은 강민태 옆에 있던 산소탱크였다. 정확하게 병실에 있던 두 사람을 노린 공격, 아마추어의 솜씨는 절대 아니었다. 그래도 수사결과는 보지 않아도 알 것 같았다.

'사고라고 우기겠지.'

바디백이 소방관들의 손에 들려 시야를 벗어난 뒤에도 난장판이 된 엘리베이터 앞에 주저앉아 한동안 꼼짝도 하지 않았다. 어두컴컴한데다 머릿속도 깨끗이 비어서 움직일 엄두가 나지 않았다.

"이게 누구신가? 로비스트 년 보디가드 하는 깡패 아냐?"

어디서 들어본 듯한 목소리라 고개만 슬쩍 돌려 얼굴을 확인했다. 강치훈이었다.

'너냐?'

원래 이런 사건현장에서는 조용히 사라지는 게 최선이었다. 그러나 강민태와 박민지를 그냥 두고 자리를 뜰 수 없어서 버텼는데 덕분에 재수 없는 놈과 마주친 꼴, 대거리가 영 마땅치 않았다. 시선을 정면으로 돌리고 되물었다.

"무슨 일이지?"

"지나가는 길에 큰 사고가 났다길래 와봤는데 아는 얼굴이 있네?"

"그래서?"

"헐, 이거 뭐 이렇게 말이 짧아? 깡패 새끼가 간이 배 밖으로 나왔구만."

"약 올리러 왔으면 성공했어, 그만 꺼져라. 부패 검새."

"헐, 지금 부패 검…새라고 한 거냐? 대한민국 검사한테?"

"사실 아닌가?"

"히야! 이거, 이거 상또라이 아냐? 야, 너 인지수사라고 알아? 당장 잡아다 처박아놓고 취조할 수도 있어."

"하고 싶은 이야기나 해."

"젠장, 그 미친년 치마폭 속에 있으면 다 같이 미치는 모양이군, 뭐 좋

아. 듣자니 죽은 니 친구 년이 최대수를 보고 심하게 발작을 일으켰다던데 그거 뭐냐? 매우, 아주, 극도로 궁금해서 말이야."

"뭔 소린지는 몰라도 소식통 빠르네, 아는 건 경찰한테 다 이야기했다. 니 부하 깡패들이 한 짓 같다는 이야기는 안 했지만."

"어이구… 이거 진짜 빵에 들어가고 싶은 모양인데?"

"내 친구들이 죽었다, 너도 그에 대한 대가는 치러야 할 거다."

"뭐야? 이거 협박이야? 동네 강아지 두 마리 죽었다고 대한민국 검사를 살인자로 몰아? 제법 웃기는데?"

"아닌가?"

"미친놈, 넌 아무래도 취조실에서 봐야겠다, 후후."

놈은 비틀린 웃음을 던지더니 바로 전화기를 꺼내들었다. 그를 묶어놓으면 한세인과의 수 싸움에서 유리한 고지를 점한다는 판단일 터, 이래저래 귀찮아진 것 같았다. 그런데 누군가가 놈의 전화기를 귀에서 끌어내렸다.

"부패 검새 나부랭이가 진짜 겁이 없네요."

얼굴이 보이지는 않지만 목소리는 한세인 같았다. 오만상을 찌푸린 강치훈이 양손을 허리에 올리며 돌아섰다.

"이년이 미쳤나? 죽고 싶어?"

"당신 와이프하고 아이들 이름으로 된 대치동 빌딩하고 상봉동 땅만 해도 50억은 넘을 거 같던데… 그거 공직자 재산신고 때 누락한 거 아닌가? HKK에서 공짜 주식 받은 거까지 더하면 모가지 열 개라도 남아

나질 않을 거 같던데?"

"뭐라는 거야, 이 여자? 증거 있어?"

"상대를 가려가면서 들이대, 강·치·훈 차장검사. 당신은 나랑 말이라
도 붙이려면 100년은 더 있어야 돼, 쓸데없이 내 사람 괴롭히다가 그
알량한 철밥통 배지 날리지 말고 이쯤에서 집에 가."

강치훈은 한마디도 하지 못하고 우물쭈물 인상만 쓰더니 뒷걸음질로
몇 발 물러서다가 바람소리가 나도록 돌아서서 로비로 나갔다. 아픈 곳
을 제대로 찔린 모양이었다. 한세인이 그 자리에서 혼잣말처럼 중얼거
렸다.

"여기까진 예상을 못했네요."

차명석도 고개를 들지 않고 말을 받았다.

"누가 한 거죠?"

"다시 확인해볼게요, 최대수 사람일 가능성이 높지만."

"오늘로 내 적은 최대수가 됐습니다, 그런데 당신 적은 최순영입니다.
동업이 된다고 생각합니까?"

이해가 충돌한다는 생각, 그러나 한세인의 대답은 명쾌했다.

"오늘 일은 강치훈이 고용한 용병이 단초를 제공했어요, 최순영도 헌
터에겐 조건이 같아요."

끼어들지 않았다. 틀린 이야기는 아니니까. 한세인이 말을 이었다.

"그리고 최대수도 아군은 절대 아니랍니다, 됐나요?"

"난 끝을 봐야 합니다."

"바라던 바에요, 동업자."

조용히 웃은 한세인이 그의 앞으로 걸어와 어깨에 부드럽게 손을 올렸다.

"친구 분들은 안타깝게 됐어요, 장례 끝내고 돌아오세요. 그때까지는 모든 일정 접고 기다릴게요, 석진 군 보낼 때 경호팀 몇 사람 같이 보낼 테니까 필요한 건 뭐든 이야기해요."

눈을 감고 복도 벽에 머리를 쿵쿵 찧었다. 잠시나마 행복하다는 생각도 했다. 이런 시간이 계속되리라는 기대는 하지 않았지만 꿈이라면 깨지 않기를 간절히 바랐다. 그러나 끝이었다. 이젠 진짜 목숨을 걸어야했다.

레드캠프

장례는 조용하고 간소했다. 찾아오는 사람도 거의 없고 같이 밤을 새는 사람도 없었다. 그저 병원 지하에서 우울하게 이틀을 보낸 뒤, 인근 화장장으로 건너갔다가 조그만 단지 안의 재로 돌려받아 교외의 한적한 묘지공원에 나란히 안치했다.

그리고 서울로 돌아오는 즉시 일에 몰입했다. 하연수의 말대로 뭐든 하지 않으면 미칠 것 같았기 때문이었다. 우선 한세인과 향후의 계획 및 일정을 정리한 뒤, 앨리스에게 남춘만의 현재위치를 파악하도록 지시했다. 위치는 대치동 식당가의 제니스 호텔 지하였다.

"시간 여유가 있으면 24시간만 더 시간을 주시죠, 확인하고 가야겠습니다."

"그렇게 하세요, 경매 하루 이틀 늦춘다고 문제 생길 일 없어요."

한세인은 두말없이 승낙했다. 간단하게 준비를 하고 집을 나섰는데

골목을 벗어나자마자 박현주가 기다렸다는 듯 차를 가로막았다. 그리고 운전석으로 건너와 창문을 두드렸다. 창문을 내리자 문에 팔을 걸치며 물었다.

"장례 잘 끝냈나?"

"왜?"

"안타까운 소식이 들려서 위로라도 해야겠다 싶어서."

"필요한 게 있나?"

"일주일이나 조용하길래 뭐하나 싶기도 하고."

"조만간 경매가 있을 거다, 실탄 준비하라고 해."

"무슨 경매?"

"니들이 처음 원했던 물건과 영성진리회 비자금 장부."

"응? 그거 꺼냈어? 어딨어?"

"몰라, 어쨌든 일간 연락이 갈 거다."

"그렇군, 다른 건?"

"없어, 간다. 위에다 그렇게 전해."

박현주가 뭔가 더 물으려고 달라붙었지만 무시하고 그냥 창문을 올리며 이동했다. 미행은 당연히 따라붙을 테고 이번에도 떼어내려면 시간이 좀 걸릴 것이었다.

한동안 동대문 통을 돌다가 유료주차장에 차를 집어넣고 사람의 이동이 많은 반대쪽 블록으로 건너가면서 미행을 떼어냈다. 이어 전철을 몇 번 갈아타고 대치동으로 건너갔다. 남춘만은 아직도 제니스 호텔이었다. 하연수가 앨리스가 보낸 문자를 확인하면서 말했다.

"저기야, 메밀꽃."

메밀꽃은 카페 형태로 꾸며놓은 작은 바였다. 테이블도 몇 개 안 되고 바텐더 앞의 의자도 다섯 개가 전부지만 내부는 유럽풍의 고급스런 인테리어로 채워진 곳이었다. 남춘만은 연예인이나 모델로 보이는 섹시한 이미지의 젊은 여성과 나란히 앉아 스트레이트 잔을 기울이고 있었다. 다른 손님은 없었다.

한쪽 구석의 테이블에 연인 코스프레를 하며 나란히 자리를 잡고 되는대로 칵테일을 주문했다. 상황을 보면서 기다릴 생각이었다.

"불륜이겠지?"

하연수의 질문, 얼핏 보면 연인이지만 나이차가 커서 어색할 수밖에 없었다.

"스폰서."

"하긴."

그 잠깐 사이에 남춘만은 제니스 호텔 사장으로 영전했고 그 정도 위치면 연예인 스폰서는 얼마든지 가능했다.

칵테일을 다 마시고 나서야 남춘만이 일어설 기색을 보였다. 계산서를 달라고 이야기하는 것 같았다. 차명석은 서둘러 카운터로 나가 현금으로 계산을 끝내고 먼저 밖으로 나왔다. 그리고 잠시 기다렸다.

여자의 손을 잡고 나온 남춘만은 잠시 지하 쇼핑몰을 걷다가 엘리베이터를 탔다. 바로 옆 엘리베이터를 눌러놓고 앨리스를 호출했다.

"앨리스, 호텔 시스템 장악하고 들어간 방 확인해. 어려우면 석진이한테 방법 물어보고 준비해, 흔적 지울 준비도 하도록."

— 알겠습니다.

옆 엘리베이터가 도착할 무렵 앨리스가 답을 내놨다.

— 22층에서 내려서 사장실로 들어갔습니다.

"이거 23층 건물이지?"

— 그렇습니다, 23층은 스카이라운지고 22층 동쪽이 사무실, 서쪽이 사장실입니다.

"사장실 구조는?"

— 내부에 숙소 형태로 간이 침실과 욕실이 있습니다.

"시스템 장악했나?"

— 네.

"대기."

두 사람은 자연스럽게 엘리베이터를 타고 20층에서 내렸다. 걸어서 22층으로 올라와 잠긴 비상구 앞에서 하연수에게 카메라가 부착된 안경을 건네며 말했다.

"마음 단단하게 먹어, 잔인한 장면을 볼 수도 있다."

"민지가 죽었어, 사람 죽여서 토막 내라고 해도 할 수 있어요."

하연수는 대수롭지 않게 중얼거리면서 마스크와 모자를 눌러썼다. 똑같이 챙겨 쓰고 전화기를 꺼냈다.

"앨리스, 열어."

—나야, 형. 나 앨리스 안에 들어왔어, 비상구 2초 후에 개방.

김석진의 대답과 동시에 문이 열렸다. 슬쩍 내부를 들여다봤다. 로비로 꾸며놓은 것 같은데 데스크에는 아무도 없었다.

"사장실이 어디야?"

—12시 방향 30미터, 왼쪽 문.

곧장 사장실로 직행해서 문에 손을 댔다. 하지만 문은 잠겨 있었다.

"열어."

—열었어.

삑 소리와 함께 로커에 파란 불이 들어왔다. 그대로 밀고 들어갔다. 바로 제압할 생각에 바짝 긴장했는데 아무도 없었다.

"목표 위치는?"

—침실 내부의 욕실, 2시 방향 15미터.

즉시 욕실로 건너가 미닫이문을 발로 툭 찼다. 놈은 욕조 안에 있다가 기겁하며 소리를 질렀다.

"누구냐!"

여자도 삑 비명을 질렀지만 가차 없이 전화기 플래시를 터트렸다. 그리고 정신없이 얼굴을 가리는 여자를 가리키며 하연수와 눈을 마주쳤다.

"데리고 나가서 묶어놔."

"카피, 너 나와."

하연수는 여자의 머리채를 거칠게 잡아끌고 욕실 밖으로 나갔다. 평소의 하연수와 달리 험악한 행동이라 눈살이 찌푸려졌지만 이해는 갔다. 그가 지금 하려는 행위도 별로 다를 게 없었다. 욕조 속에서 굳어버린 남춘만에게 가운 하나를 던졌다.

"꼴 보기 싫으니까 가려."

"너… 누구냐?"

"일단 나와."

놈은 욕조에서 나와 가운을 걸치고 엉거주춤 그의 앞에 섰다. 그는 소음기까지 달린 권총을 꺼내 슬라이드를 당기면서 욕실 문을 닫았다. 놈은 총을 보자마자 두 눈을 휘둥그레 뜨며 주춤주춤 물러섰다.

"사…살려주시오."

"마음에 드는 대답이 나오면."

나직이 속삭이면서 놈의 코에 가볍게 잽을 날리고 아랫도리를 걷어차버렸다.

"켁!"

털썩 무릎을 꿇는 놈을 엎어놓고 케이블 타이로 양팔을 뒤로 묶은 다음, 욕조에 기대앉혔다. 이어 나일론 줄을 샤워기 거치대에 고정한 다음 교수목줄을 만들어 놈의 목에 걸었다.

"대답 잘해야 할 거다."

"아…알겠소."

"첫 번째 질문, 너 1년 전에 여자 연예인 지망생들 최대수 후보에게 상납한 적 있지?"

"뭐…?"

"두 번 묻지 않는다, 작년에 최대수 후보에게 여자 상납한 적 있지. 왕
산 마리나 요트에서."

"그… 그런 적 없어."

"할 수 없네."

그는 수건을 하나 가져다 놈의 입에다 쑤셔넣고 그냥 발목을 밟아버
렸다.

빠각!

"끄어…."

뼈가 어긋나는 소리, 발버둥치는 놈의 머리채를 잡고 턱에 주먹을 박
았다. 대충 열 대 정도, 정신이 하나도 없을 것이었다. 그리고 수건을 조
금 뺐다.

"으어…."

비명을 지르려고 해서 다시 쿡 막았다. 놈은 컥컥거리면서도 악착같
이 소리를 질렀다. 이번엔 따귀를 쳐서 소리를 잠재웠다.

"남에게 고통을 주는 건 잘 해도 자신의 고통은 참기 어렵겠지, 이제
대답할 생각이 들었나?"

놈은 결사적으로 고개를 끄덕였다. 수건을 조금 빼주자 핏덩이를 한
움큼 게워냈다.

"요트에서 동영상 찍었지?"

"네?"

"들었잖아, 다리병신 됐는데 팔병신까지 되고 싶나?"

"아…아닙니다."

"그거 어딨어?"

놈은 일순 갈등하는 것 같았다. 그러나 다시 주먹을 들어올리자 파르르 떨면서 다급하게 대답했다.

"그…거 공개되면 전 주…죽습니다."

"숨기고 있어도 죽긴 마찬가지야, 그거 어르신이 직접 회수하라고 지시하셨다. 이미 넌 끝이야."

"의원님께서 어떻게…?"

"모를 거라고 생각했나? 멍청한 놈, 어딨나?"

"책상 첫 번째 서랍 빼면 위에… 붙여놨습니다."

"밥캣, 확인해."

—카피.

"복사본은?"

"어…없습니다."

얼마 지나지 않아 하연수의 목소리가 건너왔다.

—동영상 파일 무지하게 많아, 전부 137개.

"일단 챙겨라."

—카피.

일단 목적은 달성했는데 남춘만을 어떻게 처리할까가 고민이었다. 따지고 보면 모든 불상사가 이 자식으로부터 시작이고 동영상 파일 137

개라면 그만큼 많은 희생자가 났다는 의미였다. 이대로 떠나기에는 빠트린 게 많았다.

"직업 '나가요'들 많잖아, 그런 애들하고 놀아. 또 이런 짓 하고 다니면 이 목줄이 당겨질 거다."

"아… 알겠습니다."

연신 고개를 끄덕이는 놈의 입을 다시 수건으로 막아버리고 목줄을 풀었다. 그리고 멀쩡한 나머지 한쪽 무릎을 발꿈치로 찍었다.

"으어…."

놈은 발악적으로 비명을 질렀다. 다시 놈의 턱을 발등으로 쳐올렸다. 놈은 그대로 기절해버렸다. 그럭저럭 많이 때린 것 같은데 영 분이 풀리지가 않았다. 너무 일찍 기절해버린 탓이었다. 많이 부족하다는 생각에 감시 고민하다가 사타구니를 찍듯이 밟아버렸다. 아마 최소 1년은 여자 생각하기 어려울 것이었다.

이어 목줄과 케이블타이를 끊어 챙기고 되짚어 나와 하연수가 데리고 있는 여자의 미간에 총구를 겨눴다.

"잘 들어. 당신은 여기 없었던 거다, 만일 오늘 있었던 일을 떠들고 다니면 오늘 찍힌 사진과 동영상이 각종 포털 사이트에 도배가 될 거다. 그리고 쥐도 새도 모르게 산속에 묻힐 거다, 알아들었나?"

"네? 네!"

여자는 사색이 된 채 고개만 결사적으로 끄덕였다.

"욕실 들어가볼 생각하지 말고 딱 5분만 기다렸다가 나가라, 조용히.

쓸데없이 참견하다가 데뷔는커녕 감옥으로 직행할 수도 있다."

정신없이 고개를 끄덕이는 여자를 남겨두고 조용히 사장실을 나섰다. 소음기를 끼운 권총까지 보여줬으니 어지간해서는 떠들고 다니기 어려울 것이었다.

앨리스는 데이터를 다운받고 몇 분 되지 않아 해당 영상 전부를 검색하고 최대수를 찾아냈다. 파일생성 날짜가 특정되다 보니 오래 걸릴 이유는 없었다.

—직박구리 폴더 2016526 영상에서 목표로 추정되는 인물이 포착되었으나 해상도가 낮아서 증거로 사용하기는 어렵습니다. 동영상 파일 익스텐션 네임으로 파티 참석자 명단이 있습니다. 최대수, 양종철, 김사필, 영상 플레이합니다.

차명석과 한세인은 파티 영상을 보자마자 오만상을 찌푸렸다. 약에 취한 여자 여섯 명이 남자 셋과 그룹섹스를 하는 영상인데 차마 눈뜨고 볼 수가 없었다. 하지만 조명이 어두운데다 해상도가 좋지 않은 카메라로 멀리서 찍은 영상이라 누가 누군지 특정하기는 거의 불가능했다. 잘 아는 박민지의 얼굴도 분간할 수 없는 형편, 남춘만이 이 영상을 써먹지 못한 이유도 알 것 같았다. 한세인이 말했다.

"이걸로 뭘 하기는 어려울 것 같은데요."

"그렇긴 한데… 앨리스, 해상도 개선하는 프로그램 있지? 해상도 얼마나 올릴 수 있을까?"

─현재 앨리스에 업데이트된 프로그램은 FBI가 사용하는 모포트러스트 사의 안면인식 데이터베이스 소팅 로직입니다. 해상도의 개선은 동영상 원본의 해상도가 떨어지고 현장도 어두워서 한계가 있습니다. 목표가 포착된 9분만 해상도를 개선할 경우, 소요시간은 10시간 18분으로 추정되나 목표를 특정하기는 어려울 것으로 판단됩니다.

"일단 실행해, 최대수를 대선레이스에서 제거하려면 확증이 필요하다."

─알겠습니다, 진행합니다.

이어 한세인이 양종철과 김사필의 프로필을 올리라고 명령했다. 두 사람 다 전 국민이 이름만 대면 알 수 있는 대기업 2세대 사주인데 고령임에도 불구하고 여자를 밝힌다는 점만 빼면 딱히 약점을 찾기 어려운 자들이었다. 한세인이 중얼거렸다.

"이 영상 양종철, 김사필 두 늙은이한테만 보내도 최대수가 정신없이 달려들겠는데?"

"그냥 오픈하겠습니다, 최대수가 대통령이 되는 일은 없어야 합니다."

"결정은 헌터 몫인데… 나한테 결정하라고 하면 기다릴 거 같아요, 파괴력은 대선을 한 달 정도 남긴 시점이 최고니까. 해상도가 올라가지 않아도 이 영상 상당한 도움이 될 것 같네요, 최대수 후보 쪽을 자극하는 데 최고의 패가 될 거예요."

"본게임 시작하는 겁니까?"

"모레 물건 찾으러 간다고 흘리세요, 박현주인가 하는 요원한테만 흘리면 소문은 자연스럽게 사방으로 날아다닐 겁니다."

"어디로 가는 거죠?"

"레드캠프."

차명석은 눈만 가늘게 떴다. 북한강변 산악지역의 레드라인 훈련장, 리스트가 진짜 거기 있을 수도 아닐 수도 있었다. 한세인이 다시 말했다.

"헌터와 나만 들어갈 겁니다, 밥캣은 외부에서 제이원을 지휘하게 하세요."

"경매를 거기서 합니까?"

"그래요, 원래는 최순영 회장만 여기로 부를 생각이었는데 최대수 후보도 참여시키기로 했어요. 양쪽 다 머릿속 복잡한 형편이라 무조건 달려들 거예요."

"기회를 주는 건 고마운 일인데 좀 더 구체적으로 설명하시죠."

"그 인간들 혼자 오진 않을 거랍니다. 아마 동원할 수 있는 무력은 전부 동원할 거예요, 기무사와 국정원을 포함한 사정기관 외부 비선조직 전부 나타난다고 보면 맞아요."

"충돌을 유도할 생각입니까?"

"가만둬도 지들끼리 치고받기 쉬운데… 속에다 휘발유 몇 방울 떨어트려놨어요, 알아서 활활 타오를 거랍니다."

"스파이라도 심은 겁니까?"

"비슷해요, 총격전은 필연이에요."

"무력충돌 시작되면 걷잡을 수 없을 텐데요?"

"훈련장에 잔류한 레드라인 용병들을 전부 모아놨어요, 제이원 병력은 진입로만 차단하고 만일의 상황에 대비하게 하세요."

"이해가 되지 않는군요. 레드라인 용병 중 일부가 강치훈 검사에게 고용됐다는 거 알지 않습니까, 최순영의 수하가 끼어 있을 가능성이 높습니다."

"상관없어요, 어차피 내가 원하는 건 최대의 혼란이니까. 현장에 숨겨둔 수십 대의 CCTV를 통해 현장의 상황이 모두 앨리스에 전송될 거예요, 만에 하나 실패하더라도 그 영상으로 두 사람 다 매장할 수 있을 거랍니다."

"그게 보험입니까?"

"원탁에 참여한 모든 세력이 보낸 정보요원들이 총집결할 겁니다. 한쪽이 정상적으로 낙찰을 받는다고 해도 조용히 끝날 리가 없고 일단 총질 시작되면 한두 명 죽는 걸로는 절대 끝나지 않아요. 극단적인 혼란이 장시간 계속될 거고 그 난리통 속에서 난 최순영을, 헌터는 최대수를 잡는 거죠, 서로 윈윈 아닌가요? 후후."

한세인은 살벌한 이야기를 하면서도 미소를 잃지 않았다. 정색을 하고 말을 받았다.

"후폭풍을 어떻게 감당하려고 이러는 거죠?"

대선 후보 중에서도 선두권을 달리는 정치인이 총격전 와중에 죽는다면 후폭풍은 결코 만만치 않을 것이었다. 관련된 사람들은 현장에서 살아남는다고 해도 모조리 감옥행이라고 봐도 무방했다.

"내가 죽인다고 하지 않았어요."

"무슨 뜻이죠?"

"지들끼리 쏘게 될 거니까요."

"네?"

"국내외 정보기관 요원들을 몽땅 한군데에다 모아놨어요, 그런데 진입로는 차단되고 물건은 최소 24시간 이상 여기 있어야 돼요. 결과가 어떻게 될까요?"

"미쳤군요?"

"그래서 헌터가 필요한 거랍니다, 후후."

"장담 못합니다. 나 혼자라면 산악지역으로 돌면서 어떻게든 살아남겠지만 누굴 보호하면서는 답이 나오질 않습니다."

"누가 날 보호라고 했나요?"

"네?"

"당신은 살아 있어야 돼요, 내가 실패하면 최순영을 처리해야 하니까. 실패가 확정된 경우엔 무조건 탈출해서 밥캣과 합류하세요."

"별로 마음에 드는 계획이 아닙니다."

"내가 죽거나 실종되면 앨리스가 보유한 모든 자료 인정사정없이 포털에 올리고 저 쓰레기들 전부 박살내세요, 원탁을 완전히 무력화할 수는 없겠지만 회원의 절반은 감옥에 가거나 은퇴해야 할 겁니다. 비용 문제는 앨리스가 얼마든지 처리해줄 수 있으니까 상의해서 해결하세요. 나중에 생각해보면 동업조건 정말 괜찮다는 생각 들 거예요."

"비용 같은 건 관심 없고… 일은 누님이 밖에 남는 쪽으로 갑시다."

"아직도 날 잘 모르나 봐요?"

요염하게 웃는 한세인을 물끄러미 쳐다보며 고개를 가로저었다. 직접 목격한 사실이니 딱히 할 말도 없었다. 한세인은 총탄이 빗발치는 전쟁터에서도 끄떡없는 여자였다. 그가 입을 다물자 한세인이 다시 말했다.

"어차피 내가 거기 없으면 그 사람들 나타나지 않아요."

토는 달지 않았다. 지금으로선 한세인이 그린 그림을 따라가면서 상황을 지켜보는 수밖에 없었다.

"그럼 캠프에 다녀와서 다시 이야기하죠."

"지금?"

"현장을 직접 보지 않고는 아무것도 하지 않습니다."

총격전까지 생각한다면 현장조사는 필수였다. 여유는 잘해야 24시간밖에 없지만 그래도 안 하는 것보다는 나았다. 한세인은 두말없이 승낙했다.

"다녀오세요, 미행 신경 쓰고."

"그러죠. 앨리스, 거기 있는 친구들한테 손님 간다고 전해. 쓸데없이 총질하지 말라고."

―알겠습니다, 헌터.

혼전 ^{混戰}

한세인과 그가 탄 벤츠가 터널을 통과하자마자 밴 두 대가 따라붙었다. 그리고 순환도로에 올라서자 또 승용차 몇 대가 나타났다. 한세인의 말대로 박현주에게 던진 떡밥 하나에 이 난리가 난 셈, 목적지가 어디인지 알려주지 않았으니 전부 따라가는 수밖에 다른 방법은 없을 것이었다.

차명석은 태블릿 두 대를 무릎에 올리고 앨리스에게 레드캠프의 위성사진을 띄우라고 명령했다.

─레드캠프 위성사진입니다.

캠프는 생각보다 훨씬 넓었다. 초입에 벙커를 방불케 하는 콘크리트 건물 하나와 연병장이라고 할 수 있는 공터가 있고 뒤쪽으로 험한 지형의 산악지역 곳곳에 다수의 작은 캐빈과 훈련코스가 존재했다.

"레드라인 병력 배치 상황 올려봐."

위성사진에 푸른 점 30여 개가 올라왔다. 콘크리트 건물 주변에 10여 개가 보였고 나머지는 산지 위쪽 숲이라 전혀 보이지 않을 것 같았다. 뒤에 앉은 한세인이 중얼거렸다.

"군대를 숨겨놔도 모를 거예요."

"압니다, 연병장 뒤쪽 훈련장이 전부 숲이더군요."

"제이원 병력은 얼마나 동원했죠?"

"완전무장한 기동타격대 8명, 스와트 같은 무장트럭 두 대로 캠프에서 10킬로미터 떨어진 곳에 대기시켜놨습니다. 나머지는 우리하고 같이 움직이는 여섯 명입니다."

경매가 있을 내일 아침 10시를 기준으로 동원되는 제이원 병력은 전부 26명이었다. 성북동 집에 남겨둔 인원을 포함하면 더 많았다. 하지만 무장은 다소 부실했다.

현지의 기동타격대원 8명은 자동소총으로 무장했으나 다른 인원은 권총이 전부였다. 타격대를 제외하면 나머지는 머릿수 위주로 편성한 무력시위 쪽에 가까웠다. 다 죽이면 시끄러워질 거라는 경고에서 더도 덜도 아니었다. 진짜 싸움은 레드캠프 내부였다. 앨리스 내부에 대기하고 있는 김석진이 말했다.

—내일 비 온다는데? 괜찮겠어?

"고려해야지, 저격수들이 적극적으로 활동하지 못한다는 면에서는 나쁜 상황 아냐."

따로 명령하지 않았는데도 앨리스는 임의로 제이원 병력이 대기할 위치를 지도에 올렸다. 어제 현장을 점검하고 결정해둔 자리였다.

―난 여기서 계속 대기할게, 물하고 먹을 거 잔뜩 가져다 놨고 앨리스랑 이것저것 할 이야기도 많으니까 한 달은 안 나가도 버틸 수 있어.

"그렇게 해라. 앨리스, 석진이 질문이나 요구에 최대한 협조해줘."

―알겠습니다, 헌터.

"중앙 모니터에 따라붙은 미행차량 숫자 확인."

―제이원 차량 블랙박스 영상으로 전환합니다.

태블릿 하나에 벤츠에 부착된 블랙박스 영상이 올라오고 다른 태블릿에는 10여 개의 적외선 영상이 동시에 떠올랐다. 벤츠와 거리를 두고 움직이는 제이원 차량 다섯 대가 보내오는 적외선 카메라 영상이었다.

―미행차량은 전부 다섯 대로 판단되며 계속 교대되고 있습니다, 사전계획에 따라 차단작전은 시행하지 않습니다.

"계속 주시해줘. 석진아."

―넵.

"넌 우리가 캠프에 들어가고 나면 좀 자라, 내일은 아주 긴 하루가 될 거니까."

―옛썰, 일단 대기하겠음.

빗소리가 꽤 거칠었다. 예보는 50밀리미터 이상이니 이제 겨우 시작

일 터였다.

―목표2 진입합니다.

진입로에 배치한 요원의 보고, 앨리스가 전송하는 CCTV 화면에도 최대수가 탄 검은 세단과 뒤따르는 밴과 승용차 몇 대가 보였다.

차명석은 캠프 본부건물 안으로 들어온 인원의 숫자를 다시 헤아렸다. 중앙의 탁자에 최순영과 한세인이 마주앉은 상황, 최순영 뒤로 경호원 여덟 명이 병풍처럼 어서 있었다. 문밖에 여덟 명이 대기했고 차량에 운전자 네 명이 더 있으니 캠프 안으로 들어온 인원만 스물이었다.

반면 제이원 요원은 그를 포함해도 다섯 명이 전부였다. 주변에 잔뜩 배치된 정보요원들까지 고려하면 최순영이나 최대수 입장에서 보면 일방적인 우세로 판단할 수 있을 것 같았다.

탁자 위에 올려놓은 작은 유리상자로 눈을 돌렸다. 안에는 적갈색 가죽으로 표지를 만든 다이어리 두 권과 외장 하드디스크 하나가 들어갔고 바로 옆에 기폭장치가 부착된 플라스틱 폭약이 부착되어 있었다.

"어서 오세요, 최 후보님."

한세인이 느릿하게 일어나 목례를 건넸다. 최대수는 빗물을 툭툭 털며 들어섰다. 이어 익숙한 박현주의 얼굴이 10여 명이 넘는 무장 경호원들과 함께 들어왔다. 박현주는 그가 앉아 있는 책상을 힐끗 돌아보았다. 살짝 불안했지만 거리도 멀고 모니터에 가려서 알아보지는 못할 것 같았다.

최대수가 데리고 들어온 경호원은 박현주를 포함해서 전부 여섯 명,

밖에 꽤 많은 숫자가 남아 있을 것 같았다. 그런데 테이블로 다가온 최대수가 정중하게 최순영을 향해 머리를 숙였다. 최순영은 일어나지도 않고 인사를 받았다.

"어서 오세요."

대통령 후보쯤 되는 거물 정치인이 머리를 숙이는 건 쉽지 않은 일, 더구나 최순영은 일어나지도 않았다. 원탁의 수장이라고 알려진 그녀의 위세를 짐작케 하는 단적인 장면이었다.

최대수가 자리를 잡자 한세인이 차분하게 이야기를 시작했다.

"소문만 무성하던 그 다이어리입니다. 옆에 있는 하드디스크는 최대수 후보님이 보셨던 파티 영상과 영성진리회 비자금 리스트, 상봉동 케이시티 관련자 명단 파일이 수록되어 있습니다. 내용에 대해서는 이미 다 아실 테니 굳이 설명하지는 않겠습니다. 다만 상자 안에 있는 플라스틱 폭약에 주목해주세요. 허락 없이 손을 대시면 바로 폭발할 겁니다. 경매 시작하겠습니다."

"이게 뭐하자는 짓이지?"

최대수가 거친 말투로 먼저 물었지만 한세인은 무시하고 자신의 말을 이어갔다.

"경매의 룰은 간단해요. 더 크게 베팅하시는 분이 가져가시는 겁니다. 반대쪽은 자연스럽게 대권후보에서 물러나야겠죠."

"건방진 년, 흐릿한 동영상 하나 가지고 뭘 할 수 있다는 거지? 증명할 수 있는 건 아무것도 없어."

"FBI가 쓰는 해상도 개선 프로그램이 꽤 쓸 만하더라고요, 후보님 주연으로 멋지게 나왔답니다."

말은 저렇게 하지만 실제 개선된 영상에서도 최대수의 얼굴은 확실히 식별하기 어려웠다. 그냥 의혹을 제기하는 정도라면 모를까 본인이 아니라고 주장하면 답이 없었다. 하지만 허세로 상대를 코너로 모는 용도로는 쓸 만했다.

"뭐 어째!"

"후보님 혹시 그거 아세요? 동사와 명사의 차이점 말이에요. 보통 '최 씨가 사람을 죽였대'라고 이야기하면 '왜 그랬대?'라는 반응이 나오죠, 그런데 명사를 써서 '최 씨가 살인자래'라고 이야기하면 '왜 죽였는데?'라는 반응이 돌아온답니다. 명사는 사람을 단정하게 만들거든요. 그리고… 명사에 숫자 몇 개를 덧붙이면 확실히 회복불능이 되죠. 예를 들어 '작년 7월 5일 19시 20분에 자신이 강간한 피해자와 목격자 두 명을 암살한 살인자', 뭐 이런 식이죠. 이건 이른바 숫자의 힘이랍니다."

"무슨 헛소리를 하는 거야?"

"사용한 단어가 다소 자극적이긴 합니다만 후보님 파일이 온라인에 올라갈 때 '살인자'라는 제목으로 유포될 거라고 말씀드리는 거랍니다, '젊은 여성들에게 마약을 먹이고 섹스파티를 했으며 그게 들통 나자 암살을 지시한 잔혹한 살인자'라고 말이죠."

"이런 버릇없는!"

최대수는 테이블을 강하게 내리치고 벌떡 일어섰다. 하지만 한세인이 플라스틱 폭약을 가리키자 이를 악물며 엉거주춤 주저앉았다.

"흥분 가라앉히시고 잠시 생각해보세요, 그리고… 회장님께선 마음을 결정하셨나요?"

최순영은 아무 말도 하지 않고 한참 동안 한세인을 노려보다가 입을 열었다.

"원탁은 아무나 앉는 자리가 아냐, 다른 걸 주마."

"다른 게 있나요?"

"근우재단 이사장."

자산만 무려 1,800억짜리 재단을 통째로 넘기겠다는 뜻, 그런데도 한세인은 영 탐탁지 않은 표정이었다.

"개시호가로는 나쁘지 않네요, 최 후보님은 어떠세요?"

"건방진 것, 누가 가져가도 결과가 같을 거라는 생각은 안 해봤나?"

"왜요?"

"원탁은 시스템을 파괴하지 않아, 근본을 흔들어서 좋을 게 하나도 없거든. 그 다이어리를 내가 가져가든 최 회장님이 가져가든 네가 사는 세상은 전혀 바뀌지 않는다는 뜻이다."

"글쎄요, 다이어리 안에 원탁을 근본적으로 파괴할 수 있는 무수히 많은 잇 아이템들이 존재하는데 결과가 같을까요? 이참에 직접 원탁에 앉으세요, 그만한 배짱도 없으면서 무슨 대통령 자리를 노리십니까?"

"미친년, 죽고 싶어 환장한 거냐?"

한세인은 요염하게 웃더니 최순영과 눈을 맞추며 유리박스에 손을 올렸다.

"새로운 호가가 없으면 경매 끝내겠습니다."

두 사람을 한 번씩 번갈아 쳐다본 한세인은 가차 없이 셋을 세고 낙찰을 선언했다.

"낙찰입니다. 회장님, 지불은 어떻게 하시겠어요?"

최순영은 옆에 내려놓은 가방에서 대봉투 하나를 꺼내 테이블 위에 올렸다. 미리 준비해둔 모양이었다.

"공증까지 받아두셨네요? 용의주도하시네."

대봉투 안의 서류를 차근차근 훑어본 한세인이 서류만 빼고 다이어리와 하드디스크를 넣어 최순영에게 건넸다.

"낙찰가액이 다소 많이 아쉽지만 경매는 경매니까 어쩔 수 없네요, 이제 회장님 물건입니다."

"한세인! 죽고 싶나!?"

최대수가 고래고래 소리를 질렀지만 한세인은 기묘한 미소만 남긴 채 일어섰다. 봉투를 받아든 최순영이 차갑게 말했다.

"최 후보님, 너무 흥분하지 마세요. 후보직 사퇴하고 같은 당 유철식 후보 밀어주면 정치생명은 이어갈 수 있도록 이건 오픈하지 않을 거니까, 다음 주부터 당내 경선이죠? 다음 주까지는 기다릴게요."

작은 목소리인데도 좌중을 압도하는 느낌, 최순영은 확실히 거물다웠다.

"끄응….."

앓는 소리를 낸 최대수는 잔뜩 상기된 표정으로 일어나더니 대답도 하지 않고 성큼성큼 밖으로 나갔다. 경호원 일부가 우르르 따라갔고 최순영도 주섬주섬 가방을 챙겨 자리에서 일어났다.

"이건 순전히 네 아버지를 위한 게다, 네 협박에 굴복했다고 생각하지 마라."

"그러시겠죠, 안녕히 가세요."

차명석은 돌아서는 최순영의 뒷모습에 시선을 고정한 채, 방탄복 찍찍이를 조이고 모자를 눌러썼다. 이제 시작이었다.

"목표가 포인트 A로 이동한다. 밥캣, J넷, 1단계 실행."

—카피, 1단계 실행.

시간을 확인했다. 오전 10시 22분, 창을 때리는 빗소리는 점점 더 커지고 있었다. 순간, 미세한 산울림이 발밑을 때렸다.

—J넷 보고, 포인트C에 산사태, 차량이동 불가.

—밥캣이다, 휴대폰 기지국 중계타워 시스템 다운. 현장에서 대기한다.

"카피, 현 위치 대기."

포인트C는 캠프 입구에서 400미터쯤 떨어진 진입로 입구였다. 이제 자동차로 캠프를 벗어나려면 최소 24시간은 기다려야 했다.

차명석은 모니터를 주시한 채, 발밑에 세워둔 자동소총을 탄띠에 매달았다. 한세인이 바로 옆 모니터 앞으로 앉으며 말했다.

"나가 봐요, 여긴 내가 맡죠."

"죽진 말아요, 누님. 귀찮아지는 건 질색이니까."

심드렁하게 대답하고 따로 준비해둔 글록 권총을 탁자 위에 올려놓았다. 글록을 손가락 하나로 끌어당긴 한세인이 예의 요염한 미소를 머금으며 그를 올려다보았다.

"동업자도."

목례만 하고 뒤쪽의 비상구를 통해 밖으로 나오면서 벙거지 모자를 뒤집어썼다. 마지막으로 출입구 옆에 비닐로 싸서 세워둔 저격소총을 집어들고 산기슭 방향으로 나와 천천히 뛰기 시작했다. 빗줄기가 더 굵어져서 시계는 좋지 않았다.

'나쁠 거 없겠지.'

지난밤에 봐둔 저격위치는 정문인근 포인트C와 건물 입구를 동시에 요격할 수 있는 야산 중턱이었다. 계단을 통해 2분 쯤 전력으로 달린 다음, 숲으로 들어가 자리를 잡았다. 순간, 총성이 터졌다.

캉!

"저 새끼들 뭐야! VIP 보호해! 쏴!! 다 죽여버려!!"

즉각 무지막지한 총성과 비명이 난무하기 시작했다. 호흡을 가다듬으면서 저격소총을 싸놓은 비닐을 뜯어내고 토사와 바위로 가로막힌 진입로에다 조준경 거리를 맞춘 다음, 건물 앞으로 눈을 돌렸다. 수십 개의 총구섬광이 작렬하고 승용차 두 대가 으르렁거리며 출구를 향해 달리기 시작했다.

'거긴 막혔어.'

앞선 승용차의 운전석을 조준하고 부드럽게 방아쇠를 당겼다.

퉁!

묵직한 반탄력이 어깨를 때렸다. 그러나 초탄은 빗나간 것 같았다. 다시 당겼다. 이번엔 연속해서 세 발, 거의 동시에 운전석 유리창이 박살나고 차가 급격하게 방향을 틀어 도로 옆 산기슭에 머리를 박았다.

콰직!

뒤따르던 차량은 그대로 통과해서 출구로 달렸다. 두 번째 차에 VIP가 탄 모양이었다. 다시 조준했으나 가로수에 가려 사격 타이밍을 잡기는 어려웠다. 포인트C로 따라가면서 다시 기회를 노렸다. 가로수 사이로 달리는 뒷모습이 비스듬히 잡혔다. 그러나 이번에도 각도가 애매해서 운전자를 맞추기는 쉽지 않았다.

호흡을 가다듬으며 몇 초 더 기다리자 다시 승용차가 가로수 밖으로 나왔다. 속도는 급격하게 줄어들고 있었다. 길이 막힌 걸 보고 멈추는 모양새였다.

"거기 막혔다니까."

중얼거리면서 방아쇠를 당겼다. 뒷유리와 트렁크리드에 연속해서 다섯 발. 뒷유리창이 박살나자 차는 다급하게 유턴해서 다시 캠프로 달리기 시작했다.

'그래, 돌아와.'

총에 비닐을 덮고 망원경을 꺼냈다.

—여기 J넷, 외부에 대기하던 차량들 움직이기 시작했다. 현재까지 여

섯 대, 진입 시도할 것으로 보임.

"숫자, 무장은 확인됐나?"

ㅡ최소 15명, 자동소총 확인.

"카피, 현 위치 대기."

ㅡ카피.

'제법 많은데?'

산사태로 쌓인 흙더미와 바위 주변을 재빨리 훑었다. 아직은 아무것
도 보이지 않았다.

한세인은 용병들에게 밀려 건물 내부로 들어오는 최순영과 경호원들
의 숫자를 가늠하고 일어섰다. 그 잠깐 사이에 인원은 대략 열 명 언저
리까지 줄어든 것 같았다. 하지만 그중 몇 명이 자동소총으로 무장한 놈
들이라 전력은 만만치 않았다.

"옥상에 연락해, 이동하겠다."

ㅡ카피.

옥상으로 올라가는 계단으로 건너가는 동안, 어수선한 발자국 소리와
총성이 뒷등을 때렸다.

카카캉!

귀청이 멍했지만 고통스러울 정도는 아니었다. 누군가 악을 썼다.

"막아! 들어오면 뭐든 쏴버려!"

계단 초입에 서서 잠시 로비의 상황을 지켜보았다. 경호원 몇 명이 로

비 입구에서 밖에다 권총을 난사했고 나머지는 안쪽의 탁자와 소파들을 뒤집어엎으면서 방어막을 만드는데 여념이 없었다. 순간, 최순영의 섬뜩한 시선이 그녀에게 고정됐다. 그리고 거침없이 그녀를 향해 걸어와 모니터 앞에 멈춰섰다.

"네 작품이냐?"

날이 시퍼렇게 선 질문이었다. 한세인은 권총을 쥔 손을 뒤로 하고 살짝 목례를 했다.

"내가 아니라 최대수의 욕심이라고 하셔야죠, 물론 이렇게 되리라고 예상은 했습니다."

"겁이 없구나, 내가 여기서 죽으면 넌 무사하리라고 생각하는 게냐?"

"그럴 리가요, 전 여기 없었답니다. 아무도 죽이지 않았고요."

"뭐?"

"아드님 대통령 만들고 싶으시죠? 당신이 여기서 죽으면 당신 뜻이 이루어지게 됩니다."

"뭐가 어째?"

"당신이 죽어야 내가 아드님을 돕기 때문이죠, 상황을 봐야겠지만 최대수 후보도 오늘 사망할 가능성이 높습니다. 만일 사망한다면 유철식 의원 측의 농간으로 사망하는 걸로 처리해드리죠, 그럼 자동으로 김영욱 후보가 권좌에 앉는 거죠."

"말이 되는 소리를 해, 네 명만 재촉하는 일이다."

"글쎄요, 전 할머니처럼 오래 살 생각 없어서."

"미쳤구나, 네가 여기서 죽을 수 있다는 생각은 안 하니?"

"오래 사셨잖아요, 지옥에서 뵙겠습니다. 그럼 안녕히."

한세인은 벽을 짚고 뒷걸음질로 천천히 계단까지 물러난 다음, 돌아서서 뛰기 시작했다.

"저년 잡아! 죽여도 좋다!"

"추격해!"

서너 개씩 계단을 뛰어올라 옥상 출입구 앞에서 들고 있던 스위치를 눌렀다.

쾅!

철문을 닫자마자 무시무시한 굉음이 터졌다. 다이어리 옆에 있던 플라스틱 폭약을 포함해서 무려 20킬로그램이 넘는 C—4가 한꺼번에 폭발했으니 내부의 상황은 보지 않아도 알 수 있었다. 다 죽지는 않겠지만 살아있더라도 전부 고막이 터져서 전투불능이 되었을 것이었다. 그녀가 옥상으로 나오자 경호원이 재빨리 문을 잠가버렸다.

"아무도 나오지 못하게 해."

—카피.

천천히 주차장 쪽 난간으로 건너가 상황을 점검했다. 총격전은 여전히 한창인 형편, 당장은 최대수 측 경호원들이 일방적으로 몰리는 형편이지만 곧 정보기관 요원들이 들이닥칠 테니 이쯤에서 정리하는 편이 나았다. 따로 챙겨두었던 다른 이어피스를 귀에 꽂았다.

"리퍼, 시작해."

―카피.

전화를 끊으면서 경호팀장과 눈을 마주치자 바로 명령이 전달됐다.

"VIP 내려간다! MTV 대기, 테란은 목표 제압해서 합류해라."

―카피.

"이동한다, 선두 제이 텐."

―카피! 이동합니다!

따라가면서 앨리스에게 마지막 명령을 전달했다.

"앨리스, 플랜Z 실행."

같은 시간, 차명석은 무너진 흙더미 옆으로 진입하는 놈들의 발밑에다 두 발을 연속해서 발사했다. 조준과 탄착점의 거리가 상당했지만 놈들은 급히 바위 뒤로 몸을 숨겼다. 다시 머리를 내미는 놈에게 세 발을 연사했다. 또 크게 하탄下彈이 났다. 빗발이 너무 굵어서 조준 자체가 어렵고 바람의 영향도 많이 받는 것 같았다. 어차피 맞출 생각도 없지만 너무 빗나가다 보니 자존심이 살짝 상했다.

'그래도 거기서 니들끼리 싸워.'

어쨌든 딱 2분만 시간을 벌어줄 생각, 잘하면 조금 더 끄는 것도 가능했다. 도로 반대쪽으로 나오는 놈들을 향해 다시 방아쇠를 당겼다. 또 빗나갔지만 놈들은 제자리로 돌아갔다. 순간, 무전회선에 이상한 목소리가 끼어들었다.

―헌터, 들리나?

"누구냐?"

—내 목소리 벌써 잊어버렸나? 섭섭한데?

"누구냐고 물었다."

"리퍼."

직접 마주쳤을 때보다 더 많이 갈라지는 느낌이지만 리퍼의 목소리가 맞았다. 어렵게 표정관리를 하면서 말을 받았다.

"명이 길군."

—요즘은 평상복도 방탄 재질로 나오는 튼튼한 물건 많거든, 값은 좀 비싸지만.

"돈도 실력이라더니 그런 모양이네, 용건이 뭐냐?"

—지난번에 못 다한 거 끝내야지.

"바빠, 나중에 시간 나면."

—아무리 바빠도 와야 할 거다, 니 애인이 애타게 기다리니까.

"뭐?"

—같이 있던 제이원 애들 둘은 죽었고… 어쩌지? 애인 지켜줄 사람이 없네?

"원하는 게 뭐냐?"

—이야기했잖아, 결판을 내자고. 자존심이 많이 상해서 말이야, 어딘지는 알지?

"그 여자한테 손대면 넌 죽는다."

—벌써 한번 죽었다 살아나서 그런지 별로 무섭지가 않네, 후후. 아가

씨 목에다 작은 선물 하나 걸어놓을 생각이니까 먼 데서 총 쏠 생각 같은 허튼 짓은 하지는 않는 게 좋아. 그리고… 빨리 오는 게 좋을 거다. 심심해지면 이 여자 옷부터 하나씩 벗길 거고, 다 벗기고 나면 내가 무슨 짓을 할지 나도 모르거든, 흐흐.

대답하지 않고 즉시 일어나 산비탈을 달리기 시작했다. 캠프 안에서 누가 죽든 이젠 관심 없었다.

묶인 손을 계속 틀어봤지만 통증만 점점 심해졌다. 눈을 가려놔서 어딘지도 알 수 없었다. 빗소리로 봐서는 주변에 아무것도 없는 공터라는 정도만 알 수 있었다. 몸은 사정없이 떨렸고 이빨까지 계속 부딪쳤다. 퍼붓는 빗줄기를 10분 넘게 고스란히 맞은 탓에 체온이 많이 떨어진 것 같았다.

'또 민폐네…'

하연수는 바닥에 뺨을 긁어 눈을 가린 안대를 조금씩 밀어올렸다. 한쪽이 올라가면서 드디어 앞이 보였다. 기지국에서 멀지 않은 비포장 주차장인데 뒤는 숲이었다. 그녀를 공격했던 두 놈은 어디에도 보이지 않았다.

그러나 손은 뒤로 묶였고 발도 묶여 있어서 움직일 방법이 없었다. 일단 굴러서 자세를 바로잡고 필사적으로 기었다. 놈이 없다면 숲으로 들어가 뭐든 이용해서 케이블타이를 잘라볼 생각이었다. 그러나 멀리 가지는 못했다. 뒤에서 철벅거리는 발자국 소리가 들려왔다.

"젖으니까 엄청 섹시한데?"

놈은 장난스럽게 그녀의 엉덩이를 툭 차서 옆으로 굴리더니 등을 찍는 것처럼 밟고 목에 뭔가를 채웠다. 잘 보이지는 않는데 허술한 플라스틱 케이스로 둘러싸인 원통인데 느낌은 꼭 목줄 같았다.

"이거 뭐야!"

놈의 귀에다 대고 악을 썼으나 놈은 신경도 쓰지 않고 케이스에 있는 액정 스위치 같은 걸 몇 번 눌렀다.

"조심해, 이거 시리아 IS 애들이 부비트랩으로 쓰던 약식폭약이야. 살상력은 비교적 부실한데 그래도 목 정도는 간단하게 날리더군, 지금부터 정확하게 10분 남았다. 그 안에 헌터가 오지 않아도, 이걸 풀지 못해도, 결과는… 붐! 흐흐."

놈은 한손으로 목이 잘리는 장면을 재현하면서 또 웃었다.

'리퍼…'

하연수는 피가 나도록 입술을 깨물었다. 장을 죽인 놈, 박민지와 강민태를 죽인 그놈이었다. 하지만 자신은 총 한 방 쏴보지 못하고 케이블타이로 손발이 묶여 있었다.

'죽일 거야…'

문득 경호팀 밴 뒤에 던져놓은 시체의 발이 보였다. 빗물에 흘러내린 피가 그녀의 발밑까지 붉게 물들이고 있었다. 놈이 손가락 하나로 그녀의 턱을 들고 눈을 정면으로 마주쳤다.

"금방 끝날 거야, 오래 기다리지 않아도 돼. 후후. 그리고….."

놈은 갑자기 발목에서 칼을 뽑더니 그녀의 티셔츠 앞섶을 아래에서 위로 잘랐다. 뒤에 있는 다른 놈의 시선도 그녀의 가슴에 고정되어 있었다.

"뭐하는 짓이야!"

악이 받쳐 소리를 질렀으나 놈은 신경도 쓰지 않고 브라까지 잘라버렸다. 그리고 또 웃었다.

"젖은 좀 빈약하네, 후후. 그래도 괜찮은 편이야, 흐흐."

놈은 찢어진 셔츠를 좌우로 벌려놓더니 그녀의 목에서 목걸이를 툭 뜯어내고는 치열을 모두 드러내며 징그럽게 웃었다.

"그대로 있어, 그래야 니 애인이 흥분해서 길길이 날뛰지. 후후."

"야 이 개새끼야! 그냥 죽여!"

놈은 또 히죽 웃었다. 그리고 가슴팍을 툭 걷어찼다.

"흑!"

정확하게 명치였다. 머리를 바닥에 박고 데굴데굴 구를 수밖에 없었다. 지독한 통증은 둘째 문제였다. 숨을 쉴 수가 없었다. 숨을 쉬려고 기를 쓰는 사이, 놈이 말했다.

"재칼, 이년 차 뒤로 데려가라. 싸움엔 끼어들지 말고."

"네."

재칼이라고 불린 놈은 거침없이 그녀의 머리채를 잡더니 질질 끌고 밴 쪽으로 걸었다. 숨도 못 쉬는 형편이라 속절없이 끌려가는 수밖에 없었다. 리퍼가 갑자기 너털웃음을 터트렸다.

"하하, 빨리 왔네. 탐스런 젖텡이 주무르면서 조금 더 놀고 싶었는데 말이야."

어렵게 발자국 소리가 나는 방향으로 몸을 돌렸다. 지독한 물안개 속으로 익숙한 형체의 그림자 하나가 느릿한 걸음으로 다가왔다. 비에 젖은 시커먼 후드를 눈높이까지 뒤집어쓴 사내, 차명석이었다. 이 와중에 맥없이 멋지다는 생각이 먼저 들었다.

'뭐하니?'

오지 말라고 소리를 지르고 싶었지만 폐 속의 공기는 단 한 줄기도 소리가 되어 밖으로 나오지 않았다.

차명석은 놈의 몇 미터 앞에 우뚝 멈춰섰다. 놈은 손에 아무것도 들고 있지 않았다. 목을 좌우로 꺾어 풀면서 웅크리고 있는 하연수를 힐끗 돌아보았다.

"좀 치사한 것 같은데?"

"흥분하라고 벗겨놨는데 성공했나?"

"성공했어."

"실패로군, 일단 총 버려. 저 년 모가지 날리기 싫으면."

놈은 빨간 스위치가 달린 작은 박스를 꺼내 흔들면서 말했다. 말없이 권총을 뽑아 멀리 던졌다.

"발목 백업도."

발목의 리볼버는 홀스터까지 풀어서 던져버렸다. 놈과 싸워야 한다면 가능한 무게를 줄여야 했다. 놈이 박스를 바닥에 내려놓더니 낯익은 목걸이를 늘어트리며 말했다.

"니가 준 거냐?"

"그런 거 같군."

"반응이 뭐 이래? 재미없는데?"

놈은 목걸이도 박스 옆에 내려놓고 시계를 봤다.

"이걸 누르면 저 아가씨 모가지는 바로 날아간다, 안 눌러도 7분 40초 후면 날아간다. 가져가 봐."

"미친놈, 뭘 증명하고 싶은 거냐?"

"내가 최고라는 거."

"미친놈이라는 건 증명했어."

놈도 허리에 걸어놓은 탄띠를 풀어서 멀리 던졌다. 진짜 주먹으로 해결하고 싶은 모양이었다.

"갈빗대 몇 개는 금갔을 건데 괜찮겠나?"

방탄복을 입었다고 해도 가슴 한복판에 최소 세 발이 명중했으니 갈비뼈 몇 개는 나갔을 거라는 생각, 상태를 알아보는 것도 나쁘지 않았다. 놈은 어깨를 앞뒤로 돌리며 히죽 웃었다.

"넌 내가 팔 하나 묶어놓고 해도 껌이야."

일단 총격 부위의 상태는 썩 좋지 않다고 봐도 무방했다. 장용민의 사무실에서 놈과 부딪쳤을 때를 떠올리며 다시 질문을 던졌다.

"그런데 누가 시켰지? 지금 널 죽일 건데 너 뒈지고 나면 고용주가 누군지 알아낼 방법이 없잖아."

"푸핫!"

놈은 말도 안 된다는 듯 웃음을 뿜었다. 그리고는 입술을 비틀었다.

"우린 돈만 받으면 돼. 고용주가 누군지는 알 필요도, 관심도 없어."

"강치훈은 용병을 고용할 만한 덩치가 아냐."

"그럼 아니겠지, 흐흐. 6분 50초, 시작할까?"

차명석은 천천히 후드티를 벗어 내려놓았다. 빗줄기가 옷 속으로 파고들었다. 호흡을 조절하면서 젖은 옷에 적응한 뒤, 한 발 앞으로 나섰다. 놈의 얼굴에 미소가 사라지고 눈빛에 날이 서기 시작했다.

'속전속결.'

절대 쉽지 않은 상대였다. 놈과 부딪쳤던 손발이 생생하게 기억하고 있었다. 마치 각목을 받아내는 듯한 감각이 아직도 손발에 남았다. 하지만 시간을 끌 수는 없었다. 시간 여유는 잘해야 3분, 그래도 아슬아슬했다.

놈은 느릿하게 바닥을 쓸면서 한 발 내디디더니 벼락같이 달려들었다. 재빨리 횡으로 돌았지만 놈의 역수도가 앞을 가로막았다. 한 팔로 걷어내고 방향을 바꿔 전진하면서 팔꿈치로 가슴을 노렸다. 부상을 입었다면 가장 타격이 큰 부위라는 판단, 놈은 무릎으로 막으면서 훌쩍 물러섰다.

"급한 모양이네? 흐흐."

즉각 따라붙었다. 체격이 그보다 커서 거리를 주면 안 된다는 생각, 어차피 시간도 없었다. 그런데 놈의 반응속도가 전보다 훨씬 더 빠르고 강력했다. 반사적으로 나오는 놈의 주먹을 더킹으로 흘리고 바짝 달라붙으면서 관절기로 가슴과 안면을 노렸다. 하지만 놈은 마치 그의 공격 방향을 다 알고 있는 것처럼 정확하고 빠르게 막아냈다.

이대로는 아니다 싶어 연속해서 대여섯 번을 부딪치고 일단 떨어져나왔다. 팔목과 정강이에 은은하게 통증이 남아 있었다.

'저 자식 뭐야?'

아픈 손을 털며 가쁜 숨을 가다듬는 순간, 놈의 주먹이 유령처럼 빗줄기를 갈랐다. 반사적으로 걷어내면서 동시에 수도로 목을 노렸다. 가로막혔다. 연결동작으로 팔꿈치로 턱을 노렸지만 또 막혔다. 동시에 놈의 무릎이 옆구리로 날아들었다.

'젠장!'

커버 위로 맞았는데도 숨이 턱 막혔다. 총상을 입었던 자리라 통증이 만만치가 않았다. 이를 악물었다. 다시 날아드는 주먹을 막고 잡아채면서 밀어붙였다. 그러나 밀리지는 않았다. 팔에 매달려 발을 걸면서 아예 몸을 던졌다. 같이 구르면서 팔을 꺾었지만 놈은 자연스럽게 몸을 뒤집어 빠져나오면서 어깨로 그의 턱을 강타했다.

'윽!'

다시 주먹이 날아왔지만 허리를 젖히면서 피했다. 동시에 놈의 가슴팍을 찼지만 놈의 발도 동시에 날아왔다. 한 바퀴 굴러 무릎을 꿇고 자세를 바로잡으면서 다시 튀어나갔다. 놈도 부딪쳐왔다. 근접거리에서 무지막지한 관절기를 줄기차게 주고받았다. 그런데 속도도 파워도 전부 밀렸다.

놈에게 충격을 줄 만한 정타는 단 한 방도 날리지 못했고 피로만 계속 쌓여갔다. 어디서든 전단을 구해야 했다. 순간, 눈앞에서 별이 번쩍 했다. 놈이 이마로 그의 턱을 들이받은 것, 일순 발이 허공에 뜨는 느낌이 들었다. 그리고 놈의 연타가 그의 턱과 아랫배에 작렬했다.

'헉!'

그대로 나동그라져 몇 바퀴나 구른 다음에야 겨우 무릎을 꿇을 수 있었다. 하지만 일어나기는 어려웠다. 눈앞이 지독하게 어두웠다. 놈이 한 발 다가서면서 옆구리를 정통으로 걷어찼다.

'제기랄.'

나뒹굴면서도 이를 악물고 비명을 삼켰다. 겨우 상체만 일으켜 팔을 짚었으나 다시 놈의 발차기가 안면으로 날아들었다. 양손으로 어렵게 막았다. 하지만 눈에서 불똥이 튀기는 마찬가지였다. 뒤로 나동그라졌다가 돌면서 다시 무릎을 꿇고 가쁜 숨을 몰아쉬었다.

"일어나, 전설이라면서."

다시 옆구리로 발등이 날아왔다.

'젠장!'

반사적으로 발을 잡으면서 놈의 디딤발 오금을 찍었다. 놈이 처음으로 신음을 토했다.

"큭!"

한바퀴 굴러 뒤로 넘어가는 놈의 사타구니를 오른발 발뒤꿈치로 내리찍었다. 놈은 와중에도 절묘하게 무릎을 틀어 가로막았다. 그는 다시 몸을 날려 체중을 전부 실은 팔꿈치로 가슴팍을 찍었다.

하지만 놈은 웅크리면서 그의 팔꿈치를 양손으로 가로막고 무릎으로 뒤통수를 노렸다. 놈의 상체를 타고 구르며 무릎을 피하고 동시에 놈의 관자놀이를 노렸으나 놈도 아크로바틱 묘기처럼 하체를 들어올리며 그를 쳐내버렸다. 몇 바퀴 구른 다음, 털썩 주저앉아 어렵게 호흡을 가다듬었다. 놈이 일어서며 말했다.

"아주 허당은 아니군."

"고용주가 누구냐? 최대수냐?"

"많이 궁금한 모양이군."

"궁금한 건 못 참아서."

"그럼 생각해봐, 레드라인 소유주가 누군가."

레드라인의 실질적 소유주는 한세인이었다. 그렇다면 이놈도 한세인이 고용했다는 이야기인데 얼핏 생각에도 말이 되질 않았다.

"개소리 치워라."

"사실을 이야기해주면 다들 저런다니까, 흐흐. 그 여자가 무슨 배짱으로 한국 대선판을 좌지우지하면서 설치겠어? 뒤에 뭐가 있으면 그게 되겠나?"

"CIA?"

"이제 머리가 좀 돌아가나?"

"한세인이 CIA라는 거냐?"

"멍청한 거야, 순진한 거야? 그 여자도 지 마음대로 하는 거 아냐, 미국이 원하는 걸 하는 거지. 개들이 한국 대선에 숟가락 없는 게 어제오늘 일 아니잖아?"

"거긴 관심 없어, 니가 내 친구를 죽였고 널 고용한 놈이 최대수라는 것만 명확한 사실이니까."

"그 영감이 고용한 건 맞아, 하지만 날 영감에게 보낸 건 다른 사람이지. 후후."

놈은 히죽 웃더니 시계로 눈을 가져갔다.

"딱 5분 남았다, 니 애인 살리려면 이런 헛소리 떠들 시간 없는 거 같은데?"

이를 악물고 일어섰다. 놈의 말이 맞았다. 지금 승부를 보지 않으면 모든 게 끝이었다. 이마로 흘러내리는 빗물을 닦아내고 크게 심호흡을 했다.

재칼이 두 사람의 싸움에 정신을 파는 동안, 하연수는 필사적으로 몸을 웅크려 케이블타이에 묶인 손목을 발밑으로 뺐었다. 하지만 신발에 걸렸다. 신발을 벗어버렸다. 그리고 다시 뺐었다. 이번엔 발 하나가 빠져나왔다. 다시 발 하나, 이제 움직일 수 있었다. 밴 밑에서 날카로운 돌

하나를 집어 필사적으로 발목의 케이블 갈아냈다. 손톱이 부러져 피투성이가 됐지만 케이블은 오래지않아 잘려나갔다.

'됐어!'

재칼은 아직도 싸움 구경에 정신이 팔린 상태였다. 그녀의 눈도 자연스럽게 공터로 돌아갔다. 차명석과 리퍼는 정말 무시무시하게 부딪치고 있었다. 영화 속에서 보던 격투장면과는 판이하게 다른 모습, 방어는 무시하고 오로지 상대를 죽이겠다는 일념밖에 보이지 않는 공격일변도의 살벌한 싸움이었다. 그리고 마지막으로 치닫고 있었다.

'살려면 이 자식부터…'

재칼부터 살폈다. 손엔 권총이 들렸고 허벅지에도 군용대검을 달고 있어서 단숨에 끝내야 했다. 하지만 주변에 딱히 무기가 될 만한 건 없었다. 보이는 거라곤 바닥에 깔린 자갈이 전부였다.

'기회는 딱 한 번.'

차분하게 차명석과 훈련했던 기억을 떠올렸다. 연습은 지겹도록 했지만 단 한 번도 실행해보지 못한 진짜 살인기술을 써야 할 때가 온 셈이었다. 거리는 5미터 남짓, 고민할 여유는 없었다. 그대로 뛰었다. 마지막 순간에 땅을 박차고 전력으로 공중돌기를 하면서 어깨높이까지 도약했다.

목을 발로 거는 데까지는 깔끔하게 성공, 뒤는 운명에 맡기는 수밖에 없었다. 묶인 양손으로 목을 틀어잡으면서 모든 체중을 실어 있는 힘껏 몸을 틀었다.

빠각!

어깨가 바닥에 닿는 순간, 놈의 목에서 섬뜩한 파열음이 터졌다. 시도하면서도 반신반의했는데 놈의 목은 진짜 기괴하게 돌아가버렸다. 어렵게 놈을 밀어내고 손에서 권총을 빼앗아 들었다.

차명석은 한쪽 무릎을 꿇고 가쁜 숨을 몰아쉬었다. 온몸이 비명을 지르고 있어서 일어서는 것도 힘에 부쳤다. 부어오른 한쪽 눈도 제대로 보이지 않았다. 어렵게 일어서자 리퍼가 한쪽 다리를 절면서 달려들어 다시 주먹을 날렸다. 양손으로 블로킹하면서 놈의 허리를 끌어안고 같이 쓰러졌다. 놈이 힘없는 니킥으로 그의 옆구리를 쳐올리면서 낄낄댔다.

"크흐, 이런 개싸움 오랜만이네."

대답하지 않았다. 대답할 여력도, 시간도 없었다. 놈의 팔 하나를 잡고 아랫배를 전력으로 차내며 암바를 걸었다. 그러나 놈은 절묘하게 몸을 뒤집어 빠져나갔다. 다시 턱을 찼지만 팔에 걸려 빗나갔다. 한 바퀴 굴러 물러나 숨을 골랐다.

'끝내야 돼.'

이제 몇 분 남지 않았고 체력도 바닥이었다. 어떻게든 여기서 승부를 내야 했다.

숨을 고르자마자 일어서는 놈의 정면으로 돌진했다. 놈은 먼저 공격을 시도하리라고는 생각하지 못했는지 한 발을 뒤로 내면서 주먹을 뻗었다. 충돌에 대비하는 자세인 셈, 주먹을 걷어내면서 어깨로 가슴을 들이받고 넘어가면서 발목 안축을 전력으로 찍었다.

"큭!"

이미 움직임이 부자연스럽던 발목이었다. 놈은 중심을 잃고 휘청 밀려났다. 그의 등에 내리꽂힌 팔꿈치에도 힘이 실리지 않았다. 대신 놈은 한쪽 손으로 허리를 잡고 뒤집기를 시도했다.

'그건 아니지.'

놈의 무릎 안축에 발을 걸면서 계속 밀어붙였다. 놈은 뒤집지 못하고 그대로 엉덩방아를 찧었다. 처음이자 마지막 기회, 놈의 상체 위를 구르면서 백스핀으로 팔꿈치를 놈의 안면에 찍었다.

쩍!

드디어 손맛이 잡혔다. 줄기차게 얻어맞다가 딱 한 방 정타가 들어간 셈, 더도 필요 없었다. 즉각 돌면서 놈의 한쪽 팔을 다리 사이에 끼워 놈의 등에 고정하고 동시에 왼팔로 머리를 뒤로 꺾으면서 아예 누워버렸다.

놈은 물구나무서듯 하체를 들어 올리려 했다. 오른발을 배 위로 올려 누르면서 일순 노출된 놈의 목에 전력을 다한 수도를 내리쳤다. 놈의 손발에서 힘이 순간적으로 빠져나갔다. 다시 한 번 목을 내리쳤다. 비명은 없었다. 다시 한 번 강타, 놈은 더 이상 움직이지 않았다.

꼬인 팔과 다리를 어렵게 풀어 밀어내고 그대로 누운 채, 거칠게 숨을 몰아쉬었다. 더는 손가락 하나도 움직일 힘이 없었다. 놈의 상태를 다시 확인하고 고개만 돌려 놈이 내려놓은 스위치의 위치를 가늠했다.

'연수.'

시간이 얼마나 남았는지 알 수 없지만 무조건 기었다. 도저히 일어설 수는 없고 기는 수밖에 없었다. 기다가 팔이 꺾여 엎어지기를 몇 번이나 하고나서야 겨우 목걸이와 스위치를 집었다. 그런데 하연수가 보이지 않았다. 그녀를 끌고 갔던 놈도 마찬가지였다. 돌아누우면서 반대쪽을 살폈지만 빗줄기와 물안개뿐이었다.

'젠장!'

순간, 발치 쪽에서 총성이 터졌다.

캉!

급히 상체만 비틀어 총성이 들린 방향으로 고개를 돌렸다. 리퍼가 털썩 무릎을 꿇고 있었다. 얼핏 광대뼈 한쪽이 절반 쯤 날아간 것 같았다.

놈의 어깨너머로 피투성이가 된 하연수가 보였다. 맨발에 옷도 다 찢어졌고 손도 케이블타이로 묶인 상태인데 권총은 악착같이 쥐고 있었다.

"빨리⋯."

오라고 손짓을 하고 리퍼가 던져놓은 탄띠를 집었다. 탄띠에 매달린 물건 중에 단검 같은 쓸 만한 물건이 많았다. 급히 달려온 하연수를 앉혀놓고 목에 걸린 폭탄의 액정부터 확인했다. 남은 시간은 겨우 35초였다. 단순하고 조악한 IED(급조폭발물)인데 막무가내로 조립 부위를 뜯어내면 폭발할 가능성이 높았다.

길게 고민하지 않고 단검으로 즉시 액정 뒤의 플라스틱 커버를 뜯어냈다. 김석진에게 사진이라도 보내고 해체방법을 알아보고 싶었지만 시간이 너무 없었다. 액정에는 빨간색과 검은색 두 가지 전선만 연결되어 있었다. 너무나 단순한 형태, 하지만 뭘 먼저 끊어야 할지는 알 수 없었다. 그저 기초만 생각하고 배선을 끊는 수밖에 없었다. 급히 하연수의 이마에 키스하고 농담을 던졌다.

"나랑 죽을래, 나랑 살래?"

"네?"

"딱 30초 남았어, 확률은 반반이고, 성공하면 나랑 사는 거야."

"이 남자 뭐지? 이렇게 엄청 촌스런 프로포즈하기 있어요?"

하연수도 농담으로 받았지만 긴장한 기색이 역력했다. 그가 농담을 던지면 위험한 상황이라는 걸 아는 탓일 터였다.

"20초 남았어, 대답해."

"나 명석 씨 믿어요."

"나랑 살 거냐니까?"

"살 거야, 해요."

대답을 듣고 나서야 녀석의 손을 끌어다 같이 케이스를 잡고 배선에 칼을 댔다. 확률은 생각하지 않았다. 그냥 끊었다. 그런데 액정의 시간은 계속 줄어들었다.

'젠장!'

남은 시간은 9초, 더 고민하지 않고 나머지 선도 잘랐다. 시간 4초, 계속 줄었다. 즉각 조립부를 뜯어 던져버리고 하연수를 끌어안으며 엎드렸다.

파직!

폭음은 생각보다 작았다. 비가 워낙 많이 와서 장약이 젖은 모양이었다. 한숨 돌리고 상체를 일으키자 하연수가 감았던 눈을 가늘게 뜨며 말했다.

"나 아직 인사 못 받았는데?"

"무슨 인사?"

"목숨도 구해주고 같이 살기도 해주기로 했는데 감사합니다가 없어서, 흐흐."

"간이 배 밖으로 나왔는데?"

"몸매 감상 그만하고 이거나 풀어줘요."

하연수가 묶인 손을 내밀었다. 하지만 가슴만 내려다보며 씩 웃었다.

"변태아재, 풀어달라니까?"

조금 더 시간을 끈 다음, 케이블타이를 자르고 일으켜 세워 끌어안았다.

"다친 데 없어?"

"괜찮아요, 명석 씨처럼 신나게 얻어맞지 않았거덩."

"헐."

쓰게 웃으면서 벗어던졌던 후드티를 집어 건넸다. 그리고 김석진을 호출했다.

"석진아, 어떻게 돌아가나?"

대답이 없었다. 이상하다 싶어 공용채널로 돌아가 한세인을 호출했으나 역시나 응답이 없었다. 제이원 경호팀들도 마찬가지였다.

'EMP?'

작전에 없던 대규모 전파방해가 시작됐다면 정보기관이 본격적으로 움직였다는 뜻, 내부 상황이 궁금했다.

"일단 넌 집으로 가서 석진이 데리고 나와, 비상시 프로세스 기억하지? 타고 온 차는 강에 유기하고 예비용 차량 타고 집으로 직행해."

"명석 씬? 도로 들어가려고?"

"그래."

"같이 가면 안 돼요?"

"안 돼, 집에 가서 당장 석진이 데리고 나와야 돼."

놈의 말이 사실이든 아니든 김석진은 데리고 나와야 했다.

"혼자서 어쩌려고?"

"말했지, 나 혼자면 날 죽일 수 있는 사람 없어. 가, 내 배낭 꺼내고 전화기는 4번 써. 석진이 빼내는데 성공하면 일단 상봉동 모텔촌에 사흘만 방 잡고 잠수해라."

가장 잘 아는 동네에 숨겠다는 생각이었다. 거기라면 하연수 혼자서도 쉽게 잡히지 않을 것 같았다. 하연수는 실망스런 표정을 보였지만 이내 고개를 끄덕였다.

"죽으면 안 돼, 죽음 내가 죽여버릴 거야."

"그거 재방송이다."

아픈 입술을 억지로 비틀어 웃어주고 떨리는 다리에 힘을 줬다. 쉽지는 않았다. 그래도 일어나 부축하는 하연수에게 가볍게 키스를 했다.

"가, 빨리."

하연수는 몇 번을 돌아보면서 밴으로 뛰어갔다. 그리고 제법 능숙하게 밴을 몰아 국도로 내려갔다.

물안개 속으로 스며든 밴의 붉은 빛이 완전히 사라진 다음, 되짚어 캠프 쪽으로 걸었다. 온몸의 근육이 모조리 비명을 질렀지만 무시했다. 지금은 통증에 신경 쓸 여유가 없었다. 그런데 어디선가 우르릉거리는 엔진소리가 들렸다.

'응?'

묵직한 덩치의 MTV 몇 대가 나트막한 언덕을 넘어 주차장으로 들어왔다. 재빨리 산기슭에 달라붙어 자세를 낮췄다. 그런데 몇 미터 앞에서 멈춰선 MTV에서 내린 건 한세인이었다. 중무장한 용병 서너 명이 좌우로 전개하고 몇 명은 그를 향해 다가왔다. 그가 일어서자 한세인이 말했다.

"다친 모양이네요?"

"견딜만 합니다, 여긴 왜 왔습니까?"

"밥캣은 어디 있어요? 괜찮나요?"

"안 괜찮습니다, 내가 너무 오래 걸렸습니다."

일단 하연수는 죽은 것으로 밀어붙였다. 만일 한세인이 진짜 CIA라면 끝까지 아군이 되진 않을 것 같았다. 그가 죽은 리퍼를 돌아보자 한세인이 어깨 위로 손짓을 했다.

"안타깝네요, 미안해요. 대신 선물 하나 하죠, 데려와."

"네."

용병 하나가 MTV 뒤에 웅크리고 있던 사내를 끌어다 그의 앞에다 무릎을 꿇렸다. 얼굴이 잔뜩 부은 최대수였다.

"사…살려줘, 한 대표. 이러면 너도 죽어."

최대수의 다급한 말에 한세인이 웃으며 대꾸했다.

"당신 목숨은 내 거 아니야, 저 사람 몫이지."

"뭐?"

한세인은 더 대꾸하지 않고 그에게 권총 한 자루를 내밀었다.

"끝내요, 헌터."

"인사는 생략하겠습니다."

권총을 받아들고 최대수의 미간에 총구를 들이댔다.

"왜 내 친구들을 죽였지?"

"자…자네 친구를 죽이다니? 난 아무도 죽이지 않았어."

"다시 묻겠다, 강민태 경장, 박민지, 장용민 변호사, 왜 죽였나?"

"난 그런 사람들 몰라, 그런 적 없어."

"모르면 기억해라, 니가 죽인 사람들이니까."

방아쇠를 절반쯤 당겼다가 이를 악물고 총구를 내렸다. 이렇게 끝내는 건 놈에게 너무 관대한 처분 같았다. 하지만 다른 방법도 없었다. 그가 망설이자 한세인이 다시 말했다.

"빨리 끝내요, 시간 없어."

더 생각하지 않고 그대로 방아쇠를 당겨버렸다. 이게 가장 깨끗한 방법이었다.

쾅!

놈의 머리가 푹 꺾였다. 뒤로 넘어가는 놈의 가슴팍에 권총을 던져버리고 한세인과 눈을 마주쳤다.

"최순영은 죽었습니까?"

"그렇겠죠, 실내에서 무려 C—4 20킬로그램이 터졌으니까."

"그럼 끝이군요. 수습은 어떻게 할 겁니까? 제아무리 CIA라고 해도 이런 거물들을 암살하고 조용히 넘어가길 기대하진 않을 것 같은데?"

은근슬쩍 CIA라는 단어를 던졌는데 한세인의 표정은 변화가 없었다. 대신 쓰고 있던 우비의 모자를 뒤로 젖혔다.

"책임질 사람은 있어야겠죠, 우선은 죽은 준의 흔적을 남겨야 할 것 같고… 그리고 미안하지만 헌터도 일부 책임을 져야겠어요. 이유야 어쨌든 사람을 죽였으니 그에 대한 책임은 져야죠, 안 그래요?"

눈을 가늘게 떴다. 주변 용병들의 총구 네 개가 모두 그를 향해 있었다.

"CIA가 지저분한 놈들이라는 생각을 미처 못 했네."

"엄밀하게 말하면 CIA는 아니죠, 내 직업이 컨설턴트라는 걸 기억하세요. 조건만 맞으면 누구와도 거래가 가능하답니다."

"처음부터 나도 죽일 생각이었나?"

"너무 섭섭하게 생각하지 말아요, 헌터 당신도 쓸모가 많이 남아 있는 내 사냥개를 둘이나 죽였잖아요. 그리고… 사람이든 물건이든 유통기한이 끝나면 폐기가 순서랍니다."

"민태도 당신이 죽인 건가?"

"그건 최대수 후보와 내 사냥개가 한 일이죠, 난 사냥개를 최대수 후보에게 잠시 빌려준 것뿐이랍니다. 참, 석진 군은 살려줄게요. 그 아이는 유통기한이 많이 남아서… 후후. 마지막으로 석진 군에게 전해줄 말이라도 한마디 해요, 지루해도 들어줄 테니까."

쓰게 웃으며 용병들의 위치를 다시 확인했다.

'쏘기 전에 한세인을 잡을 수 있을까?'

어려웠다. 훈련된 용병들을 상대로는 무리였다. 일반 경찰관이나 폭력배 같으면 방아쇠를 당기기 직전의 한 순간 망설임을 이용할 수 있겠지만 이놈들은 한 치의 망설임도 없이 당길 수 있는 자들이었다. 게다가 한세인 본인도 만만한 상대가 아니었다.

다른 선택은 최대수의 시체였다. 덩치는 크지 않지만 방패로 쓰기에는 무리가 없었다. 가슴에는 던져놓은 권총도 있고 거리도 가까웠다. 가능하다는 생각을 하면서 다시 거리를 가늠했다. 순간, 느닷없이 용병 한 놈의 머리가 터져나갔다.

"컥!"

놈은 그대로 무너졌고 잇달아 다른 하나의 가슴팍에서 피보라가 날렸다. 상황은 삽시간에 난장판으로 변해버렸다. 한 놈이 더 고꾸라지고 나머지 용병들의 총구가 일제히 배후의 숲으로 돌아갔다.

카카캉!

차명석은 즉시 죽은 최대수의 뒤로 몸을 날리며 권총을 잡았다. 그리고 가장 가까운 놈의 등에 총탄을 박았다.

"컥!"

바로 총구를 돌렸으나 한세인은 그 자리에 없었다. 이미 MTV 쪽으로 뛰면서 그를 향해 거침없이 권총을 쏘고 있었다. 남은 용병들도 사방에다 소총을 난사하면서 그녀를 따라 뛰었다.

'저격수?'

MTV에 도착하기 전에 한 놈이 더 쓰러졌다. 시동을 거는 와중에 한 놈이 더 고꾸라지고 MTV 세 대가 급격하게 방향을 틀었다. 전부 여섯 명쯤 남은 것 같은데 총탄은 MTV를 집요하게 따라갔다.

픽!

한 대가 바퀴를 들며 경사로를 굴렀다. 다른 한 대는 주차장을 채 벗어나지 못하고 스로틀을 잡은 놈이 굴러 떨어졌다. 마지막 한 대만 빠르게 물안개 속으로 사라졌다. 한세인이 탄 MTV였다.

차명석은 주변에 떨어진 자동소총을 집어들고 남은 MTV에 올라타 시동을 걸었다. 누가 그를 도왔는지는 궁금하지 않았다. 어차피 사방에 적이 널렸으니 누구에게 총구를 돌려도 하등 어색할 일이 없었다.

무조건 가속했다. 저격수가 그를 쏠 가능성도 없지 않기 때문, 하지만 총탄은 그를 따라오지 않았다.

한세인이 탄 MTV는 국도를 따라가다가 갑자기 방향을 틀더니 강변에 난 좁은 산책로로 내려가면서 속도를 높였다. 그도 스로틀을 끝까지 당겼다. 여기서 한세인의 발목을 잡아야 하연수가 김석진을 빼낼 시간을 벌어줄 수 있다는 판단, 어떻게든 잡아야 했다. 그러나 거리는 도무지 좁혀지질 않았다.

'젠장.'

흐릿한 붉은 빛을 조준해서 방아쇠를 당겼다.

타타탓!

세 번에 끊어서 탄창에 남은 실탄을 모두 비워버리고 소총을 강에 던졌다. 권총을 뽑아 또 당겼다.

'지랄이네.'

더럽게 안 맞는다는 생각을 떠올리는 순간, 갑자기 비명이 터지고 붉은색이 사라졌다. 스로틀을 놓으면서 MTV를 찾았다. 그러나 어디에도 보이지 않았다. 일단 MTV를 세우고 조심스럽게 강을 따라 걸었다. 강에 빠졌다는 판단, 50미터쯤 걷고 나서야 강변에 사체가 보였다. 용병이었다. 한세인은 보이지 않았다.

'제기랄!'

하연수는 성북동 집 진입로에 차를 세우고 한동안 생각했다. 솔직히

부담스러웠다. 며칠 전부터 정보기관 차량으로 보이는 밴 한 대가 진을 쳤고 경찰차량도 매일 골목 입구에 대기하는 형편이었다. 하지만 어떻게든 들어가야 했다. 잠수를 타더라도 김석진을 데리고 가야 했다.

그래도 앞이 보이지 않을 만큼 지독하게 퍼붓는 폭우 덕분에 올라가다가 잡힐 일은 없을 것 같았다. 일단 골목을 올라가면서 경호팀에 전화를 걸었다.

"밥캣이다, 지금 들어간다. 3분, 차량 출입문 개방하도록."

—알았다, 준비하겠다.

정보기관 차량은 무시하고 곧장 집으로 들어갔다. 차를 세우자 경호원이 우산을 들고 나와 인사를 건넸다.

"수고하셨습니다."

집에 남은 경호팀은 돌아가는 상황을 전혀 모르는 것 같았다. 바로 본채로 들어가 거실 책장 옆에 있는 그림 앞에 섰다.

'뭐지?'

안에 김석진이 있다면 문을 열어줬을 텐데 문은 요지부동이었다. 들어갈 때 봤던 문의 두께를 고려하면 강제로 여는 방법은 없을 것 같았다. 일단 그림 위에 있는 초소형 카메라를 올려다보고 말했다.

"석진아, 열어."

뭔가 방법이 있나 싶어 그림 표면을 살피려는데 밖에서 느닷없이 비명소리가 들렸다. 재빨리 창으로 다가가 커튼을 살짝 걷었다. 시커먼 타격대 복장의 사내들이 담을 넘어 진입하고 있었다.

'어쩌지?'

달아나야 하는데 김석진을 꺼낼 방법이 없었다. 일단 차명석이 쓰던 방으로 들어가 침대 밑에서 배낭을 꺼냈다. 권총 두 정에 탄창을 끼워서 허리춤에 챙기고 배낭을 멨다. 밖에선 급기야 총성이 터지기 시작했다.

'패닉룸이 있었는데….'

일단 나가서 패닉룸이 있는 계단 뒤로 뛰었다. 그런데 계단 아래의 나무로 만든 서랍장 세트 중 일부가 스르르 밀려나오고 있었다. 재빨리 총을 뽑으면서 무릎을 꿇었다. 한 사람이 겨우 드나들 수 있을 만한 공간이 열리고 반가운 얼굴이 빼꼼히 고개를 내밀었다.

"어우… 누나 꼴이 그게 뭐야?"

김석진은 나오지 않고 들어오라는 손짓을 했다. 두말없이 서랍장 사이로 들어갔다. 내부는 비좁은 계단이었다.

"시끄럽길래 나와 봤지, 흐흐."

"어떻게 된 거야? 왜 연락이 안 돼?"

"앨리스가 시스템 보호모드에 들어간 거 같아. 외부전파, 전원 모두 차단됐어."

"외부에서 차단한 게 아니고?"

"그런 거 같아, 예비전력까지 다 차단돼서 문도 열리지 않고 몇 시간 지나면 산소부족으로 죽겠더라고. 그래서 얘랑 한바탕했지, 원래 내가 컴퓨터랑 싸우는 건 세계 최고잖아, 크크."

"싸워?"

"안에서부터 몽창 다 뜯었어, 흐흐."

"앨리스 기능 완전히 정지야?"

"응, 통제실 바로 뒤가 앨리스 본체가 설치된 방진, 방습 공간인데 완전 셧다운임. 들어가느라고 내가 힘 좀 썼스. 근데 앨리스 이거 전력 엄청나게 잡아먹는 거 같더라, 흐흐."

"일단 나가자, 여기 공격당하는 거 같아."

"공격?"

"그 언니도 연락 두절이야, 명석 씨가 여기서 나가라고 했어."

"형은 어딨는데?"

"상황 파악한다고 캠프에 남았어, 연락은 안 되고."

"그 아줌마는? 죽은 거야?"

"몰라."

"흠… 그럼 앨리스 데려가자."

"뭐?"

"앨리스가 보호모드에 들어갔다는 건 그 아줌마가 사망에 준하는 상황일 가능성이 높다는 이야기잖아, 주인이 없으면 가져가는 사람이 임자지."

"어떻게 가져가?"

"간단해, 메인CPU를 분리해서 가져가자는 거임. 요거이 최근에 개발된 AI급이라 나도 개략적인 이론하고 논문만 봐서 잘은 모르는데…."

"야, 외계어 닥치고 나가자. 빨리."

"벌써 분해해놨어, 그리고 외부로 나가는 길 따로 있어, 아까 여기저기 뒤지다가 봐뒀거덩."

"그럼 앞장서."

"넵."

김석진은 반신반의하는 그녀를 끌고 어두운 계단을 한참 내려갔다. 계단 끝은 김석진의 말대로 앨리스의 컴퓨터실 같았다. 한눈에 봐도 앨리스를 보조하는 시스템이 슈퍼컴퓨터 수준의 대형 컴퓨터라는 걸 알 수 있었다. 여덟 개의 컴퓨터 캐비닛이 책꽂이 형태로 차곡차곡 들어선 모습, 그중 두 개는 패널이 뜯겼고 카트리지 형태의 대형 블록을 대략 열 개쯤 빼놓은 것 같았다.

"저거야, 누나 배낭 줘."

"아 씨, 얘도 똥고집이네."

김석진은 빼앗듯 배낭을 가져다 블록을 집어넣더니 자신의 손가방에는 모양이 좀 다른 블록 두 개를 아주 조심스럽게 집어넣었다. 순간, 머리 위에서 묵직한 폭음이 터졌다.

쿵!

이젠 폭약까지 동원한 모양이었다.

"빨리! 나가야 돼!"

"알았어! 이쪽!"

배낭만 대충 둘러메고 김석진이 가리키는 방향으로 뛰었다. 어둡고 긴 통로였다.

길을 잃다

비는 이틀째 계속 내렸다. 아침부터 비 피해 보도가 TV 화면을 장식했고 급기야 한강 수위를 걱정하는 기사가 나오기 시작했다.

"윽."

하연수는 어깨에 파스를 붙이려고 손을 들었다가 오만상을 찌푸렸다. 동네 병원에서 미국여권을 내밀고 간단한 응급조치를 받고 처방약도 먹었지만 통증은 여전히 심했다. 손목과 발목에 딱지 않은 상처가 잔뜩이고 팔다리 근육도 여기저기 시커멓게 죽어서 손가락 하나 까딱하기도 힘이 들었다.

"이리 줘요."

김석진이 의자 뒤로 돌아가더니 파스를 빼앗았다.

"어디야?"

"여기."

그녀가 어깨의 아픈 부위를 가리키자 붙이면서 다시 말했다.

"형은 걱정 마요, 그 인간 지옥에서도 멀쩡하게 돌아올 독종이니까."

위로라고 한 모양인데 걱정은 더 됐다. 성북동 집에서 탈출한지 만 하루가 지났는데도 연락은 여전히 두절이고 매스컴에도, 온라인에도 총격전에 대한 이야기는 한마디도 없었다. 당연히 두 사람의 생사여부도 알 수 없었다.

"매스컴은 누가 막는 거겠지?"

시내 주택가 한복판에서 폭약까지 동원한 총격전이 벌어졌고 레드캠프에서는 최대수와 최순영 같은 거물들이 포함된 대규모 총격전이 벌어졌는데 보도가 되지 않는 건 누군가 조직적으로 손을 댔다는 뜻이었다.

"당근 말밥, 이 대목에서 빡치는 게 지금 내 컴들이 없다는 거쥐. 집에만 가면 싹 다 뒤집어엎을 건데… 딘장."

"밥이나 먹자, 점심 뭐 먹을래?"

"또 짜장은 그렇고, 밥 먹읍시다."

"그래."

전단지에 있는 번호를 확인하려는데 새로 꺼낸 전화기가 처음으로 울렸다. 급히 침대로 달려가 전화를 받았다.

"명석 씨? 어디야? 괜찮아?"

─괜찮아, 모텔 어디냐?

"라인모텔, 401호. 인근에서 젤 후진 데 같아."

―잘했다, 금방 간다.

"넵."

차명석은 다리를 끌면서 엘리베이터에서 내렸다. 로비에서 자연스러워 보이기 위해 무리해서 걸었더니 통증이 조금 심해진 것 같았다. 그래도 엘리베이터 바로 앞이 401호라 다행이었다. 아예 문을 열고 기다리던 하연수가 재빨리 뛰어와 부축했다.

"많이 다쳤어요?"

"괜찮아."

"약은?"

"나중에, 들어가서 이야기하자."

"네."

들어오자마자 두 사람이 눈빛으로 질문을 무수히 던졌지만 무시하고 침대에 누워 눈을 감아버렸다. 도무지 뭐가 어떻게 된 건지 정리가 되질 않았다. 입력된 정보가 너무 없었다.

일단 최대수는 죽었다. 최순영은 몰라도 최대수만큼은 직접 쐈으니 확실히 죽었다. 최순영도 죽었다고 보는 편이 합리적이다. 애당초 한세인의 목표가 최순영이고 꼼꼼하게 폭약도 설치했으니 가능성이 높았다.

한세인은 살아서 어딘가에 잠적했다고 보아야 하는데 성북동 집을 정보기관이 장악한 형편이라 잠적한 장소를 예측하기는 어려웠다.

'기다려야 하나?'

가능한 선택지는 두 가지였다. 상황에 변화가 생길 때까지 깊이 잠수하거나 본격적으로 한세인을 찾아나서는 방법, 그러나 둘 다 마음에 들지 않았다. 눈을 감은 채 혼잣말처럼 중얼거렸다.

"일단 잠수다."

고개만 돌려 두 사람과 눈을 마주쳤다. 하연수가 궁금해 미치겠다는 표정으로 물었다.

"어떻게 됐어요?"

"최대수는 죽었어, 최순영도 죽은 걸로 보인다. 시체는 보지 못했고… 한세인은 살아 있을 거다."

말을 하면서도 저절로 미간이 좁혀졌다. 아무리 생각해도 한세인이 잠적한 이유가 궁금했다.

"성북동 나올 때 상황 설명해봐."

"차가 많이 막혀서 집까지 한 시간 넘게 걸렸는데 그때까지 변화가 없었어요, 도착해서 집에 들어가자마자 외부에서 침입자가 있었고 그걸 피해서…."

설명은 길었다. 그러나 내용은 간단했다. 성북동 집이 공격당했고 그걸 피해서 달아났다는 이야기가 전부였다. 당연히 새로운 정보는 없었다. 이러면 결론은 하나였다.

"둘 다 앉아봐."

"응."

김석진도 침대로 건너와 발치에 앉았다. 눈을 감은 채, 말을 이었다.

"석진이 넌 지금 빠져라, 여권 만들어줄 테니까 유럽이나 호주로 가서 당분간 돌아오지 마. 일 끝내고 우리도 갈게."

"뭐?"

"최순영과 최대수가 죽었다, 무슨 뜻인지 몰라? 대한민국을 좌지우지 하던 엄청난 거물 두 사람이 총격으로 죽었어. 솔직히 지금 우리 목이 붙어 있는 게 기적이다. 이미 죽은 목숨이라고 봐도 무방하다는 이야기야, 만일 기관에 잡히면 최선이 무기징역일 거다. 그래서 떠나라는 거야."

말이 끝나기가 무섭게 김석진이 잘라 말했다.

"싫어."

똑같은 질문과 대답이 몇 번 더 이어졌다. 그리고 그 끝에다 녀석이 항상 입에 달고 살던 말을 덧붙였다.

"재미가 없으면 사는 게 사는 게 아니잖아, 흐흐. 재미는 같이 보자고, 글고… 한세인 그 여자랑 붙는 거면 나 없이 어려워."

대답을 삼키고 한참을 생각하다가 포기해버렸다. 녀석이라면 문제가 생겨도 그럭저럭 빠져나갈 수 있을 것 같았다. 잡은 하연수의 손에 힘을 주고 정리했다.

"이렇게 하자. 일단 기본은 잠수다. 기다리면서 돌아가는 상황을 지켜본다. 석진이 넌 필요한 물건들 사서 간이로 시스템 구축해."

"사면 시간 좀 걸릴 건데? 프로그램도 좀 그렇고… 집에 있는 거 가져오면 안 돼?"

"안 돼, 전부 새로 사. 지금은 위험을 감수할 수 없다. 돈은 필요한 만큼 이야기해라, 줄게."

"나도 돈은 있거덩? 문제는 시간이야. 프로그램은 원격으로 빼온다 치고… 하드웨어 일부만 새로 산다고 해도 주문에만 오래 걸리는 거 많아, 최소 일주일 이상이야."

"괜찮아, 어차피 새 집 알아보려면 시간 걸리니까."

"오키, 알았음. 근데…."

"왜?"

"내가 진심 빠쳐서 어제 밤 샜거든? 앨리스 하드를 하나하나 내 노트북에 연결해서 패스워드 풀려고 별짓을 다했는데 하나도 못 풀었어, 찾아낸 거라고는 달랑 외부로 전송된 기록 하나야. 어제 녹화된 영상 일부인데 어디로 갔는지는 알 수 없어."

"수고했다, 한세인이 CIA일 가능성이 높으니 전송했다면 거기겠지."

"헐, 대박. 그 여자 CIA야?"

"리퍼가 한 말인데 정황상으로 보면 맞는 거 같다. 미국이 한국 이너서클을 흔들어야 할 이유가 있다는 뜻이고 김영욱 후보를 선호한다는 의미야. 최대수는 이미 죽었고 원탁은 파괴되거나 미국의 입맛대로 요리될 거야."

"그럼 어떻게 해?"

"집에 못 가는 거지, 나중에 생각하자… 내 가방 가져왔어?"

눈을 돌리자 하연수가 고개를 끄덕였다.

"그럼 됐다, 난 일단 좀 자야겠다."

"병원 안 가요?"

"가 봐야 별 거 없어, 주사나 한 대 놔주겠지."

"그래도 가요, 그냥 계단에서 굴렀다든가 동네 깡패들한테 맞았다고 그럼 되잖아. 다리 절룩거리면서 어쩌려고 그래! 인나요."

하연수가 옆으로 앉으며 닦달했지만 그냥 눈을 감아버렸다. 그리고 곧장 잠에 빠져들었다. 솔직히 폭우 속에서 24시간 넘게 눈 뜨고 버틴 것만 해도 신기했다.

"최순영 부고 기사 떴어."

김석진의 말에 하연수가 재빨리 식탁 앞으로 건너갔다.

"진짜?"

"어제 지병으로 사망한 걸로 발표했네. 내일 오전 9시 발인이고 장지는 청계산 가족묘지, 영결식 가족묘지에서 엄수."

무려 닷새가 더 지났으니 사망시점을 많이 늦춘 셈, 재미있는 건 김영욱이 아니라 최 씨 일가의 가족묘지라는 점이었다.

"명석 씨! 들었어요?"

차명석은 옮기던 박스를 내려놓고 김석진이 돌려놓은 노트북 화면으로 눈을 돌렸다. 드디어 변화가 생긴 것, 김석진에게 필요한 장비 구입은 그럭저럭 끝냈고 임시지만 시스템을 구성하기 시작했으니 이제 움직여도 될 시점이었다.

"연수야, 외출준비. 등산복."

"오키, 알았슴당."

요즘 들어 하연수도 '오키'라는 대답을 자주했다. 며칠 김석진과 같이 있더니 말투가 전염된 모양이었다.

옷을 갈아입으면서 부지런히 머릿속을 정리했다. 최순영이 진짜 죽었는지는 분명 확인이 필요하다는 생각, 김영욱은 아들이니 당연히 나타날 것이고 한세인도 얼굴을 내밀 가능성이 아주 높았다. 위험하겠지만 뭐가 어떻게 돌아가는지, 누가 죽었고 누가 살았는지 보려면 가야 했다.

"석진아, 오늘 중으로 CCTV 업체 불러다 시공해, 뭐가 나타날지 모르니 철저히 몸 사리고."

새 집은 상업지구 안에서 선반 몇 대를 놓고 볼트를 깎던 작은 공장이었다. 임시로 빌리긴 했는데 2층에 제법 넓은 살림집이 있어서 생활에도 크게 문제가 없었다.

"신경 끄고 형 볼일이나 보셔, 나 몰라?"

"그려, 새로운 소식 나오면 즉시 연락해."

새로 사온 물건들은 그냥 방 한쪽에 대충 쌓아놓고 배낭을 챙겼다. 이래저래 해야 할 일이 태산이지만 최순영의 생사보다 더 급한 일은 없었다.

　최순영 일가의 가족묘지는 위성사진으로 봤을 때보다 훨씬 더 넓고 화려했다. 저수지를 내려다보는 야산 사면을 부지로 사용했는데 묘지 본관 건물은 물론이고 건물과 묘지를 둘러싼 정원까지 모조리 최고급 자재였다. 나무 가격은 잘 모르지만 정원수 한 그루도 몇 천만 원은 간단히 넘을 것 같았다.

　하지만 사유지인데다 무장한 경비가 너무 많아서 담을 넘는 것 말고는 조용히 들어갈 방법이 없었다. 고위급 인사 다수가 참석하는 행사다 보니 미리 준비를 시킨 것 같았다. 외부에 배치된 경비만 네 명이고 내부에도 상당한 숫자가 배치된 모습, 이러면 그냥 기자인 척하고 밀고 들어가는 수밖에 없었다. 물론 기자의 출입이 허용된다는 전제로 생각해 볼 수 있는 이야기였다.

　문제는 또 있었다. 묘지 측에서 기자의 출입을 허용할 리도 없겠지만 허용하더라도 기자증을 준비할 시간적 여유가 없었다. 뭔가 다른 방법을 찾아야할 것 같았다.

　오전 내내 저수지와 등산로를 돌다가 간단하게 점심을 때우고 집으로 출발하면서 블랙맘바의 이름을 떠올렸다. 한세인이 CIA일 가능성이 높은 만큼 회사도 관심을 가질 수밖에 없을 거라는 생각, 다만 블랙맘바가 최대수의 심복 이상수 전 의원을 소개한 장본인이라는 점은 문제였다.

일단 고속도로를 타고 한참 고민을 하다가 전화기를 들었다. 그냥 부딪쳐서 반응을 볼 생각이었다. 블랙맘바는 처음엔 전화를 받지 않다가 다시 걸자 받았다.

—누구야?

"헌터."

—우와… 아직 살아 있었나?

블랙맘바는 감탄사부터 날렸다. 쓰게 웃으며 말을 받았다.

"숨만 겨우 붙어 있어."

—무지막지하게 사고를 치고도 멀쩡한 거 보니 확실히 괴물 맞네, 후후. 다들 너 찾느라고 난리인데 지금 어디냐?

"물속."

—상황이 이렇게 되니까 나랑 같이 일할 마음이 생긴 건가?

"그럴 일 없다는 거 알잖아, 그런데 이 빌어먹을 놈의 회사는 도대체 뭐하는 집단이야?"

사족 다 빼버리고 다짜고짜 공격부터 했다. 간 보면서 말장난하는 건 역시 취미에 맞지 않았다. 블랙맘바는 대답하지 않고 조용히 다음 말을 기다렸다. 그냥 밀어붙였다.

"CIA가 국내에서 요인을 암살하면 어떻게 되는 거냐?"

—CIA가?

"증거를 가지고 있다, 회사엔 도움이 될 거다."

—뭔데?

"날로 먹을 생각하지 마라, 어차피 전화로는 곤란한 이야기다. 한 시간 후, 우리가 처음 만난 곳."

―괜찮겠어? 얼굴 보면 내가 체포할 수도 있는데?

"해봐, 뒷감당 할 수 있으면."

―후후, 뭐 그건 그때 가서 생각하고… 일단 보자, 거기서.

"혼자 와."

전화를 끊자 하연수가 슬쩍 팔짱을 끼더니 어깨에 머리를 기대며 희미하게 웃었다.

"고마워, 명석 씨."

"뭐가?"

"모텔에서 나한테 빠지라고 하지 않아서."

"그거 같이 죽자는 소리야, 그게 왜 고마워?"

"그냥, 후후."

"실없는 놈."

"난 그냥 같이 있으면 돼요, 다른 거 필요 없어."

"얼씨구?"

"같이 죽는 것도 나쁘지 않아, 크크."

킥킥대며 웃는 하연수의 뺨을 가만히 쓰다듬었다. 끝이 얼마 남지 않았다는 생각, 결과는 뻔히 보이지만 사랑하는 사람과 끝까지 같이 뛰는 기분도 나쁘지 않았다.

블랙맘바는 약속대로 혼자 나타났다. 뒷골목에 세워놓고 10분 넘게 그냥 지켜봤는데 통신하는 기색도 없었다.

"누가 골목으로 들어오면 알려줘."

"넵."

골목 끝이 보이는 공원 한쪽에 하연수를 남겨두고 조용히 계단을 내려갔다. 그가 골목 중간으로 내려서자 고개를 돌린 블랙맘바가 먼저 말을 걸었다.

"일찍일찍 좀 다녀라."

"세월이 하수상해서 말이야, 누가 그러더라고 사람을 믿으면 일찍 죽는다고."

"그렇긴 하지, 후후. 무슨 일이야? 최순영 사망에 관련된 이야기냐?"

"비슷해."

"필요한 게 뭐야?"

"영결식장에 들여보내줘."

"이건 또 뭔 소리야? 그거 불가능해."

"왜?"

"이너서클이 모이는 자리다, 넌 죽어도 못 들어가."

"원탁?"

블랙맘바는 흐릿하게 웃더니 말을 돌렸다.

"그보다 감사 인사부터 해야 순서 아니냐?"

"감사?"

"넌 그 난장판에서 누가 구원의 손길을 뻗었다고 생각하는 거야? 하느님이 보우하사 눈먼 저격수의 총탄이라도 날아왔다고 생각하는 거냐?"

반 박자 늦게 무슨 소리인지 이해가 갔다. 그날 한세인의 용병들을 쏜 저격수가 블랙맘바인 모양이었다. 쓰게 웃으며 고개를 저었다.

"인사는 생략이다, 너무 늦게 왔어."

"에구, 너무하네."

"그런데 최순영이 죽으면 김영욱이 원탁 멤버가 되는 건가?"

"내가 웃동네 이야기까지 어떻게 알아?"

영결식이 진짜라면 최순영도 확실히 죽었다. 결국 한세인의 다이어리가 누구의 손에 있느냐가 관건이 된 셈, 김영욱의 손에 넘어갔다면 당연히 그걸 무기로 원탁의 한자리를 차지할 것이고 거의 자동으로 대통령 자리에도 앉을 것이었다. 한세인의 손에 그냥 남아 있다면 그 여자도 영결식에 나타날 가능성이 높았다.

"한세인 어딨는지 알지?"

"니 보스 위치를 왜 나한테 물어?"

"그 여자가 CIA라는 것도 알고?"

"아니."

블랙맘바는 처음 듣는다는 표정으로 어깨를 으쓱해 보였다. 오리발이라는 느낌이 강했다.

"알고 있었군."

"그래서 달라지는 게 있나?"

"외국 정보기관이 한국 대통령을 쥐고 흔드는 꼴은 썩 보고 싶은 장면이 아니거든."

"애국자 나셨네, 어쩌자는 거야?"

"들어가겠다, 도와줘."

"거기서 얼쩡거리면 죽어."

"내 친구들은 이미 죽었어."

"미친놈."

"한세인이든 김영욱이든 책임질 놈을 만나야겠다."

"넌 지금 모든 정보기관의 첫 번째 수배 리스트에 올라갔어. 살고 싶으면 조용히 물속으로 들어가 살아."

"더는 숨 막혀서 싫다, 영결식 들여보내주기 싫으면 한세인을 내놔."

"이거 진짜 꼴통 맞네, 후후. 정 죽고 싶으면 강치훈 찾아가 봐."

"강치훈? 그 검사는 왜?"

"그 또라이가 어제 한세희의 치료감호소를 임의로 옮겼다, 거기 가면 니가 반가워할 얼굴도 하나 볼 수 있을 거야."

"반가워할 얼굴?"

"가 보면 알아."

"한세인이 거기 있다는 거냐?"

"아무래도 가까이 있겠지?"

"강치훈이 한세인 쪽 사람이라는 건가?"

"나야 모르지, 하지만 한 가지는 분명해. 자고로 주인이 죽은 개는 먼저 목줄 쥐는 놈이 임자야."

"돌겠네… 강치훈은 어디 있어?"

"어디긴 서울지검에 있겠지, 아마 오늘쯤 퇴근길에 가 보지 않을까? 주인이 옮기라고 했으니 강아지 입장에서는 가 보는 게 도리잖아. 후후, 그 싸가지 없는 영감놈 차량번호다, 여기부터는 알아서 해."

블랙맘바는 수첩에다 몇 자 끄적거린 다음, 한 장을 찢어 그에게 건네고 의미심장하게 웃었다. 헌데 그가 받아들었는데도 손을 내리지 않았다.

"줄 거 줘야지."

"뭘?"

"뭐 있다면서? 한세인이 누굴 죽였다는 증거"

"영상분석 중이야, 찾아내면 편집해서 가장 먼저 넘겨주지."

사실 한세인이 최순영과 최대수를 죽였다는 직접적인 증거는 없었다. 최순영은 폭약으로 죽었고 최대수는 자신의 손을 빌어 죽였다. 때문에 지금으로서는 현장에 있었다는 사실을 증명하는 정도가 할 수 있는 전부였다.

"뺑이었다는 이야기네?"

"지 할머니 포함해서 수십 명을 죽인 여자야. 니가 니 눈으로 직접 봤고. 뭐가 더 필요해?"

"사법처리를 위해서는 물증이 필요해."

"회사가 사법처리 따위를 원하지 않는다는 건 너나 나나 너무 잘 알잖아."

"세상을 보는 눈이 너무 삐딱한 거 아니냐? 이 바닥 일처리가 다 그렇게 재수 없는 쪽으로 진행되지는 않아, 시간 낭비하지 말고 영상 데이터 그냥 넘겨."

"내 발목 잡는 짓은 사양한다, 영상 48시간 이내에 넘기고 자수하겠다. 대신 밥캣은 빼줘."

만에 하나 그의 얼굴이 잡힌 영상이 넘어간다면 빼도 박도 못 할 터, 그건 곤란했다. 블랙맘바가 웃었다.

"자수? 이번에도 무대뽀로 사고 치겠다는 소리로 들리는데?"

"죽을 놈은 죽어야지."

"하, 미치겠네. 다 죽이고 나면 니 애인은?"

"우린 둘 다 가장 친한 친구가 죽었어."

"에효… 미친놈, 나도 모르겠다. 갈 데까지 가봐라."

블랙맘바는 또 웃으며 돌아섰다. 왠지 의미심장한 기분 나쁜 미소였다.

―공식명칭은 의료법인 미르, 쉽게 말해서 범털들 집합소야. 개원 당시에는 정신병원이었는데 요상하게 치료감호소로 지정됐어. 뭐가 어떻게 된 건지는 잘 모르겠고… 어쨌든 비정상적인 사설 치료감호소라고

생각하면 돼.

강치훈의 차가 멈춘 곳은 파주 외곽에 있는 치료감호소였다. 김석진이 조사한 대로라면 돈 많은 인사들이 실형을 피하기 위해 오는 정신병원이었다. 그래서인지 감호소는 일반적인 정신병원보다도 훨씬 더 고급스럽고 개방된 분위기였다.

"병원 보안시스템 장악할 수 있겠니?"

—집에서 쓰던 프로그램 아직 다 다운받지 못해, 원격으로 하려니 짜증나네.

"얼마나?"

—앞으로 1시간쯤?

"괜찮아, 들어가도 둘러보고 할 거야."

—오키, 알았어.

일단 병원 건물 외부를 돌면서 구조와 경비원 위치를 차근차근 확인했다. 10층 건물인데 창문은 전부 파이프로 막아놓았고 현관 내부에도 큰 철문이 보였다. 그러나 문은 열려 있고 병원 담장 안쪽의 정원에 환자복을 입은 사람들도 10여 명이 넘는 것 같았다. 외부담장도 높고 정문도 굳게 닫혔지만 환자들은 비교적 자유롭게 면회 온 사람들과 함께 병원 안을 돌아다녔다. 하연수가 투덜거렸다.

"저게 무슨 감옥이야? 정신병원도 아니고 그냥 병원이잖아."

"그러게."

의미 없이 장단을 맞추면서 병원 동쪽 산지를 살폈다. 나름 등산로 비

숫한 오솔길도 있고 창고 같은 것도 보였다. 자연스럽게 중턱까지 올라가서 망원경으로 병원 내부를 주시했다. 정원에 나온 사람들 중에 의외의 얼굴이 보였다. 잠시 기억에서 놓아버렸던 김동혁이었다. 그리고 같이 앉아 치킨을 뜯고 있는 놈은 양진호였다. 하연수가 짜증스런 목소리를 냈다.

"저 자식 왜 저기 있는 거야? 판사가 다 미친 거야?"

"목표에 집중해, 쓰레기 신경 쓸 상황 아니다."

"후… 알았어요."

강치훈은 가장 먼 쪽에 있는 잔디밭 벤치에 앉아 있었다. 마주 앉은 사람은 블랙맘바의 말대로 한세인과 한세희였다.

"여기 맞네."

"이제 어떻게 해요?"

"기다려야지, 가자."

되짚어 내려와 근처 편의점에서 샌드위치와 물을 사들고 감호소 진입로에 세워놓은 차로 돌아갔다. 장기전을 준비한 셈인데 한세인은 의외로 일찍 감호소를 나왔다.

—지금 나가는 중이야, 목표 탑승차량 흰색 제니시스, 차량번호는 전송할게.

얼마 지나지 않아 제니시스 두 대가 감호소 주차장에서 빠져나와 두 사람이 탄 차 앞을 지나갔다. 두 대 중 한 대만 흰색이어서 한세인이 탄 차는 쉽게 식별이 됐다.

"차량 확인, 추적한다."

중간에 다른 차를 끼워넣지 못해서 100미터쯤 거리를 두고 따라붙었다. 서울 방향 도로가 외길이어서 어차피 바짝 붙을 이유는 없었다. 그런데 작은 야산을 하나 넘다 말고 갑자기 제니시스가 샛길로 빠져나갔다. 뒤따라 진입해서 샛길 초입에 차를 세웠다.

"석진아, 이 길 끝에 뭐 있냐?"

―아무것도 없어, 200미터 앞에서부터 비포장도로고 거기 공장이 하나 있네. 건물 상태로 봐서는 버려진 공장이야.

"알았다, 대기. 1시간 이내에 나한테서 전화 없으면 전부 폐기하고 잠적해, 알지?"

―카피.

차를 빼서 국도변의 공터에 세우고 걸어서 숲 언저리를 통해 공장 근처까지 이동했다. 외부까지 경계병을 세우지 않아서 어렵지 않게 접근할 수 있었다. 우선 공장 뒤편으로 돌아가다가 반쯤 무너진 담장을 넘었다.

공장은 흰 벽돌로 벽을 세우고 스레트를 올린 허름한 단층 건물 두 동이었다. 가운데 공터를 두고 마주보는 구조인데 크기는 상당히 컸다. 불빛은 반대편 건물에서 흘러나오고 있었다.

조용히 건물 안으로 들어가 창가에 달라붙어 공터를 내다보았다. 공터에 주차된 차량은 한세인의 제네시스를 포함해서 승용차 세 대, 건물 밖에 세워둔 경호원은 둘이었다. 안에 많으면 다섯 명 정도, 전부 용병이라면 상대가 쉽지 않았다.

탄띠에 매달아놓은 섬광탄을 만지작거리며 잠시 고민했다. 중무장한 용병의 머릿수가 일곱 이상이라면 쉽지 않았다. 승부를 보려면 초탄에 최소 네 명은 잡아야 답이 나오는데 권총으로는 무리였다. 창문 아래에 등을 기대고 돌아앉아 슬라이드를 반만 당겨 장탄을 확인하고 닫았다. 결론은 빨리 나왔다. 여기서 결행하는 건 미련한 짓이었다.

"나가자, 무리다."

일어서려는 순간, 공터에서 어수선한 발자국 소리가 들려왔다. 눈만 살짝 내밀어 밖을 살폈다. 시커먼 그림자 몇 개가 건물에서 나오고 있었다.

'뭐지?'

벌써 이동하는 건가 싶어 자세를 바꿨다. 체격이 다소 왜소해 보이는 인영도 눈에 들어왔다.

'한세인.'

순간, 등 뒤에서 무언가 밟히는 소리가 났다. 미세하지만 분명했다. 반사적으로 몸을 날려 하연수를 끌어안으면서 가까운 팔레트 더미 뒤로 들어갔다. 시커먼 그림자 두 개가 눈앞을 스치고 탁한 총성이 작렬했다.

타탓!

소음기에 막힌 총성, 자동화기였다. 머리 위로 깨진 팔레트 조각이 비산했다. 반대로 굴러나가면서 그림자들을 향해 방아쇠를 당겼다.

카캉!

한 놈이 쓰러지고 지붕을 향해 총구화염이 올라갔다. 다른 한 놈은 잡
동사니 속으로 자세를 낮췄다가 올라왔다. 이번엔 아예 서서 난사를 시
작했다. 머리를 들 수 없을 정도로 연속된 사격, 그러나 이내 끊어졌다.
하연수가 팔레트 뒤에서 놈에게 조준사격을 하고 있었다.

놈은 잔뜩 웅크린 채 잡동사니를 벗어나 뛰었지만 그의 총격에 쓰러
졌다.

"밥캣, 이쪽."

즉시 공장을 가로질러 산지 방향으로 뛰었다. 그러나 어둡고 잡동사
니들이 많아서 공장 끝까지 가는 것도 쉽지만은 않았다.

타탓!

총격이 따라왔다. 대각선으로 누운 낡은 라커 뒤에 몸을 숨기면서 탄
창을 바꾸고 몇 발 응사했다. 너무 가까워서 그냥 뛰는 건 무모했다. 다
음 순간, 등 뒤의 창문에서도 총구화염이 보였다.

'제기랄, 알고 있었나?'

미행을 눈치챘거나 아예 함정을 파고 기다린 것 같았다. 사방에서 총
탄이 날아드는 형국, 용병의 숫자도 예상보다 훨씬 많았다. 총구만 내밀
어 대충 응사하면서 공장 한쪽의 분리된 공간으로 눈을 돌렸다. 거리가
멀어서 문제지만 문이 하나뿐이라 방어가 용이하고 잘하면 밖으로 나
갈 공간도 만들 수 있을 것 같았다.

"저 새끼 당장 죽여! 뭐해!"

짜증나는 목소리였다. 강치훈, 놈이 용병들을 지휘하는 모양이었다.

"저기! 가자!"

자세를 낮춘 채 마구잡이 총질을 하면서 뛰었다. 그러나 몇 걸음 뛰지 못하고 부서진 박스 뒤로 엎어졌다. 총격이 사방에서 쏟아지고 있었다. 머리 위로 몇 발 쏘고 하연수의 등을 떠밀었다.

"먼저 가, 셋에 뛰어."

"뒤!"

하연수는 대답 대신 그를 덮치며 권총을 연사했다.

카캉!

바로 뒤에서 한 놈이 비명을 지르며 무너졌다. 뒤따라 달려드는 다른 놈은 그의 총에 쓰러졌다. 또다시 머리 위로 박스 조각이 비산했다. 최악은 면한 셈, 그러나 상황은 점점 더 악화되고 있었다. 제자리로 돌아가던 하연수가 풀썩 뒤로 넘어갔다.

"악!"

총탄이 박스를 관통했는지 거의 앉은 자세였는데도 하연수의 허벅지와 어깨에서 피가 솟구치고 있었다.

"연수야!"

총탄이 날아온 방향에다 몇 발 쏘고 급히 하연수를 끌어당겼다.

"내가 맞췄어! 맞췄다고!"

강치훈의 목소리, 저 놈은 끝까지 재수가 없었다.

"크으…."

신음을 토하는 하연수의 권총을 빼앗아 내려놓고 섬광탄을 뜯었다. 그리고 강치훈의 목소리가 들리는 방향으로 던졌다.

쩡!

눈을 질끈 감았다 뜨고 곧바로 총구를 내밀었다.

카캉!

가차 없이 연사했다. 멍청하게 일어서서 설치던 강치훈은 무방비 상태에서 이마에 구멍이 난 채 뒤로 넘어갔다.

'미친 새끼!'

즉시 하연수를 어깨에 메고 다시 쏘면서 뛰었다. 뒤늦게 총격이 따라왔지만 그래도 아슬아슬하게 문짝 사이로 뛰어들 수 있었다. 그러나 방의 창문은 전부 합판으로 막힌 것 같았다. 일단 문 옆에 앉혀놓고 밖에다 몇 발 쏘고 물었다.

"괜찮아?"

뻔한 질문에 하연수가 비틀린 웃음을 머금었다.

"미치게 아픈데 그래도 참을 수 있어…요, 크크."

"눌러."

"네."

호흡을 가다듬으며 자신도 아랫배를 움켜잡았다. 뒤늦게 통증이 몰려왔다. 맞았는지도 몰랐는데 하복부가 축축했다. 하복부에 한 발, 가슴께에도 한 발, 숨을 쉬기가 힘들었다.

'젠장.'

다시 밖에다 몇 발 쏘자 하연수가 그를 어깨를 잡으며 힘겹게 입을 열었다.

"명석 씨도… 피나….'

"괜찮아, 스친 거야."

"많…이 나는데?"

두 사람이 앉은 자리는 벌써 피로 흥건했다. 총성이 갑자기 끊어졌다. 그리고 한세인의 목소리가 들려왔다. 아주 가까웠다.

"아직 살아 있나요, 헌터?"

잠시 기다렸다가 입으로 올라온 핏물을 밀어내며 대답했다.

"아쉽게도."

"내 걸 돌려받아야겠어요, 그래서 불렀답니다."

'제기랄.'

불렀다는 단어가 모든 걸 설명했다. 어쩌면 블랙맘바조차 한세인의 하수인인지도 몰랐다. 한세인이 다시 말했다.

"앨리스 말이에요, 워낙 몸값이 비싼 아이라서 말이죠."

"갖고 싶으면 와서 가져가."

"어디 있는지만 이야기해요, 그럼 보내줄게요. 솔직히 말하면 내 목적은 이미 달성했거든요."

"김영욱을 당선시키는 게 목적이었나?"

"에이… 대통령은 달랑 몇 년짜리랍니다, 난 더 긴 게 필요해요."

"원탁이로군."

"마음대로 생각하세요, 사람은 원래 보고 싶은 것만 보고 듣고 싶은 것만 듣잖아요. 이제 내 아이 돌려줘요, 10초 줄게요. 하나, 둘, 셋…."

탄창을 뽑았다. 남은 실탄은 두 발, 조립해서 내려놓고 하연수의 권총에서 탄창을 뽑았다. 일곱 발이었다.

"후…."

다시 심호흡을 했다. 벌써 눈앞이 흐려지고 있었다.

'버텨, 아직 아냐.'

거칠게 총성이 터졌다. 두 발 응사하고 슬라이드가 물러난 글록을 내려놓았다. 이제 남은 총탄은 네 발, 한 놈이 문을 향해 소총을 난사하면서 일직선으로 달려들었다.

카캉!

놈의 머리에 조준사격으로 두 발, 놈은 속도를 이기지 못하고 나동그라졌다. 다른 놈이 또 뛰어들었다. 이번엔 더 가까웠다. 반사적으로 놈의 상체에 남은 총탄을 모조리 쏴버렸다. 놈은 두 사람이 앉아 있는 문간을 지나쳐 한참을 뛰어가다 엎어져서 일어나지 않았다.

'미친놈.'

슬라이드가 물러난 글록을 허벅지 위에 내려놓자 하연수가 목에 매달리며 귓가에 나직하게 속삭였다.

"한여름 밤… 꿈 같았어."

"응?"

"당신 처음 본 그날부터 지금 이 순간까지."

"우리 안 죽어."

"명석 씨도 이렇게 될 줄 알았잖아요, 날이 조금 빠른 것뿐이지."

녀석의 어깨를 가만히 끌어당기며 웃었다. 녀석도 이미 알고 있었다. 어쩌면 상하이에서부터 오늘까지 오로지 지금 이 시간을 향해 달려왔을지도 몰랐다.

'그랬나?'

하연수의 얼굴이 잘 보이지 않았다. 그러나 하연수의 힘없는 목소리는 깨끗하게 들렸다. 지악스럽게 이어지는 총성 속에서도.

"나… 지금까지 정말 최선을 다해서 같이 뛰었어, 그치?"

"그래, 최고의 파트너였다."

"치… 그게 전부야?"

"내게 와줘서 고마웠어."

"멘트 좋아졌네, 후후. 잘 가요… 내 사랑, 안녕….”

하연수는 피 묻은 손으로 그의 뺨을 쓰다듬으며 필사적으로 키스를 했다. 총성이 조금씩 멀어지는 것 같았다.

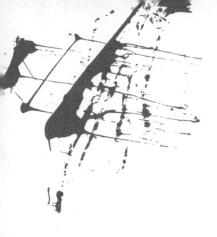

에필로그

"너 끝까지 빠치게 할래?"

김석진은 태블릿에다 대고 고래고래 소리를 질렀다. 화면에 올라온 아이돌 가수의 얼굴이 미소를 지으며 대답했다.

―당신에겐 억세스 권한이 없습니다.

"나참… 오나전 독종일세, 형 지금 없다니까?"

―승인을 받으십시오.

"에휴… 나중에 보자, 너 디졌어."

태블릿 전원을 내리고 가방에 쑤셔넣었다. 모처럼 오프라인 세상에 나오니 정말 되는 일이 하나도 없었다. 로비에서 한참을 헤매다가 힘들 게 엘리베이터를 찾아내 잡아타고 무조건 꼭대기 층으로 올라갔다.

엘리베이터가 열리자 마치 백화점 제복 같은 옷을 입은 여자가 얼른 고개를 숙였다.

"어서 오십시오."

"네?"

"저쪽입니다, 끝에 있는 문으로 들어가세요."

"어… 네."

쭈뼛거리며 목례를 한 다음 빠른 걸음으로 복도 끝까지 걸었다. 고급스러운 목재로 만든 문을 몇 번 두드리자 안에서부터 문이 열렸다. 또 같은 제복의 여자였다.

"들어오세요."

방은 시원했다. 응접실처럼 꾸며놓은 꽤 넓은 공간 너머에 침대 두 개가 나란히 배치되어 있고 등을 보이던 환자복 차림의 여자가 환하게 웃으며 인사를 건넸다. 아는 얼굴이었다.

"어서와, 오랜만이다."

"누나."

한달음에 뛰어가 껴안았다. 그리고 물었다.

"형은?"

"앞에 있잖아, 부실한 아재."

고개를 돌리자 침대에 링거를 꽂고 누워 있는 창백한 얼굴이 눈에 들어왔다. 차명석이었다. 아직은 눈두덩도 흐릿하게 멍자국이 남았고 부상부위를 감싼 붕대에도 엷은 핏기가 보이지만 상태는 양호해 보였다. 하연수가 다시 말했다.

"튼튼한 줄 알았는데 그것도 아닌가 봐, 앞으로 어떻게 믿고 살아야 할지 모르겠어. 후후."

같은 층상인데 하연수는 벌써 일어나서 멀쩡하게 움직이고 차명석은 아직도 링거 신세라는 이야기인 것 같았다.

"이 형이 가끔 부실해요, 크크."

두 사람이 킥킥대고 웃자 차명석이 눈총을 주며 말했다.

"얌마, 옷이 그게 뭐냐? 웬만하면 TPO 좀 맞춰라."

새삼 자신의 옷차림을 내려다보았다. 로비에서부터 사람들이 자꾸 눈길을 준 이유를 알 것도 같았다. 무릎 나온 추리닝 바지에 후줄근한 티셔츠와 샌들이라 강남 번화가의 고층빌딩에는 절대 어울리지 않았다. 혓바닥을 반쯤 내밀고 씩 웃었다.

"내 패션이 어때서, 흐흐. 근데 이거 뭐야? 왜 연락을 안 해가지고 사람 빡치고 심장 떨리게 만들어!"

바락바락 악을 썼는데도 대답은 심하게 무심했다.

"연락했잖아."

"한 달이나 지나고 나서? 말이 되는 소리를 하서."

"어쩔 수 없었다."

"알아, 몸은 좀 어때?"

"많이 나아졌다, 가져왔냐?"

"응, 아무래도 형이랑 '형수'가 직접 누르는 게 맞을 거 같아서. 글고 앨리스 요넘도 말 좀 듣게 해줘."

형수라는 단어를 강조하면서 슬쩍 하연수의 눈치를 봤다. 하연수는 아무렇지도 않게 그를 쳐다보고 있었다. 이젠 완전히 당연하다는 눈치였다. 차명석이 웃으며 말했다.

"열어봐."

"잠깐만."

얼른 태블릿을 켜서 두 사람 앞에 내려놓았다. 액정에서는 다시 아이돌 가수의 얼굴이 미소를 지었다.

—안녕하세요, 헌터.

"편집 다 했다면서?"

—네.

"전송해."

—알겠습니다, 관리자의 하드디스크로 정보 전송합니다. 85초 후 전송완료.

가수의 얼굴이 눈을 감자 김석진은 두 사람을 번갈아 쳐다보고 조심스럽게 말했다.

"이거 올리면 후폭풍 엄청날 건데… 괜찮겠어?"

"나라꼴 망가져봐야 여기서 얼마나 더 망가지겠냐, 까놓고 말해서 원탁인지 뭔지 없어진다고 나라꼴 달라지는 거 없다. 없는 민초들에겐 없는 게 더 나을지도 몰라."

"나야 뭐… 원래 없는 민초 쪽이니까, 후후. 바로 날려?"

"그래, 날려."

"그 블랙맘바 아줌마한테 먼저 가고 모든 포털과 공중파 방송국, 12

개 신문사로 동시에 전송될 거야."

김석진은 대답과 동시에 태블릿을 두들기며 소파로 건너가 TV부터 켰다. 앞으로 며칠은 뉴스와 SNS 뒤져보는 재미가 쏠쏠할 것 같았다.

앨리스가 전송한 자료는 정말 광범위했다. 정계와 재계, 검찰의 난마같이 얽힌 담합과 돈거래에 관한 증거자료였다. 특히 국민연금과 공무원연금에서 상상을 초월하는 거액을 빼먹은 증거들이 포함돼서 얼마 남지 않은 대선 기간 내내 엄청나게 시끄러울 것 같았다. 누군가 노크 없이 들어왔지만 고개도 들지 않았다.

"이제야 쬐끔 사람 꼬라지가 됐네, 후후."

머리부터 발끝까지 시커멓게 뒤집어쓴 여자, 블랙맘바였다. 차명석은 입맛을 다시면서 인상을 찌푸렸다.

"일찍 나타나라고 했지."

"헐, 타격팀도 없이 위험을 감수한 사람한테 그렇게 섭섭한 이야기하면 안 되지. 엄밀히 말하면 이거 니 책임이야, 니가 그렇게 일찍 작살날 거라고는 생각하지 못했거든."

"지랄, 어쨌든 인사는 생략이다."

"장두익한테는 해."

"장두익?"

"이 건물, 이 방 주인, 오밤중에 시체나 마찬가지인 고기덩어리 두 개를 던져놓고 갔는데 어찌어찌 살려놨네. 니들 죽으면 너도 죽을 거라고 쌩지랄을 좀 떨었지만, 후후."

"장두익에게 빚을 진 셈인가? 아니다, 비겼네."

"그리고 넌 체포되지 않을 거야. 년은 병사고 놈은 사고사니까."

"병사에 사고사라… 재주 좋은데?"

"대선정국이야, 서로가 원하면 그림 바꾸는 거 그리 어렵지도 않아."

"넌 집에 가서 이메일이나 확인해, 너한테 먼저 넘어갈 거니까, 조금 있으면 온라인에서부터 난리가 날 거다."

"뭘 보냈는데?"

"지들끼리 치고받던 이유."

"쟤가 보내는 거냐?"

블랙맘바는 힐끗 김석진을 돌아보더니 담요 위에다 USB 하나를 던졌다.

"심심할 때 봐, 패스워드는 니 실명이다. 그리고… 장두익이 전해달라더라. 빨리 나가라, 또 보지 않았으면 좋겠다."

"나도 마찬가지라고 전해줘."

"간다."

블랙맘바가 간호사에게 무언가 지시하고 방을 나간 뒤, 하연수와 함께 USB를 태블릿에 꽂았다. 안에는 딱 하나의 파일만 존재했다. 내용도 간단했다.

─4980 애넌데일 로드, 애넌데일, 버지니아, 세리 한.

글자는 이게 전부였다. 나머지는 워싱턴에서 찍은 한세인의 원거리스냅사진들이었다. 하연수와 눈을 마주치고 길게 한숨을 내쉬었다. 어이가 없었다. 그 와중에서도 살아서 워싱턴 어디로 달아난 모양인데 처리하라는 요구 같았다. 침대 위로 살짝 올라앉은 하연수가 그의 손을 잡으며 웃었다.

"하다하다 이젠 미국에서 CIA를 때려잡으라네, 크크. 그것도 곧 현직이 될지도 모르는 한국 대통령 딸네미를."

"그러게 말이다."

"나중에 생각해요, 지금은 이렇게 살아서 얼굴 보고 있다는 데 만족합시다."

"후후, 그래야겠지."

잠깐 일어나 기지개를 켜려는데 김석진이 켜놓은 TV에서 또 아는 얼굴이 나타났다.

—8월 4주차 대선 여론조사는 국민연합 김영욱 후보가 압도적인 우위를 지키는 가운데 한민당 유철식 후보가 오차범위 밖에서 힘겹게 추격하는 형국입니다, 또한…

그냥 힘을 빼고 눈을 감아버렸다. 지금은 쉬고 싶었다.

"다 똑같은 것들이 무슨…."

하연수가 투덜거리며 던져놓은 단어들이 정수리 위로 깃털처럼 흩어졌다.

[1부 완결]

유호선생님의 다른 작품들

비상 유호 장편소설 | 전 7권 | 각 권 값 9,800원

간도대란 유호 장편소설 | 전 2권 | 각 권 값 9,800원

등천 유호 장편소설 | 전 3권 | 각 권 값 10,000원